RONSO KAIGAI MYSTERY

THE ADVENTURE OF THE MURDERED MOTHS

AND OTHER RADIO MYSTERIES VOLUME 1

論創海外ミステリ75

シナリオ・コレクション

ナポレオンの剃刀の冒険

聴取者への挑戦 I

Ellery Queen
エラリー・クイーン

飯城勇三 訳

論創社

THE ADVENTURE OF THE MURDERED MOTHS
AND OTHER RADIO MYSTERIES Volume 1
by Ellery Queen

Published by arrangement with the Frederic Dannay Literary Property Trust,
the Manfred B. Lee Family Literary Property Trust and their agent,
JackTime, 3 Erold Court, Allendale, NJ 07401, USA
through Tuttle-Mori Agency, Inc., Tokyo

目次

出版者の序

ダグラス・G・グリーン

一九三九年から一九四八年にかけて。当時の家族は「エラリー・クイーンの冒険」を聴くために、上部が半球状になったラジオの前に集まった。父親または母親はカチリと音をさせてラジオをつけ、「しーっ」と言う。すると、アナウンサーが（バート・パークス、アーネスト・チャペル、あるいはその他の深みがあり〝朗々とした〟ラジオ向きの声の持ち主が）、聴取者を誘《いざな》うのである——「著名な紳士探偵その人が語る、彼だけが解くことができた犯罪の話をめぐる知恵比べ……彼は謎を解いた時点で演技を止め、みなさんに犯人の名前を推理する機会を与えます」。こうして、家族はスリリングでミステリアスな事件の話に——被害者の足跡しか残されていない洞窟での殺人の話に、雪だるまの中に隠された死体の話に、大陸横断列車での殺人とあり得ざる消失の話に、郊外の大邸宅で謎の女性が月光の中に消え去った話に——耳を傾けるのだ。そして、聴取者が好奇心に耐えきれなくなると、アナウンサーは物語を止め、すべての手がかりが提示されていると説明する。続いて、エンターテインメントやジャーナリズムやスポーツや政治経済の世界から招かれたゲスト解答者を紹介し、彼らに謎を解くように挑戦するのである。そのあとで物語は再開され、エラリーは、誰が、そしてなぜやったかを解き明かす。解決編において、エラリーを演じた俳優は、スタジオの解答者に向かって、彼らの（ほとんどの場合）間違っていた解決の労をねぎらい、自分の最新長編と「エラリー・クイーンズ・ミステリマガジン」の予約購読権をプレゼントする。

　聴取者を惹きつけるだけではなく、彼または彼女の知性に挑戦するこの番組を作り上げたのは、二人のいとこ同士である。フレデリック・ダネイ（一九〇五～八二）とマンフレッド・B・リー（一九〇五～七一）は、二人の合作ペンネームにして探偵役の名前でもある〝エラリー・クイーン〟を生み出した。――そして、このことは、いささかカフカ的なるものも生み出してしまった。作中人物の〝エラリー・クイーン〟もまた探偵小説の作家なのだが、彼の作中探偵の名前は、一度も出て来ないのである。

　入り組んだプロットを持つ探偵小説のシリーズは、一九二九年に『ローマ帽子の謎』で始まり、『ギリシア棺の謎』『エジプト十字架の謎』『チャイナ橙の謎』『Xの悲劇』『Yの悲劇』（最後の二作は第二のペンネームであるバーナビー・ロス名義で発表された）といった名作が続いた。これらの作品群において、クイーンは風変わりな手がかりや多重解決、そしてこれまで紙の上に書かれた中で最も頭を悩ませる複雑きわまりない謎を生み出していった。すべての手がかりが読者の前に公明正大に提示されることを旨とする黄金時代の探偵小説界において、クイーンは帝王《キング》だったのだ。もう一人の黄金時代の作家（二人のクイーンの友人でもある）ジョン・ディクスン・カーが書いたように、この時代のミステリ小説は「地上最高のゲーム」にまで成長を遂げた。そして、初期のクイーン長編は、物語の三分の二まで進んだあたりで中断し、「手がかりはすべて与えられた」と告げ、読者に向かって「あなたは今や謎を解くことが可能なのだ」と教え、挑戦することによって、これを強調しているのである。

一九三〇年代の終わりには、エラリー・クイーン（探偵の方）は、アメリカにおいて最も名の知られている小説中の人物になっていたらしい。そして、彼の仲間たち――父親のリチャード・クイーン警視、トマス・ヴェリー部長刑事、プラウティ博士、などなど――も同じようによく知られていた。一方、マニー・リーとフレッド・ダネイは、エラリーを異なるメディアに進出させることにも興味があった。とは言うものの、熱烈なファンならずとも、ラジオより前に、初期のエラリー・クイーン映画（一九三五年の「スペイン岬の謎」と一九三七年の「マンダリンの謎」）の中に、既にこの作中人物が登場していることを見つけ出せるだろう。――ただし、これらの映画の脚本は、EQの本からわずかばかりのアイデアしか用いなかった脚本家の手によるものだった。これに対して、ラジオ・シリーズの方は、いとこコンビ自身の手によるものなのだ。CBS局のジョージ・ザカリーは、ラジオで主役を張る探偵キャラクターを探し求め、エラリー・クイーンの作品にそそられた。ただし、「エラリー・クイーンの冒険」がオンエアしたのは一九三九年六月十八日からだが、これ以前にも、リーとダネイは、「作家よ！ 作家よ！」という題名の番組を案出していた。この番組では、著名な作家たちが、いとこコンビ（二人はそれぞれ「エラリー氏」、「クイーン氏」と紹介された）が提示する謎めいた出来事に説明をつけるように挑戦されたのである。これに加え、ザカリーも、「またの名をジミー・バレンタイン」や「シャドウ」といったラジオ番組でクレジットされない仕事をやらせることによって、コンビの才能に磨きをかけた。こういったラジオでの仕事のあとに始まった「エラリー・クイーンの冒険」は、一時間のドラマで、本に登場するさまざまな要素が盛り込まれていた。もちろん、エラリー（探偵小説作家）とその父のリチャード・クイーン（ニューヨーク市警の警視）が主役を務めている。さらに、CBSの主張に従い、ダネイとリーは重要な女性キャラクターとして、エラリーの秘書であるニッキイ・ポーターを付け加えた。上司が自分にロマンティックな関心を抱いてほしいと彼女が願うさまは、何度もわき筋として繰り返された。ヴェリーも登場するが、本よりもずっとコミカルな人物になってしまった――警視のからかいの的になり、怒りのはけ口になり、しばしば（不当な場合もあるのだが）「あほう」呼ばわりされている。おかげで聴取者は、なぜニューヨーク市警が彼をクビにしないでいるのか、不思議に思うに違いない。それゆえ、「姿を消した少女の冒険」（第二巻に収録）という事件において、警視を「のろまな猿」呼ばわりする機会を得た時、ヴェリーはさぞや心を躍らせたことだろう。これらのラジオ番組は、エラリー・クイーンの長短編と同じように、フレッド・ダネイが大部分のプロットを立て、マニー・リーが実際に執筆している。

「エラリー・クイーンの冒険」の初期の事件では、ヒュー・マーロウがエラリー・クイーンを、サントス・オルテガがその父を演じていた。番組は一九四〇年二月から三十分になり、エラリー役の声優も、カールトン・ヤング、シドニー・スミス、ローレンス・ドブキン、ハワード・カルヴァーと、次々に引き継がれていった。一九四三年には、この番組は週に千五百万人もの聴取者がいたとされている。やがてフレデリック・ダネイは、「エラリー・クイーンズ・ミステリマガジン」の編集の負担によって、このラジオ番組の新しい脚本のためのプロットを生み出すことができなくなると気づいた。かくして、一九四五年にアントニー・バウチャー（ウィリアム・アントニー・パーカー・ホワイトのペンネーム）がプロット作りに参加することになったのである。バウチャー自身もミステリ作家として経験を積んでおり、彼の生み出したファーガス・オブリーンという名の探偵は、「西海岸のエラリー・クイーン」だった。マンフレッド・リーは、バウチャーのプロットに肉付けしてラジオ用脚本にする仕事を続けた。最後の放送は一九四八年五月だったが、話はここで終わらない。いとこコンビはラジオ用脚本の内の一ダースを、『犯罪カレンダー』（一九五二年）というすばらしい短編集にまとめたのだ。この本では、どの事件にもニッキイが登場している。

本書の出版のために脚本を調べていると、編集のために決めておかなければならないことが出て来た。何作かは、会話文が削除されたり追加されたりしていた。おそらくは、リハーサル時に、上演時間を調整するために行ったものと思われる。この場合は、われわれは長い方を選んだ。ある脚本では、一人の登場人物が放送前に除かれ、彼のセリフはニッキイに割り当てられた――のだが、一箇所だけ、作者（または監督）は、変更するのを忘れてしまっていた。われわれはそのセリフをニッキイに合うように上手く直したと思っている。そしてまた、舞台的な指示は、できる限り残すようにもつとめた。例えば、「アドリブで」というのは、挨拶や別れやエラリーの推理への驚きに対する適切な言葉を登場人物を演じる俳優に任せる指示なのだが、その手のものも残しておいた。加えて、現代の読者にも、効果音――足音、ドアが開け閉めされる音、照明のスイッチが入れられたり切られたりする音、風の吹きすさぶ音、車のエンジンがうなる音、列車のガタゴトという音——が使われている場面をわかってほしいと考え、これも残した。効果音の指示を残すことによって、聴取者がこういった音を実際に聴くことができた六十年前の感じを、読者が再現する手助けになることを願っている。

　本書はエラリー・クイーンの百歳の誕生日を祝して刊行された（原書の刊行は二〇〇五年）。マンフレッド・B・リーとフレデリック・ダネイは共に一九〇五年生まれであり、長編『最後の一撃』における記述によれば、二人の偉大な創造物である探偵エラリー・クイーンもまた、同じ年に生まれているのである。

謝辞

ダグラス・G・グリーン

本書を刊行する許可を与えてくれたフレデリック・ダネイとマンフレッド・リーの家族に感謝する。彼らが貸してくれた三百五十ものラジオ劇の脚本は、三人のEQ専門家――ジョン・L・ブリーン、シオドア・B・ハーテル・ジュニア、マーヴィン・ラックマン――に、それぞれ百本以上に目を通してもらい、本書に収録すべきものを推薦してもらった。ブリーン、ハーテル、ラックマンの三氏には大変お世話になった。出版者は最終的な選択にあたり、リーとダネイによって書かれた劇だけを（ダネイがこのラジオ番組から抜けたあとに、アントニー・バウチャーや他の人物が組んで書かれた劇以外を）収録することに決めた。そしてまた、のちに短編小説に書き直された脚本も収録しないことにした。

加えて、われわれに本書を出版するように最初に薦めてくれた、アーサー・ヴィドロにも感謝する。そして、本書が活字になるまでのさまざまな仕事を手伝ってくれたことに対しても感謝したい。彼は、収録する脚本をすべて同じ形式に統一する手助けを、そして時には、タイプ屋が元のガリ版刷りのコピーのかすれた文を的確に判読する手助けをしてくれたのである。

すべての人に感謝を――そして特に、作家と探偵のエラリー・クイーンには格別の感謝を捧げたい。アントニー・バウチャーが述べたように、今もなお、「エラリー・クイーンはアメリカの探偵小説そのもの」なのだから。

ナポレオンの剃刀の冒険
The Adventure of Napoleon's Razor

エラリー・クイーンは不可能犯罪が大のお気に入りである。殺人者が出入りするすべのない、鍵がかかり見張られた部屋での殺人。あるいは本作のように、閉ざされた空間での宝石の消失。一九三九年七月九日に放送された「ナポレオンの剃刀」では、クイーンはラジオの聴取者に対し、発音を利用することによって登場人物を巧みに描き分けている――アフリカ系アメリカ人の赤帽を、南西部の保安官を、フランスから来た教授を。

登場人物

探偵の　エラリー・クイーン
その秘書の　ニッキイ・ポーター
セールスマンの　ジョージ・レイサム
お高くとまった　スミス、ジョーンズ、ブラウン
映画俳優の　リーリー・ドッド
新婚旅行中の　ヘンリー・スタイルズ夫妻
フランス共和国《リパブリク・ド・フランセ》の　マルセル・コッサー・クサンチッペ・デュボワ
テキサス州アマリロの　保安官
ミズーリ州議会の　ハワード・マクナリティ上院議員
ニューヨーク市警の　リチャード・クイーン警視
ニューヨーク市警の　トマス・ヴェリー部長刑事
タクシー運転手、車掌、赤帽

舞台　カリフォルニアからニューヨークに向かう列車。一九三九年

猛スピードで市街を走るタクシーの爆音。

エラリー　（せっつくように）サンタフェ駅まで、あとどれくらいなんだ、運転手さん？

タクシー運転手　数ブロックでさあ。あんたら、〈スーパー・チーフ号〉（サンタフェ鉄道の豪華な大陸横断特急）に乗りたいのかね？

エラリー　そうだ！　間に合うかな？

タクシー運転手　さあてね、兄さん。全速力で飛ばすつもりだが。（速度を上げるエンジン音）

ニッキイ　続けましょうよ、エラリー・クイーン――さっきの話を。もし東部行きの列車に乗り損ねたら、わたしのせいだと言うのね。

エラリー　（くすくす笑う）古き善き良心が痛むのかな。何を気にしているんだい、ニッキイ？

ニッキイ　そうね……（身構えるように）あなたがロサンゼルスへの旅行に連れて行ってくれると聞いたときは、マグニン（ジョセフ・マグニンの人気ブランド店）で買い物する時間が少しはあって、ガルボやゲーブルといったスターとも会えると思っていたのよ。それが……これっぽっちも！　あなたはわた

しをハリウッドに放り込んで、まるで——まるでビング・クロスビーの若馬みたいにこき使ったかと思うと、今度はそこから引っ張り出して、まっすぐ帰るだけなんだわ！

エラリー　ふくれっ面も、とっても可愛いよ。とっても、ね。

ニッキイ　荷造りしなくちゃいけないときに、わたしが観光に出かけていたのは、当然じゃないの。だって、わたしは生身の人間——

エラリー　（笑う）落ち込まなくていいよ、ニッキイ。そのうち、二人でカリフォルニア州を楽しもうじゃないか。あいにくと今回は、パラマウント社との契約を済ませたら、ニューヨークに急いで戻らないといけなかったんだ……

ブレーキのきしむ音。

タクシー運転手　サンタフェ駅ですぜ、兄さん！（タクシーのドアが開く）

エラリー　（あせって）料金だ、運転手さん。いや、釣りはとっておいてくれ。赤帽！　この荷物を頼む。ニッキイ——その美しいおみ足をフル回転だ！

ニッキイ　（むすっとして）行きますよ、行けばいいんでしょ。

赤帽　まいど。荷物は二つですな、旦那？（歩道に荷物をどしんと置く）

エラリー　シカゴ行きの〈スーパー・チーフ号〉を予約しているのだが——（タクシー運転手は退場）

赤帽　あいにくだが旦那、あんたらは今日はもう、〈スーパー・チーフ号〉には乗れないと思うね。とっくに出ちまったよ。

エラリー　（うめく）遅かったか！
ニッキイ　（悔やむように）ああ、エラリー！　わたしたち、これからどうすればいいの？
エラリー　次の〈スーパー・チーフ号〉は金曜日……丸三日もあとだ。赤帽、一番早い東部行きの特急は？
赤帽　横断特急なら、旦那――明日の朝十一時半のがありますぜ。〈エル・キャピタン号〉の二時間後でさあ。
エラリー　それだと、ここで一泊することになるな。この駅から今夜中に出る列車は、もうないのか？
赤帽　ありますぜ。だけど旦那、こいつは普通列車で――
ニッキイ　わたしたちは普通の人間だわ。何時発なの、赤帽さん？
赤帽　あと二分ですぜ、奥さん。午後八時十五分発。
エラリー　そいつにしよう！　赤帽、荷物を落とさないでくれよ！（走り出す）
赤帽　へいへい！
エラリー　ニッキイ、急げ！　ほら――ぼくの手を握って！　ちっちゃなトラブル屋さん――
車掌　（遠くで）お急ぎくださーい！
ニッキイ　（息を切らして）カリフォルニアよ、ここでお別れね――くやしいけど！

鉄道テーマの音楽、高まる。猛スピードでレールを走る音が背後で低く流れる中に、列車の前方からのかすかな汽笛。脚本のこれ以降の舞台は客車の中になる。

車掌　切符を拝見します。

エラリー　ああ、車掌か。ぼくは〈スーパー・チーフ号〉に乗り損ねてしまったんだ。これが証拠の品だよ。充分かな？

車掌　はい、結構です。クイーンさん、それに、こちらの女性は――奥さまの――

エラリー　違う、違う、妻じゃない。ぼくの秘書だ。

車掌　おお！　かしこまりました。私どもに万事お任せください、クイーンさん。個室が二つ空いていますが――

エラリー　あいにくと、この客車が気に入っているんだ。混んでいないしね。それに、同じ車両のすぐ後ろにはバーとラウンジ、おまけに外は展望台とくる。不精者のためにあつらえたみたいじゃないか。この客車に、ミス・ポーターとぼくの個室を用意してくれないか？

車掌　かしこまりました。あいにくと、ここには個室はついておりません。特別専用車にも同じものが揃っております。寝台付きの個室を二つでよろしいですか、クイーンさん？

エラリー　（くすくす笑う）寝台車について、車掌に反論できる人などいるわけがないだろう。いいとも、車掌さん――寝台付きの個室を二つ頼む。

車掌　かしこまりました。（離れて）すぐ赤帽に個室を用意させます。

レイサム　（登場）しつれーい。ここに座ってもいいかね、兄弟？

エラリー　かまいませんよ。
レイサム　名前はレイサムだ――ジョージ・レイサム、模造の宝飾品を扱っている。長旅の退屈を分け合おうじゃないかね、ミスター――ミスター――
エラリー　クイーン。
レイサム　しょっちゅう、大陸横断をしてるのかな？　おれは毎度毎度だよ。今回は、ロスで取引をうまくまとめて来たところだ――撮影用の模造宝石をＭＧＭ社に渡してやって――
エラリー　よかったですね。（三人の男が足音と共に登場）
レイサム　そうさ……おお！　こんばんは、紳士諸君！（足音は小さくなっていく）ふん、ほっとしたよ。今通り過ぎて行った、紳士気取りの間抜けどもを見たかね？
エラリー　あの三人の大男だったら、誰も口を利かなかったけど？
レイサム　さよう。あいつらは、スミス、ジョーンズ、ブラウンというんだ。うぬぼれ屋どもさ。あんたにさえも――時刻《タイム・オブ・デイ》だにくれなかっただろう！（笑う）それで思い出した……今の時刻《タイム・オブ・デイ》は十時五十分か。真夜中を四十分過ぎるまで、おれをバーのとまり木から引き離そうなんて思うなよ。おれが寝るのはそのあとなんだからな。また会おう、兄弟！（退場）
エラリー　（小声で）あんたがいることに気づかなかったら、会うこともあるだろうさ、レイサムのおっさん！（客車のドアが開き、レールの騒音が流れ込んでくる。閉まると騒音はまた収まる）ああ、ニッキイか。展望台で嗅ぐカリフォルニアの夜風はどうだった？
ミス・ドッド　（通り過ぎる）おやすみなさい、ニッキイ。

ニッキイ　（はしゃいで）おやすみなさい、ドッドさん！（小声で）エラリー、あの人が誰だかわかる？　今、外で会ったのよ！

エラリー　ふーむ。確かにものすごい美人ではあるけど。誰だい？

ニッキイ　本物の、生身の映画スターよ！　リーリー（発音は「leelee」）・ドッド！　エラリー、あの人は一人旅の途中なの――おしのびで。こっそり教えてくれたのよ――（エラリーが笑う）何を笑っているの？

エラリー　（なおも笑いながら）きみの魅力的にして純真な羊っぷりを笑っているのさ。

ニッキイ　（いぶかしげに）今、何か笑われるようなことをした？

エラリー　映画スターがおしのびで旅行をしているというのに、アカの他人と出会って十分後には、身分を明かしているわけだ。ニッキイ、ニッキイ、きみはまだ学んでいないのかい？

ニッキイ　何を学ばなくちゃいけないの？

エラリー　人を見抜くことさ！　リーリー・ドッドは、ハリウッドではとっくに落ち目なんだ。もう、見捨てられたと言ってもいいくらいだよ。そうでなかったら、普通列車で旅をしたりはしないだろう？　彼女は自分のことを気づいてほしかったんだ。大衆はもう、忘れてしまったも同然だからね。

ニッキイ　かわいそうな話ね。

エラリー　きみの雇い主に対しても、ぼちぼち同情心を見せてしかるべきとは思わないのかい、少しでいいんだが。ぼくは列車の中では熟睡できないたちなのでね。赤帽、ぼくたちの寝台の用意はできたかい？

赤帽　はい、旦那。七号寝台と八号寝台です。

エラリー　ご苦労さん。（おやすみ、ニッキイ——次はアリゾナで会おう！）

音楽、高まる……そこに流れるレールの響きは、展望台にいるときの大きさ。

ニッキイ　どの行《ぎょう》まで進んだか聞いたの？　ええと——「彼がオームスビーの部屋のドアに耳を当てると、絶望のあまり泣いている声が聞こえるように思えた」

エラリー　オームスビーの絶望からは離れてくれないか、ニッキイ。今は口述する気分じゃないんだ。どの地点まで進んだのかな？

ニッキイ　うーん、今朝は山岳標準時の十時五十五分にアッシュフォークを出て、ウィリアムズには着いていない——ということは、まだアリゾナのどこかにいると考えられるわね。

エラリー　ウィリアムズには昼までに着くかな？　ニッキイ、ここだけの話だが、ウィリアムズで途中下車して、グランド・キャニオンに行きたくなってきたよ！

ニッキイ　あら、二人で？（がっかりして）でも、あなたはそうしないと思うわ。

エラリー　そうできないんだ、ニッキイ。瞳が輝いているときのきみは、格別可愛く見えることを知っているかい？

ニッキイ　（明るく）あなたがそんなことに気づくなんて！　もっと言ってちょうだい——

スタイルズ　（登場）盗み聞きしたわけではないが、キャニオンの話をしているのが聞こえたので
ね。わざわざ見に行く価値があることを言いたくて。

スタイルズ夫人　ヘンリーとわたしは、結婚前にそこに住んでいたのよ。――あら、あなた！
わたし、しゃべってしまったわ、ヘンリー！

スタイルズ　（はにかんで）恥ずかしいことじゃないさ、ハニー。ぼくの名はスタイルズだ、ヘンリー・スタイルズ。フリスコ（サンフランシスコ）で銃器を扱っている。これはぼくの妻だ。見ての通り、新婚旅行の最中でね。ちょうど、ニューヨークの世界博覧会に向かうところなんだ。

エラリー　はじめまして。こちらはミス・ポーター。ぼくの名はクイーン。

ニッキイ　蜜月旅行中！　さぞや甘いでしょうね？

スタイルズ夫人　（やさしく）あなた方お二人は、婚約しているのね。お似合いのカップルだって、夫と話していたのよ……。

エラリー　（あわてて）スタイルズの奥さん、それは光栄ですが――

ニッキイ　わたしたちって、本当に婚約しているように見えますの、スタイルズの奥さん？（展望台のドアが開いて閉じる）今のを聞いたかしら、ミスター・クイーン？　あなたにも、学んでもらわないとね！

デュボワ　（登場）おお、〈女を探せ《シェルシェ・ラ・ファム》〉だ！　ムッシュー・クイーンですかな？

エラリー　（邪魔が入ったのにほっとして）ええ、そうですが？

デュボワ　（はしゃいで）この列車を端から端まで、あなたを探していたのですよ。でも、見つけ

ることはできませんでした。そこで、自分にこう言いました。「デュボワ、〈女を探せ《シェルシェ・ラ・ファム》〉だ」と。
果たせるかな《エ・ヴワラ》、見つかりました！　自己紹介をさせてください。マルセル・コッサー・クサンチッペ・デュボワ、フランス共和国《リパブリク・ド・フランセ》から来ました。

エラリー　光栄です。ムッシュー・デュボワ、こちらはぼくの秘書、ニッキイ・ポーター――

スタイルズ夫人　（うろたえて）おお！　秘書の方でしたの？　わたしはてっきり――

エラリー　――それに、スタイルズ夫妻。（アドリブで挨拶をかわす）困ったことに、もうここには座る場所がないのですが、ムッシュー・デュボワ――

デュボワ　いやいや《ノン・ノン》、おかまいなく《スラ・ネ・フェ・リヤン》！　あなたは、しろうと探偵《ラ・アジャン・アマトゥール》のムッシュー・エラリー・クイーンではありませんか？

エラリー　否定するには身に覚えがありすぎますね、ムッシュー。

デュボワ　やはり思った通りだった！　あなたの名前を小耳にはさんだとき、自分にこう言いました。「デュボワ、とても信じられないような幸運じゃないか！」と。ムッシュー・クイーン、私はあなたが解くに値する――一つのミステリを抱えているのです！

スタイルズ　エラリー・クイーンだって！　ハニー、おまえもエラリー・クイーンの名前は聞いたことがあるだろう――

ニッキイ　（面白がって）過去の栄光が、またもやあなたを捕らえたようね、ミスター・クイーン。

エラリー　（困って）実のところ……ぼくは捜査にちょっと関わったことがあるくらいで……

デュボワ　謙遜が過ぎますな、ムッシュー！　わがフランスでは、あなたは広く認められておりますぞ。私にとっては、あの小柄なベルギー人《ル・プチ・ベルジュ》のエルキュール・ポアロの次に、お気に入りの名探偵で――

エラリー　それはどうも。そのミステリとは何ですか、ムッシュー・デュボワ？

デュボワ　小さな――ささいなものです。ですが、退屈をまぎらわし、脳細胞の運動になることは間違いありません。いかがですか《ネ・ス・パ》？

スタイルズ夫人　わくわくするわ！　クイーンさんにお話ししてくださいな、デュボワさん。

ニッキイ　そうだわ。話してちょうだい！

エラリー　（弱々しく）ニッキイ……

デュボワ　（意気込んで）ありがたい。私はナポレオンの生涯の研究に打ち込んでいる者です。フランス史の教授《プロフェスール》で――実を言うと、ナポレオンの戦争についての大部の論文を書き終えたばかりで――ソルボンヌ大学から休暇をもらい――あなた方の広大な大地を味わうために、いわゆる《コモン・ディ》バカンスの最中なのです……。

ニッキイ　あなたのミステリはどこに行ったの、ムッシュー・デュボワ！

デュボワ　もちろん《メ・ウィ》話しますよ。ミステリ《ル・ミステール》を。悪魔の所業《セ・ディヤボリック・サ》を！　ところで、私はナポレオン皇帝の遺品を集めるという――あなた方の言葉では――趣味《ホビー》を持ってましてね。最近はパリで、ナポレオンが実際に使った剃刀《かみそり》を手に入れました。

エラリー　ナポレオンの剃刀ですか？　それは面白いですね。

デュボワ　おかしな物《ユヌ・ドロリ》でしょう、違いますか《ネ・ス・パ》？　ジョセフィーヌ皇后から、ナポレオンへの贈り物だと推定されます。一八一五年のアウステルリッツの戦いでのナポレオンの勝利（ロシアとオーストリアの連合軍を破った）のお祝いとして。

エラリー　本当ですか？　続けてください、ムッシュー。

デュボワ　そうさせてもらいます《アロール》。今朝、私がこの車両の男子用洗面所で、ナポレオンの剃刀でヒゲを剃っていると――

スタイルズ　そんなものでヒゲを剃ったのですか？（笑う）失礼、でも、どう考えてもおかしく思えるので……

デュボワ　ジョークだと思ったのですか？　違います《ノン》な。説明を忘れていました。剃刀を手に入れてから気づいたのです、それが――あなた方の言葉では――フ、フ……

ニッキイ　模造品《フェイクルー》ですか、ムッシュー・デュボワ？

デュボワ　フェイクルーですと、マドモアゼル？　それは何の意味ですかな？　いや《ノン》、フ、フ――贋作《フォニー》です！　デュボワは贋作を掴まされたのです。それで、錆びついた古い刃だけを新しい刃と取り替えて、ヒゲ剃りに使っていたわけですよ！

エラリー　あなたのミステリはどこに行ったのですか、ムッシュー・デュボワ？

デュボワ　すぐその話にたどり着きますよ、ムッシュー・クイーン。私は、洗面所にタルカム・パウダーを持ってくるのを忘れていました。洗面所にはそなえつけてありません。剃刀を金だらいに置いたまま、いったんそこを離れました。自分の寝台にあるタルカム・パウダーを取ってくるためです。すぐに洗面所に戻りました。すると、なんと！　ナポレオンの剃刀が消えて

――盗まれていたのです！　驚くべきミステリ《アン・ミステール・マニフィック》ではないですか。ねえ《ア》？

ニッキイ　誰かが、たまたま見つけて取っていったのね。

エラリー　ムッシュー、古い刃だけを新しいものと取り替えたと言いましたね。柄《え》の部分は、どんな風になっているのですか？

デュボワ　柄の部分ですと？　おお、手に持つ部分のことを言っているのですな。太い象牙を細工したもので――長さが六インチで、幅と厚さが半インチもある、相当ごつい代物《しろもの》です。象牙にブリリアンカットで、「ナポレオンへ、ジョセフィーヌより」と、フランス語で刻んであります。

エラリー　ふーむ。剃刀は本物ではなかったのでしょう？　価値はないわけですね？

デュボワ　みじめなほどの価値しかありませんな、ムッシュー。イミテーションとしては、おそらく数フランでしょう。それなのに、何者かが盗んだわけです。なぜですか？

ニッキイ　たぶん、泥棒は刻まれた文を読んで、価値があると思い込んだのではないかしら？

デュボワ　（がっかりして）ああ、それは思いつきませんでした。そうに違いありませんな。

エラリー　（ゆっくりと）ムッシュー・デュボワ、それでもあなたのささやかなミステリには、刺激されるものがありますよ。（笑う）調べてみましょう。いいかい、ニッキイ？

音楽、高まる……レールの音がゆっくりになり……列車のブレーキ音……停止するときのきしみ音……機関部が停止するシューという音……金だらいが叩かれ、中の水がはねる音。

エラリー　（水をはねあげながら）うーん……結局、今日わかったことは、これがアルカリ性だってことか。スタイルズ、このタオル掛けから一枚取ってもいいのかな？

スタイルズ　かまわないさ、クイーン君。

エラリー　ありがとう……。列車が停まったな。今、どこらへんだろう？

デュボワ　今は十一時三十五分なので、ボーンにいるはずですね。確か、ニューメキシコにあるのでは？　おお、あなた方の国では、一番広大な土地でしたね、紳士方！　壮大な砂漠が広がり、空は紫がかり、平原から突き出た風変わりな小丘は太古の盛り土さながらで――

スタイルズ　そういった小丘を、われわれは「ビュート」と呼ぶんですよ、デュボワさん。なかなか洒落た表現でしょう？（「ビュート」の語源はフランス語）

レイサム　（登場）よう、みんな！　おれの秘蔵の陽気な飲み物を減らす手伝いをしてくれないかな？　枕に頭をめり込ませる前なんだろう？　ええ？

エラリー　（そっけなく）ぼくの目には、あなただけは夢の神《モルフェウス》を迎える準備が整っているように見えますよ、レイサムさん――部屋着を着ているし、ワニ皮のスリッパをはいているし、ライウイスキーの瓶を持っている。

スミス　（遠慮がちに挨拶する）失礼しますよ、みなさん……。

レイサム　へい、誰が来たんだ？　おお、ミスッタ・スミスじゃないか。ミスッタ・スミスとミスッタ・ジョーンズとミスッタ・ブラウン。やあ、同輩！　一杯やらないか？

ブラウン　（短く）遠慮するよ。おやすみ。（アドリブで「おやすみなさい」）

レイサム　（むかっとして）気取り屋どもが！　まあ、専用室を取っている連中は、たいがいそうだが——自分たちを何様だと思っているんだ？　へい、ムッスー、喉をうるおさないか？

デュボワ　（あわてて）いやいや《ノンノン》、ありがたい《メルシー》ですが。私はbarbier《バッビイエ》を——床屋を探しているところでして。列車の中で髪を切ってもらうのです！　なかなか楽しい冒険でしょう、ねえ《アン》？

レイサム　どうかな、シュタイルズ？　ひと口どうだ？

スタイルズ　（あわてて）いや、ありがたいけど。デュボワさん、待ってください。ぼくも一緒に行きますよ。妻が待っているんで——

エラリー　おやすみなさい、レイサム。よい夢を。

レイサム　（退場）男どもはどうしちまったんだ？　だあれも飲みたがらねえぞ？　一人ぼっちで飲むしかねえのか……。

デュボワ　なかなか楽しい人ですな、違いますか《ノン》？　ところでムッシュー・クイーン、まだナポレオンの剃刀のミステリは解けませんかな？

エラリー　まだです、デュボワさん……。（全員が退場）

車掌　（遠くから——かすかに）発車ー！

列車が走り出す音——汽笛——レールの音が徐々に早いピッチになる……レイサムが酔っ

払って「おれは酒が飲みたいんだ《ハウ・ドライ・アイ・アム》」を歌っている……音楽が高まり、レールの騒音が激しくなる、などなど――かすかないびき。

ニッキイ　（こっそりと）エラリー。（間）エラリー。起きて。

エラリー　（目を覚まして）うーん――何だ――（カーテンの背後からの声なので小さく）誰だ？　何かあったのか？

ニッキイ　ニッキイよ、エラリー。寝台から顔を出してちょうだい。（寝台のカーテンが引かれる）

エラリー　（あくびをする）ニッキイか？　事件でもあったのか？

ニッキイ　事件なんかじゃないわ。とってもすてきな景色を見ておいた方がいいんじゃないかと思って――

エラリー　（まだ眠そうに）へえ？　今、何時かな？

ニッキイ　六時ごろよ。もうすぐアマリロだわ。起きなさいよ、この怠け者――あなたに朝日を見せてあげたいの！

エラリー　（うなる）ニッキイ・ポーター、きみは単なるテキサスの朝日のために、ぼくの不快な眠りをさまたげたというのかね？　ベッドに戻りたまえ。

ニッキイ　もう、あなたったら……！　あなたの心には、ロマンスのかけらもないの？　この一時間に限っては、空はどこもかしこも黄金が溶けたみたいで、そこに赤い色がしたたり落ちて――

エラリー　（あくびをして）うんうん、とっても詩的だね。それは間違いない。では、眠りたまえ。

デュボワ　（離れたところから、眠そうに）どうしましたかな《ク・ヤ・ティル》？　おお、マドモアゼル・ポーター。どうも失礼しました《バルドネ・モア》。声が聞こえたので、見に来たわけです――

エラリー　今のを聞いたかい？　きみは、ムッシュー・デュボワを起こしてしまったんだ！

ニッキイ　本当に申しわけありません、ムッシュー・デュボワ――。

デュボワ　いやいや《ノンノン》、どうせ、まともに眠っていなかったのですから。私は不幸の星の下に生まれたのですよ、わが友《メ・ザミ》。昨晩、床屋を探したのですが、なんということか！　夜なので閉まっていたのです。私はこの車両に戻り、自分の寝台に行ったのですが、そこで何を見たと思いますか？　ムッシュー・レイサムが、私の寝台を取っていたのです！

ニッキイ　レイサム？　あの失礼なセールスマンの？

エラリー　レイサムとは、昨夜、男性用洗面所で会ったな。そのときは一人で、酔っ払っていたんだよ、ニッキイ。

デュボワ　そうです《ウィ》。この酔いどれにとっては、一方の下段寝台の方が、もう一方の下段寝台より、寝心地が良かったのでしょうな、ねえ《アン》？　私は五号の下段寝台で、彼は六号の下段――通路をはさんで向かい合っています。

ニッキイ　（ゆっくりと）それは――レイサムという人が――五号の下段寝台にいたということですか？

デュボワ　そうです《ウィ》、マドモアゼル、五号寝台にいたのです。私は言いました。「わがまま屋さん《ディヤーブル》、ムッシュー、あなたは私の寝台を占領していますぞ！」とね。しかし、わずかに身じろぎしただけで、すぐにいびきをかきはじめました。哀れなデュボワはどうすればいいのでしょう？ご想像の通り、私は六号寝台に入りました――彼の寝台で寝たのです！

エラリー　（あくびをして）あなたの身にふりかかったことは、何もかもわかりましたよ、デュボワ。気にすることじゃないでしょう？　ぼくは、逃げ出した睡眠を、わずかなりとも連れ戻したいと思いますので――

ニッキイ　（緊張した声で）エラリー。これって――どうも――おかしいわ《ロング》。

デュボワ　間違い《ロング》ですと？　なるほど、確かにそうですな《メ セルティヌモ》、マドモアゼル！　あの豚は私の――

エラリー　（警戒するように）何がおかしいんだ、ニッキイ？

ニッキイ　み、見てちょうだい……五号の下段寝台には、カーテンがかかっているでしょう。その――カーテンの留め具がおかしいのよ。床の上にあるわ。（間）まるで切り取られたみたい――カーテンを開けるために！

エラリー　（間）ニッキイ。自分の寝台に戻りたまえ。

ニッキイ　でも、エラリー――。

エラリー　逆らわないでくれないか、ニッキイ。言われた通りにするんだ。

ニッキイ　（小声で）わ……わかったわ、エラリー。（退場）

デュボワ　（うろたえながら小声で）マドモアゼルを帰しましたね、ムッシュー・クイーン。何を気にしているのですか？

エラリー　（きびしい声で）カーテンの留め具が切り取られているだけではありませんよ、デュボワ。ぼくの見間違いでなければ、カーテンの奥からカーペットに流れ出ている染みは、血なのです……。レイサム、レイサム？

デュボワ　（つぶやく）聖母マリア《メール・デ・ディユー》よ！　血ですと？

エラリー　（切迫した声で）レイサム……！（間）やりましょう、デュボワ。（カーテンを開く音。間。それからゆっくりと）あなたのミステリは解けましたよ、デュボワ。ナポレオンの剃刀を見つけました。

デュボワ　（ささやくように）剃刀《ル・ラズワール》ですか、ムッシュー？　私の……寝台に？

エラリー　（いかめしく）そうです！　ジョージ・レイサムの背中に突き刺さっています！

音楽、高まる……列車の音はしていない……ざわめき声が入る。

スタイルズ夫人　（すすり泣く）で、でも、わたしたち、このままアマリロに留まっていられないいわ——

スタイルズ　泣かないで、ハニー。頼むから。そんなに長くはかからないさ——

ミス・ドッド　わたくしはカンザス・シティに行かなければならないの！　婚約者がそこで待っているのですから！

デュボワ　信じられない《アンクロイヤーブル》。殺人なんて。私の剃刀でなんて。ムッシュー保安官《ル・シェリフ》——

保安官　（テキサスなまりで）申しわけないっすが、みなさん、そうやってどなることは、あんた方にとって不利になりますぜ。そのラウンジに入って、しばらくそこにいてください。（ざわめきは消える）さてさて、クイーン君。こいつは実にやっかいに見えるなあ。どうかな？
エラリー　検死官は、死亡推定時刻は何時だと言ってますか、保安官？
保安官　レイサムが死んだのは、夜中の三時三十分から五時十五分の間だと。
エラリー　時刻表だ、ニッキイ。
ニッキイ　（元気なく）これよ、エラリー。
エラリー　三時三十分……この時刻には、ニューメキシコ州のクロービスに着いているな——ここで中部標準時に合わせたっけ……。
保安官　つまり、クロービスとそん次の駅——テキサス州のハーフォード——の間のどっかで、あの男は殺されたと考えられるわけだ。
ニッキイ　でも保安官、どちらの州で、なの？　ニューメキシコで起こったのか、それともテキサスで起こったのか——検死官の死亡推定時刻からは、どちらかわからないのでしょう？
エラリー　確かにわかっていない。いい点に気づいたね。
保安官　面倒な点だよ。ん、何だ、トミー？
テキサスなまりの声　あなたに電信です、保安官。フリスコから。
保安官　フィリスコの警察からに違いねえ。（電文を開く音——間）へえ、レイサムのやつが本当は何者なのか、知ってたかい？

エラリー　自分では、旅のセールスマンで、模造宝石を扱っていると言っていたな。

保安官　あいつはこれまでの人生で、そんなこたあ一度もやっちゃいない！　この電文によると、やつの名はゲオルギ・レイサム、宝石泥棒だ！

ニッキイ　宝石泥棒？

保安官　そうだ、奥さん。もっとあるぞ。フィリスコの警察は、やつは一番新しい獲物を持ってるはずだと断言している。数週間前、ヌーヨークの夫婦から盗んだ、五万ペソの価値がある三つのフラット・エメラルドを売りさばくために、即座にフィリスコに飛んでったんだ。だが、やつが売りつけようとした野郎は、用心して、買う代わりに警察に出向いた。そんでレイサムは、フィリスコからヌーヨークまで、あわてて逆戻りってわけだ。

エラリー　レイサムは、その仲間が買い取りを拒絶して警察に駆け込んだときに、サンフランシスコのどこかでエメラルドを処分できなかったのかい？

保安官　いんや。この電文によると、やつにはそんな機会はみじんもなかったと言っている。それに、レイサムはいつも一匹狼《コヨーテ》（「コヨーテ」にはペテン師の意味あり）として行動している。つまり、この場合、やつはまだエメラルドを自分で持ってるはずなんだ！

エラリー　持ち物を調べたときに、見つからなかったのですか？

保安官　おお、そう、いや、見つからなかった……やつはエメラルドのために刺されたと推理するんのかな、クイーン君。

エラリー　（きっぱりと）明らかにそう思えますね、保安官。

ニッキイ　それなら、確かなことが一つあるわ。レイサムを殺してエメラルドを盗んだ人が、まだこの列車に乗っているということよ！
エラリー　車掌！
車掌　何です、お客様？
エラリー　きみは、この車両の後部のラウンジに一晩中座っていたと言ったね。真夜中から、今朝、殺人が発見されるまでずっと。夜の間に、ラウンジに誰か入って来たか？
車掌　いいえ、お客様。誓います。クロービスからハーフォードまでの間、私はこの車両を離れませんでした。合図のために、展望台から信号灯を振ったときくらいですよ。
エラリー　赤帽！
赤帽　な、何です、旦那？　こいつは、あたしが仕事をさぼったせいじゃないですよ。あたしは決して――
エラリー　きみは、この車両の前部に一晩中いたと言い張っていたね。ドアと男性用洗面所の近くだ。この場所を一度でも離れたことはなかったんだね？　それに、出るにせよ入るにせよ、きみのそばを通った者もいなかったんだね？
赤帽　本当です、旦那。長い長い夜の間、目を閉じてはいません。おかげで背中のリューマチがひどくなって――
エラリー　そういうわけだ、保安官。夜の間、他の車両の者は、誰もここに出入りできなかった。もし誰かがあらかじめこの車両に隠れていても、逃げ出すことはできなかった。――赤帽が車両の一方の端に、車掌がもう一方の端にいて、二人とも、一晩中しっかり目を覚ましていたからだ。こうなると、この車両にまだ残っている者だけが推理の対象になるということは、誰でもわかる。スミス、ジョーンズ、ブラウンの三人組——スタイルズ夫妻、デュボワ教授、ミス・リーリー・ドッド、それにぼくたち二人だ。

ニッキイ　それなら、エメラルドもこの車両にあることになるわ！

保安官　だったら、濁った目の持ち主でも、そいつを見つけ出すこたあ朝飯前だな。連中は、この車両から一歩も外に出てないからな！　クイーン君、その石を見つけ出してやりますさあ！

音楽、高まる……レールの音はしていない。

交換手　（くぐもった声）アマリロですか？　こちらはご依頼のニューヨークの方です。

エラリー　もしもし！　お父さん？

警視　（くぐもった声）エラリーか？　どうしておまえの乗った列車で、ギャビー・レイサムが殺《や》られる羽目になったんだ？　カリフォルニアとニューメキシコとテキサスから、わしのところに電話がかかって来て——

エラリー　とある苦境におちいりましてね、お父さん。レイサムがどの州で殺されたのかが特定できないのですよ。おかげで、この事件の捜査の主導権をどこが握るかで、司法管轄上の論争が起きているというわけです。おまけに、エメラルドが車両のどこかにあるのは間違いないというのに、その場所が見つけられないときてる――

警視　（くぐもった声）わかっておる。もう報告書が来とるからな。おまえはアマリロ当局の監視下に置かれておるのだろう、違うか？

エラリー　ええ。自分の車両にいます。厳重に封鎖されていますね。他の車両は定刻通りに出て行きました。

警視　（くぐもった声）そうか。おまえには話しておこう。わしは、現地の警察を言いくるめて、司法管轄権の行使を控えてもらうつもりだ。それから、その車両をニューヨークまで移送する。レイサムはこちらで重窃盗罪を犯したわけだから、ニューヨークの事件だという見解が可能なわけだ。

エラリー　さすがですね！　すぐに、殺人の凶器をそちらに空輸しますよ――剃刀です。指紋か何かを見つけることができると思いますよ――

警視　（くぐもった声）エラリー、ニューヨークに来る途中で、展望台から連中の誰かが逃げ出さんように気をつけてくれよ、あてにしとるぞ！

エラリー　わかりました。それに、ぼくたちがグランド・セントラル駅に入る前に、お探しの殺人者を見つけるように、がんばってもみますよ。

警視　（くぐもった声）うむ、頼むぞ！　では、シカゴ駅で待っておる！

音楽、高まる……レールの音を早いピッチで、ひかえめに。

ミス・ドッド　これまで、こんな屈辱を受けたことはありませんわ。新聞は「リーリー・ドッド、殺人事件に関与」なんて書き立てるに決まっていますし。ヘイズ事務所に――わたくしと契約している事務所に――

スタイルズ夫人　（涙声で）わたしたちは、太西洋岸《コースト》に泊まりに行くだけだったのよ、ヘンリー。この事件のせいで――何もかも台なしになって――

スタイルズ　ねえハニー、泣かないで。

ニッキイ　そんなに悪く考えては駄目よ、スタイルズの奥さん。わたしたち、二十四時間ぽっち、遅れるだけじゃないの。今日は金曜日で、二時間もしない内にトピーカに着くわけだから……

デュボワ　そうです《ウィ》、そこはカンザス・シティのすぐ近くなので、明日の朝には――シカゴですよ、マダム・スタイルズ！　おお、笑ってくれましたね。それでいいのです。赤帽さん、みんなにコニャックを！

赤帽　（ぼんやりと）コニャックですか、旦那？　へい。用意します。（退場）

エラリー　（登場――いらついて）やあ保安官、レイサムの死体にもなかったよ。

ニッキイ　（小声で）エラリー・クイーン、それって、荷物車両まで行って――死体を自分で調べたということかしら？

エラリー　何だって？　ああ、そうさ。どうも腑に落ちないな。あり得ないことだ。

保安官　死体にはエメラルドはなかったと言うんだな、クイーン君。まあ、おれの捜査がいいかげんじゃねえことがわかって、ちっとは気が晴れたな！

ニッキイ　でもエラリー、エメラルドはこの車両にあるはずよ。

エラリー　あるはずだということは、わかっている。それなのに、いまだに見つからない。ぼくはレイサムの六号下段寝台も、櫛《くし》ですくように調べたんだ。犯行のあとにもあそこにあった物はすべて——彼の部屋着も、彼のワニ皮のスリッパも、彼の手荷物も、彼の現金二百ドルも——どれもこれも、誰ひとりとして触れてさえもいないことは明白だった。レイサムが死んでいたデュボワの寝台の方も、同様に、何の痕跡もなかった。

保安官　鉄道会社は、おれたちがこの車両に対してやったことを、許してくれねえだろうな。実際に、車内の調度品や装飾品をバラバラに引き裂いちまったからな。

エラリー　（熱っぽく）人も、服も、手荷物も、ひげそり用ブラシも、歯磨き粉のチューブも、化粧箱も、赤帽の控え室も、洗面所も、展望台も、信号灯も、バーも調べた——酒瓶の中さえも調べたんだ——車両の屋根に登って調べてもみた——ぼくは、三つのエメラルドが隠せるだけの大きさを持つものは、すべて調べ上げたんだ。どう考えてもおかしい。ここにあるはずなんだ。

ニッキイ　ちょっと、わたしの方を見ないでくれる、ミスター・クイーン。わたしはくすねてなんかいないわ——わたしも調べたでしょう！

エラリー　その点については、ニッキイ、ぼく自身も調べたさ。（声を大きくして）ミス・ドッド、夜の間に何も聞かなかったというのは、間違いないですか？

ミス・ドッド　（不機嫌そうに）何も聞いていませんわ。そう言ったでしょう。

エラリー　あなた方ご夫婦はどうですか、スタイルズさん？（間）デュボワさんは？（間）あなた方三人は？

スミス　（どこか楽しそうに）無罪だ、ご同輩。

ジョーンズ　（いやみな口調で）あんたがおれに罪を着せないのは、まずいんじゃないかねえ――

ブラウン　（おだやかに）黙っていろ、ジョーンズ。いいかい、クイーン、われわれは特別専用室を借り切った、三人の平穏な市民で――

保安官　おれに言わせりゃあ、えらくうさんくさいネズミ野郎に見えるがね。旅行中だと言ったな？

スミス　そう思ってくれてかまわんさ。なあ、ブラウン？

ブラウン　ジョーンズィに聞きたまえ。

ジョーンズ　（不機嫌そうに）おれは口をきかねえ。

エラリー　スミス、ジョーンズ、ブラウン。三つとも、とてもユニークな名前ですね、紳士方。推測すると、名前の方は左から順番に、トム、ディック、ハリー（「誰でも彼でも」の意味）となるんじゃないですか？

スミス　ほう、それは面白いな。私の名はトム・スミスだ。

ブラウン　そして、私はハリー・ブラウン。友人の方はディック・ジョーンズ――そうだろう、ディック？

ジョーンズ　（不機嫌そうに）おれは口をきかねえ。
エラリー　あなた方は、とても親しい友人同士に見えますね。いつも一緒にいるので──誰か一人が、他の二人に見られずに部屋を出ることはできないのでしょう？
スミス　（楽しそうに）彼に教えてやりたまえ、ブラウン。
ブラウン　ただ単に、お互いに馬が合っただけだよ、クイーン君。
スミス　離ればなれになるのには、耐えられないな。
エラリー　（いらいらして）なぜレイサムがあなた方を嫌っていたか、だんだんわかってきましたよ。あなた方と別れるまでに、正体を突き止めてみせますからね！
ジョーンズ　（うなる）ふん、油なら他の場所で売った方がいいぜ、おまわりさんよ。
エラリー　（かっとして）何だと、この知性のかけらもない原始人《ピテカントロプス》の標本どもが──
ニッキイ　エラリー！　お願い！
保安官　あせりなさんな、坊や。この変人連中には、何一つ、持ち逃げさせたりはしねえさ。
エラリー　そうじゃない。ぼくは、シカゴに着く前に、誰がレイサムを殺し、どこにエメラルドがあるかを突き止めないといけないんだ。親父にこの事件の結末を教えてもらうなんて、絶対にお断りだ！

音楽、高まる……列車の音がゆっくりになる……停車する音……大きな駅の構内でおなじみのどなり声が遠くで。

車掌　（おどおどと）予定通り九時十分。ここからカンザス・シティまでは十二分です。あのう保安官、私は、ホームに出てもいけないのですか？　ここで五十分ほど下車することになっているのですが。

保安官　すまんな、車掌。別に、いやがらせをしているわけじゃないんだよ。じゃあ、わめきちらしている連中のところに行かにゃあならんので。（退場）

ニッキイ　（ため息をつく）元気が出たとは言えないわね、ミスター・クイーン。この車両には調理場がないからって、赤帽が作ったコールドミールではね……。なんて旅行なのかしら！（皿をガチャガチャいわせる）缶詰のサーモンをどう？

エラリー　（憂鬱そうに）食欲がないんだ、ニッキイ。

ニッキイ　でも、何か食べなきゃだめよ。ねえ、ムッシュー・デュボワ。あなたは、ご自分のヒーローを難題で落ち込ませちゃったみたいよ。何も食べたくないんですって。

デュボワ　（神経質に）私も――私も食欲がありません。ムッシュー・クイーン、私は脳細胞の運動をしてみたのです。

エラリー　きっと、ぼくよりうまくいったと確信してますよ、デュボワさん。

デュボワ　私は自分にこう言いました。「デュボワ、何かを勘違いしている。考えるんだ！」と。そして、私は考えました。すると――なんと！　気づきました！　ムッシュー、私の命は危険にさらされているのです！

エラリー　おお、それではあなたもわかったのですね？

ニッキイ　エラリー！　あなたは何を言っているの？　ムッシュー・デュボワの命ですって？

エラリー　（疲れた声で）そうだ。殺人者は、デュボワさんからナポレオンの剃刀を盗み、五号下段寝台の留め具を切り取り、暗闇の中に手を伸ばし、寝台を占有して眠っている人物を背中から刺した。

デュボワ　（ささやき声で）その通りです《プレシセメ》、マドモアゼル！　おわかりですか？　襲撃されたのは、私の寝台なのです！　従って、殺人の対象は私ということになるのです！

ニッキイ　（ぞっとして）レイサムが殺されたのは、彼が寝台を間違えたからだとおっしゃりたいの？　でも、そんな——恐ろしいことって！

デュボワ　（いかめしく）彼のおかげで命拾いしたのですよ、マドモアゼル。

ニッキイ　でも、もしそうなら——エメラルドは——どうして——

エラリー　それがぼくを悩ませているのさ。いまいましいエメラルドが！

デュボワ　（神経質に）ムッシュー・クイーン、エメラルドのことは放っておいて——私が言いたいのは、殺人犯はまだここにいるということです。もし、そいつが再び——

エラリー　ぼくが、あなたから目を離さないようにしています。それに、保安官もそうですよ、デュボワさん。

デュボワ　おお、心から感謝します《アビャン・デ・ルメルシマン》、ムッシュー！

ニッキイ　でもエラリー、どうして殺人者は、犯行の前にムッシュー・デュボワの剃刀を盗んだりしたのかしら？

エラリー　調べても犯人にたどりつくことのない凶器を調達するためさ。座ってください、デュボワさん。出歩かないで。

デュボワ　はい《ウィ》、はい《ウィ》。うろたえてしまいました。私には敵はいない。この車両の人は誰も知らない。これまで顔を見たことすらないのです。それなのに、あの人たちは、私を殺そうとしている！

ニッキイ　剃刀から指紋は見つかったの、エラリー？

エラリー　見つかる可能性は低いね。それでも、ニューヨークに送って調べてもらっている。

デュボワ　おお、あの剃刀ですか！　あれは、この恐ろしい事件の記念に、手元に置いておきたいのですが。返してもらえますか、ムッシュー・クイーン？

エラリー　ニューヨーク市警が調べ終わったあとなら。（車両の外からアドリブで、騒ぐ音と言い争う声）駅で――すぐ外で騒いでいる人がいるようだな。

ニッキイ　何があったのかしら？　見に行った方がいいみたいね……（出て行く）（他の人物のアドリブの声――「どうした？」「何をもめているんだ？」「外で何があったんだ？」などなど。列車内を走る足音。車両のドアをしきりに叩く音）

エラリー　（呼びかける）このドアの鍵を開けてくれ、保安官！（鍵が開き、ドアが開く）外でゴタゴタがあったのか？

保安官　（登場）あんたらは中に戻るんだ！……わかりましたよ、上院議員、入ってください。こういったことについては、州議会と争う気はありませんから。

上院議員　（冷淡に）いつまで待たせるんだ！　中に入れたまえ。

ドアが閉じられ、鍵が下ろされ――ざわめきが消える。

保安官　こちらはミズーリ州議会のマクナリティ上院議員だ、クイーン君。どしても入ると言い張って――

ミス・ドッド　（登場）ハワード！　やっと来てくれたのね！（すすり泣く）おお、来てくれて嬉しいわ、ハワード。とても嬉しい――

上院議員　リーリー……泣かないで、ダーリン……。

ミス・ドッド　（泣き続けながら）わたくし、これまで経験したことがないくらい恐ろしい目にあったのよ！　さ……殺人があって、下劣なけだものどもが、わたくしを列車に閉じこめたの。まるで――まるで缶に詰められたフィルムみたいな目にあって――

上院議員　（いかめしい声で）保安官、きみはミス・ドッドを虐待したというのではなかろうな。もしそうなら――

保安官　（あわてて）その、わかってください、上院議員。法律は法律なので――

エラリー　ちょっと待ってください。保安官、どうしてこの人に乗車の許可を与えたのですか？

保安官　しかし、この方は上院議員なんだよ、クイーン君――

上院議員　（横柄な口調で）私はミズーリ州の上院議員、ハワード・マクナリティだぞ！

エラリー　あなたが誰かなんて、どうでもいい。この車両に無関係な人に過ぎませんから。ここはテキサス州のデフスミス郡、ランダル郡、ポッター郡の保安官、それにニューヨーク市警が共同で封鎖しているのです。

ミス・ドッド　ハワード！　あなた、そこに突っ立って、侮辱されたままでいるの？——探偵作家風情に！

上院議員　邪魔するんじゃない、若造。リーリー、手荷物を取ってきたまえ。赤帽、ミス・ドッドの荷物を！

エラリー　赤帽、待て！　上院議員、何をするつもりなのですか？

上院議員　黙って見ていろ、若造！　ミス・ドッドは偉大な公人だぞ。それに、言っておかねばならんが、私の……（咳払いをする——それから激しい口調で）彼女は私の婚約者なんだ。わかったかね？　彼女はカンザス・シティまでの切符を買った。そして、ここはカンザス・シティだ。ゆえに、私は彼女をこの列車から連れ出す、というわけだ！

エラリー　おっと、そいつは駄目です。ミス・ドッドはニューヨークに着くまで、この列車を降りてはいけません。

上院議員　保安官、ドアを開けたまえ！　これが何だかわかったぞ！　誘拐、明らかに誘拐だ！　カンザス・シティの警察に連絡してやる！　そして——

エラリー　その手のことは、何一つできませんよ。上院議員、あなたはもう、この封鎖された車両に入ってしまったのですから。このままここにいるのです。シカゴに着くまで、再びこのドアが開くことはありません。そしてそのときは、警察の手によってのみ、ドアが開けられることになるはずです！

音楽、高まる……操車場の列車に乗りつける車の音。

ニッキイ　うーん、おなかの具合が変。この列車、行ったり来たりで――病気になりそうだわ。
（列車がきしみをあげて揺れながら停止する）

エラリー　終わったようだよ、ニッキイ……。やあ、あなたでしたか、お父さん。

警視　（登場）ふーう。なんて日だ。そうだ、手はずは整えたぞ、エラリー。今はクズリ（ミシガン州の俗称）に停まっておるが、明日の朝八時二十分には、グランド・セントラル駅に着くはずだ。

ニッキイ　明日は日曜日ね。ニューヨークにたどり着くまでの長き道のりよ――（列車が揺れながら発車する）発車したわ！

警視　予定通り、一時十分前だ。おいせがれ、今回は難問のようだな、ええ？

ニッキイ　難問すぎて、手も足も出ないのよ、クイーン警視。まるで、手負いの灰色熊みたいなありさまで……。しゃんとしなさいよ、エラリー！

エラリー　（ぶつぶつと）あのくそいまいましいエメラルド。どこにあるのだろう？

警視　わしに聞いてどうする。しゃきっとせんか。わかったな。

ニッキイ　この人がどれくらいやけになっているか、警視さんはご存じかしら？　わたしに、二人の女性陣を――スタイルズの奥さんとミス・ドッドを――観察するように頼んだのよ。義足

ではないかを！（くすくす笑う――警視も笑う）

警視　あらゆる場所を捜したことは間違いないのだな、エラリー？

エラリー　百回以上も……待ってください！　ぼくはバカだった！　上院議員だ！

ニッキイ　マクナリティ上院議員のこと？　でもエラリー、あの人が持っているはずはないわよ――カンザス・シティに着くまで、この列車には乗っていなかったじゃないの！

エラリー　ああ、その通りだが、持っているんだ。エメラルドを持っていたやつが、彼の持ち物か、彼の服にすべり込ませたのさ……。マクナリティ上院議員！

上院議員　（堅苦しく）今度は何をしたいのかね、偏執狂君？

エラリー　申しわけありません、上院議員。しかし、あなたを調べなければならないのです。

ミス・ドッド　おおハワード！　あなた、そんな事までがまんするの？

上院議員　言うまでもなく、しないさ、ダーリン！　クイーン警視、私は訴え――

警視　（おだやかに）従った方がいいですな、上院議員。単なる手続きですから。あなたなら、ご存じでしょう――手続きというやつを？　おいせがれ、かまわず進めろ。

エラリー　両手を挙げてください、さあ……

上院議員　（歯ぎしりをしながら）堪忍袋の緒が切れた！　紳士諸君、ニューヨークに着くまでは待ってやろうじゃないか。だが、着いたらすぐ、この横暴に対して――

エラリー　次はポケットです、さあ。ひっくり返してください。お父さん、あなたはコートを調べてください。（スタイルズ夫人がくすくす笑う）

上院議員　（恐ろしい声で）そこの女性《ひと》――あなたが――笑っているのは――私かな？

デュボワ　（ささやく）いけません、スタイルズの奥さま――ムッシュー上院議員《セナトール》は怒っています――どうか――

スタイルズ　（小声で）ジョセフィーヌ！　後生だから、笑うのをやめてくれ！　これ以上のもめごとを起こす気か？

上院議員　（うなるように）満足したかね？　盗まれたエメラルドを私は持っていたかね、ええ？　このツケはかなり高くつくぞ、嘘じゃないからな！

警視　（上院議員を無視して）コートにはないぞ、エラリー。おまえの方は見つかったか？

エラリー　いいえ……見つかりません！

音楽、高まる……レールのおだやかな響き。

警視　（やさしげに）エラリー？

ニッキイ　（飛び上がる）きゃっ！

警視　わしだよ、ニッキイ。朝の六時だというのに、きみは何をしているのかな？

ニッキイ　あなたの息子さんの熱っぽいおでこに、氷嚢《ひょうのう》をあてているところですわ、警視さん。

エラリー　（くぐもった声で）あらゆる女性が天使の顔と猛犬の顔を持っていることを証明してくれているのですよ。ニッキイ、おかげで元気が出たよ！　ぼくは子供扱いされてしかるべきなんだ。まったく、あのエメラルドときたら。

ニッキイ　（なだめるように）そのことはいいから——眠った方が——

警視　感動的な場面に割り込んですまんが、話をさせてほしいのだ——作戦会議を開きたい。

エラリー　（しゃきっとして）何かあるのですか、お父さん？

警視　夜通し考えたよ。あと半時間ほどでポキプシーに着くので、手早く進めねばならんが……ちょっと待ってくれ。（間——それから離れた位置で）デュボワ？　デュボワ、起きるんだ！

（カーテンが引かれる）

デュボワ　（目を覚まして）ふわあ——ああ——（驚いて）どうしました《ク・ヤ・ティル》？　どうしました《ク・ヤ・ティル》？

警視　大声を出さないように。デュボワ、きみは自分が何者か知っておるかね？　きみは殺人者だ！

デュボワ　（あえぐ）私が？　殺人者ですと？　ムッシュー警視《アンスペクトール》、冗談にもほどが——

警視　（くつくつ笑って）ある意味では冗談ですな。坊やたち、もっとこっちに寄ってらっしゃい——これから話すことは、誰にも聞かれたくないのでね。

エラリー　デュボワが殺人犯だということについて、何を話そうというのですか？

警視　（いかめしく）わしは芝居を演じようと思っておる。いや、正しくは、演じるのはデュボワになる！

エラリー　（鋭く）芝居ですって？　どういう意味ですか？

警視　犯人がレイサムを切り刻んだのは、エメラルドのためだ。ならば、エメラルドはまだ、この車両のどこかになければならん。だが、宝石を持っておるのが誰にせよ、そやつは、朝になってグランド・セントラル駅に着けば、身体検査を避けられんことはわかっておるはずだ。結論——犯人は罪を免れるために、エメラルドをあきらめ、どこかは知らんが、隠した場所にそのまま置いて、列車を降りることになる。

ニッキイ　確かに、犯人に少しでも知性があれば、宝石は隠したままで立ち去るでしょうね。

デュボワ　（神経質そうに）しかしムッシュー、あなたは私が殺人者だと——

警視　下手人《げしゅにん》をお縄にする唯一の方法は、そやつにそう考えさせないように欺くことだ。つまり、犯人がエメラルドを身につけて列車を降りるように仕向けるわけだ。

ニッキイ　でも警視さん、犯人は絶対にそんなことはしないわ！　そんな愚かな犯人じゃ——

警視　犯人はそうするさ。もしわしらが、誰かをこの事件の犯人として逮捕したならば！　仮に、グランド・セントラル駅まで一時間ほどのハーモンを通過するあたりで、わしらが偽の逮捕劇を演じたとする。犯人はチャンスだと思うはずだ。間違いなく、やつはこう考える。「これでもう、身体検査を受けることはなくなった」と。そうなれば、ニューヨークに着いたとき、犯人はエメラルドを身につけて、列車を降りるに相違ない——

ニッキイ　そこで、全員の身体検査を行うというわけね！　警視さん、それ、すばらしいわ。

デュボワ　（狼狽して）あなたは、私を逮捕したいのですか？　でも、どうして私なのですか？

警視　他の連中に、きみが犯人だと信じさせやすいからだよ、デュボワ。わしは、パリの警察から電信をもらったという嘘をつこうと考えておる——きみはフランス史の教授などではなく、名うての宝石泥棒としてフランスで指名手配されている、という内容の。もっともらしく見えるに違いないだろう、デュボワ！　何か言いたいことはありますかな？

デュボワ　気に入りませんね。逮捕されるなんて！　いや《ノン》、いや《ノン》――

ニッキイ　ゲームじゃないですか、ムッシュー・デュボワ。あとで真相が明かされたときの名誉を考えてごらんなさいよ――フランスでも、ちょっとしたヒーローになって――

デュボワ　（疑わしげに）そう思いますか、マドモアゼル？　ムッシュー・クイーン、何か助言はもらえませんか？　あなたもそう思われますか――

エラリー　これは――そう――あなたにとってはナポレオン的な行為ですよ、ムッシュー・デュボワ。

デュボワ　おお、なるほど、なるほど。ボナパルト的な価値ある役目ですか！　デュボワは同意します。ムッシュー警視《アンスペクトール》、あなたの申し出を受けましょう！

警視　立派ですな。では、ラウンジに行くとしよう、デュボワ――邪魔が一切入らないところで、作戦を練らねば……（遠ざかる）

デュボワ　（遠ざかる）ええ《ウィ》……ええ《ウィ》……

ニッキイ　これで、あと一、二時間もすれば、この恐ろしい事件も解決するのね。そうすれば、わたしたちみんなが元のさやに収まって、のんびりできるわ。

エラリー　（うなるように）収まるって……（間――弱々しく）ちょっと待ってくれ……

ニッキイ　いったい、どうしたの？

エラリー　待ってくれ！　待ってくれ！　話しかけないでくれ！（間）（エラリーは延々と笑い続ける）

ニッキイ　（びっくりして）エラリー！　気は確かなの？　ねえ――また頭に氷嚢《アイス》をあててあげた方が――

エラリー　宝石《アイス》！　収まる！　バカを言わないでくれ、ニッキイ！　たった今、ぼくは謎を解いたんだ！

ニッキイ　（信じられないように）あなたが言いたいのは――エメラルドがどこにあるか、わかったっていうこと？

エラリー　もちろん！　二たす二。XイコールY。ならばエメラルドはそこになければならない！　まったくもって、ぼくはめった打ちをくらった二流のボクサーだったよ。そこは、ぼくたちが捜さなかった唯一の場所なんだ！

ニッキイ　でも、すべての場所を捜したはずよ……。エラリー・クイーン！　もしあなたが、エメラルドがどこにあるかわかったというなら、誰が盗んだのかもわかったはずだわ――それに、誰がジョージ・レイサムを刺したのかも！

エラリー　（うわの空で）え、何だって？　もちろんだよ。殺人犯については、テキサスのアマリロでわかっていたさ。

音楽、高まる。

聴取者への挑戦

ここでエラリーは、すべての手がかりが与えられていることを表明し、聴取者に謎を解くように挑戦する。

音楽、高まる……レールの音はしない……かすかな「発車ー」という声……列車が走り出す……ハーモン駅で電気機関車に接続されている……スピードが上がっていく。

——

ミス・ドッド　ハワード、もしあなたが、このけだものどもをここから追い払わないのでしたらるのだからな！

上院議員　いらいらしないでくれ、リーリー。こいつらは、いずれ法外な代価を支払うことにな

スタイルズ夫人　（神経質に）ハーモン駅を出たわ。ヘンリー、あの人たちは、ニューヨークに着くまで、わたしたちをこの檻に閉じこめておくつもりだと思う？

スタイルズ　（情けない声で）わからないよ、ダーリン。ハネムーンでたった一つだけ嫌なことに出会ってしまったな。もしメキシコの方に旅していたら——

スミス　あなた方は、こんな面白いことを見逃したわけだな。

スタイルズ夫人　これを面白いって言うの、スミスさん？　わたし、その考えが気に入ったわ！
ブラウン　面白いだと？（くすりと笑う）まったく、楽しい騒動だ！
デュボワ　私はそうは思えませんね、ムッシュー・ブラウン。あなたはどうです、ジョーンズ？
ジョーンズ　（不機嫌そうに）おれは口をきかない。
デュボワ　あなたは典型的なアメリカ人ですね。理解できません。わが愛する母国フランスでは

――

警視　（いかめしく――登場）マルセル・コッサー・クサンチッペ・デュボワ！
デュボワ　はい《ウィ》、ムッシュー警視《アンスペクトール》？
警視　（いかめしく）たった今、ハーモン駅で、おまえが興味を持ちそうな電信を受け取ったぞ、デュボワ！
デュボワ　（神経質そうに――演じる）で、電信ですか、ムッシュー？　このデュボワについて何か言ってきたのですか？
警視　わからんかね？　電信はフランスのパリ警視庁《シュールテ》から来たものだ！
デュボワ　（どもりながら）シュ――シュ――警視庁《シュールテ》ですか？
警視　われらが友人のために、読み上げてやろう。こう言っておる。「デュボワについての照会依頼の回答　区切り　マルセル・コッサー・クサンチッペ・デュボワがソルボンヌ大学のフランス史の教授というのは偽り　区切り　デュボワはフランスでは名のとどろいた宝石強盗――」エラリー！　保安官！　やつを捕えろ！

続いて起こった取っ組み合いに、みんなは驚きのあえぎ声をもらし、アドリブで悲鳴をあげる。手錠のカチリという音で、クライマックスに達する。

保安官　（息を切らしながら）これでよし、と。お縄についたな、メッシュー。（デュボワはうなり声をあげ、じたばたする）おとなしくしろ、いつまでもじたばたすんな！

スタイルズ夫人　（あえぎながら）デュボワさんが犯人なの？　信じられないわ！

ミス・ドッド　（興奮して）わかったでしょう、わたくしは最初から、あのフランス人が怪しいと思っていたのよ！

スタイルズ　宝石強盗とはね！　よく見抜けたもんだ！

警視　（いかめしく）デュボワ、おまえをジョージ・レイサム殺しの罪で逮捕する。

デュボワ　（どなる）間抜け！　豚！　私は殺してなどいない！

警視　わしが間抜けな豚なら、おまえはさしずめ赤ずきんだな。レイサムを殺して手に入れたエメラルドは、どこに隠したのかな、デュボワ？

デュボワ　（どなる）エメラルドなど知らない！

警視　しらを切るのかね、ええ？　よろしいデュボワ、エメラルドが見つかろうが見つかるまいがかまわんさ。重要なことは、わしらは既に、おまえが犯人だという確証を手に入れているということだ。電気椅子にかけられるくらいのな！　では紳士淑女のみなさん、旅行の邪魔をして申しわけなかったですが、今や、すべて片づきました。みなさんを解放します。そして、お礼を言わせて――

上院議員　お札なんぞいらない！　私の方は、きみを解放しないからな。

警視　（へりくだって）あいすいませんでした、マクナリティ上院議員。当方は義務を果たしただけなのです。（荒っぽく）さあ来い、デュボワ。グランド・セントラル駅に着くまで、丁重にもてなしてやる……（遠ざかる――それから小声で）ありがとう、デュボワ！

デュボワ　（くすくす笑って）私の演技はどうでしたか、警視？　良かったですか？

警視　（くつくつ笑って）良かったか、ですと？　いやいや、完璧でしたな！　だが、忘れんでくれよ、デュボワ。まだきみは、逮捕された殺人者だと思われていなければならんことを。そのまま演技を続けて……（退場）

音楽、高まる……列車はグランド・セントラル駅の地階に入り……停車のために速度を落とし……話し声と動き回る音が。

スタイルズ夫人　地下に入ったわ、ヘンリー！　あらダーリン、この旅行カバン――開けられちゃってるわ――

スタイルズ　（せくように）ぼくが閉めるよ、ダーリン。……赤帽――荷物を頼む！

赤帽　はいはい、旦那。こちらに渡してください……（退場）

ミス・ドッド　（いらいらして）きっと、記者連中が百万人くらい、グランド・セントラル駅で待ちかまえているわ、ハワード。彼らがわたくしを困らせないようにしてくださいね。わたくし、とっても取り乱していて、悲鳴をあげたいくらいなのですから……

上院議員　もう何も心配することはないよ、スイートハート。私に全部任せて……（退場）

スミス　（ぶっきらぼうに）いいぞ、ジョーンズィ。着いたようだ。

ブラウン　彼は口を利かない。

ジョーンズ　（不機嫌そうに）何を話せというんだ？（退場）

警視　（小声で）演技を続けてくれ、デュボワ。よくやってくれているぞ。あと数分はそのまま——

デュボワ　（神経質に）これが終わったら、私は大喜びするに違いありません……

車掌　（登場）グランド・セントラル、終点です。グランド・セントラル……（乗客のアドリブのざわめきの中、列車はゆっくり速度を落としていく。そして、きしみをあげて停まる）

スタイルズ　着いたぞ、ハニー！

スタイルズ夫人　ありがたいわ！

ミス・ドッド　ねえ、どうして誰もドアを開けてくれないの？

上院議員　ドアを開けたまえ！　赤帽！　車掌！　警視！

警視　（おだやかに）開けますとも、上院議員。（ドアを開ける——車両に乗り込んでくる音）やあヴェリー。部下は何人くらい連れて来た？

ヴェリー　（登場）一個小隊ほど。（声を張り上げる）ようし、みんな！　各自、命令を実行しろ！（どやどやと車両に入ってくる足音——乗客の悲鳴——「何がどうしたんだ？」「触らないでよ！」「どうして、もう一度調べられなきゃならないんだ！」などなど）

ヴェリー　（大声で）一人が乗客一人につけ！　あらゆるところを調べろ――服も、荷物も、洗面道具も――どんな物でもだ！

警視　（大声で）きみたち婦人警官は――女性陣の身体検査だ！　婦人用の洗面所に連れて行け！

　　アドリブの抗議と悲鳴が続き……だんだん消えていくと、沈黙になり……音楽も流さない――この沈黙は時間の経過を示している……しばらくすると、ざわめきがよみがえる。

警視　（期待を込めて）おい、部長――わしに渡してくれ。

ヴェリー　何を渡すんですかい？

警視　エメラルドに決まっておるだろう、まぬけ！　誰が持っていた？

ヴェリー　誰も。

警視　何だと！　おい、わし自らが調べねばならんのか？　あの連中の一人が持っているはずだ！

ヴェリー　聞いてください、警視。あの連中は、小児斑《しょうにはん》が見えるまで服をひっぺがしました。馬みたいに口の中まで調べました。手荷物もバラバラになるまでひっくり返しました。――見落としはないと言わせてもらいたいですな！

保安官　車掌と赤帽はどうです？

警視　わし自らが調べたよ、保安官……（むっつりと）ふむ、骨折り損だったようだな。いまいましいが、罠は役に立たなかったようだ。

エラリー　（おだやかに）どうすればいいか教えてあげますよ、お父さん。

警視　これ以上、何ができるというのだ？　ヴェリー、連中の名前と住所は控えておいたか？

ヴェリー　とっくに、全員分を控えてますぜ。

警視　連中を出してやれ。

ヴェリー　（声を張り上げて）ようし、みんな、引きあげだ！　おいフリント……！　ドアを開けて、一度に一人ずつ出してやれ——他のやつが、どさくさにまぎれて出入りしないようにするんだ……（遠くでざわめきと抗議の声があがる中に、せかせかと出て行く足音が混じるが、それもあっという間に少なくなっていき、車両のドアが閉まる音と共に、完全に消える）

警視　ふう、これで終わったか。怖気づいたのか、罠を見抜いたのかはわからんが、餌には食いつかなかったようだな。エメラルドを隠し場所に残したまま、出て行ったわけだ。よしデュボワ、きみも行っていいぞ。球遊びにつき合ってくれて感謝する。

デュボワ　球遊び？　おお、あなたが言いたいのは……。ムッシュー警視《アンスペクトール》、わびしい役回りでしたね、私は……

エラリー　ちょっと待ってください。部長、ハーモンで電話したときに頼んだように、ナポレオンの剃刀を持って来てくれたかい？

ヴェリー　はあ。

警視　わからんな。かいもくわからん。エメラルドを持っているやつが殺人者に違いないのだが

――

エラリー　そう思うのでしたら、この事件の犯人として、ヴェリー部長を逮捕することをお勧めしますね。

ヴェリー　へっ？

警視　何の話だ？　何を言っておる？

エラリー　今あなたは、エメラルドを持っている者が犯人だと言いましたね。そして、エメラルドはヴェリーが持っているからですよ。

ヴェリー　あたしが？（自信なさげに笑う）ふざけているんですよね、もちろん。

エラリー　ふざけていないさ。エメラルドはきみの手の中にある。

ニッキイ　手の中？　手に持っているのは、剃刀だけじゃないの！

エラリー　（笑う）すまない、ヴェリー。ぼくのもったいぶる癖が出たようだ。今回の事件ではしんどい思いをしたのでね……。お父さん、盗まれた三個のエメラルドは、ナポレオンの剃刀の柄の内部で見つかりますよ。

警視　剃刀の中だと？　ヴェリー、その誰かさんの何とかを渡すんだ！（間）

ニッキイ　（拍手する）そこだわ、そこにあるはずよ！　おお、ダーリン、あなたって素敵だわ！

（小声になって）あら！　ごめんなさい、警視さん。

警視　（嬉しそうに）何をわびているのかな？　そら、柄が空洞になっていて――そこから三つの石が出て来た――

ヴェリー　どうしてこれがわかったんですかい？
デュボワ　信じられない《アンクロイヤーブル》！　私の剃刀の中に——おお、なんて、なんて巧妙な隠し場所なのでしょう、ムッシュー・クイーン。
エラリー　確かに見事でしたね。それではお父さん、ムッシュー・デュボワに向かって、あらためて同じセリフを言ったらどうですか？　ただし、今度は本物の。
警視　うん？
エラリー　「ジョージ・レイサム殺害とエメラルド盗難の罪で、デュボワ、おまえを逮捕する」ですよ。

音楽、高まる……車のエンジン音が流れる。

ニッキイ　いやだわ、わたしに触れないでくださる。あなたったら、魔法使いなんだから。そう——フーディーニだわ。でも、いまだに信じられないわね。警視さんは、偽の電信で〝デュボワさんはフランス史の教授ではなく宝石泥棒だ〟ってフランス警察が言ったという嘘をついたけど……それが本当だったなんて！　エラリー、どうしてわかったの？
エラリー　そっちの方は簡単だったよ。デュボワを指し示す手がかりが二つあったからね。一つめは、盗まれた剃刀についての彼の供述だ。ジョセフィーヌ皇后が、一八一五年のアウステルリッツの戦いでの勝利のお祝いとして、ナポレオンに贈ったと言っただろう。

ニッキイ　それのどこが問題なの？

エラリー　一八一五年はワーテルローの年じゃないか。アウステルリッツの戦いは一八〇五年だよ。ナポレオンの戦争について論文を書いたと主張しているフランス史の教授が、こんなミスをするはずがない！

ニッキイ　わかったわ。もうそのときに、あの人が偽者だと見抜いたわけね。

エラリー　明白じゃないか。さて、次に奇妙な点は、レイサムの部屋着とワニ皮のスリッパだった。殺人のあと、ぼくがレイサムの寝台を調べたときに、何と言ったか思い出してみたまえ。彼の持ち物は、どれもこれもレイサムの寝台にあったと言っただろう？――部屋着も、スリッパもあった、と。しかし、殺人の前に起こった出来事が、デュボワの語った通りだとすれば――レイサムがデュボワの寝台に上がってしまったという話が真実ならば――レイサムの部屋着とスリッパは、レイサムの寝台ではなく、デュボワの寝台で見つからなければならないのだ。

ニッキイ　それで、デュボワが嘘をついていることがわかったわけね。

エラリー　そうだ。そもそもレイサムが寝台を間違えてなどいないとすれば、自分の寝台に行き、そこで部屋着とスリッパを脱ぎ、そのあとで、デュボワの寝台におびき出され、最後には、そこで刺されたことになる。誰におびき出されたのか？　すべてについて嘘を言っているデュボワしかいないじゃないか。

ニッキイ　だったら、あなたはどうして、テキサス州のアマリロをずっと過ぎるまで、殺人者を知っていると言わなかったのよ！

エラリー　うん。これらの手がかりはデュボワを示しているとは言え、証拠として認められるようなものじゃなかった。もっとも有効な証拠は、エメラルドを見つけ出すことだ。あらゆる場所は調べた。ならば、デュボワはエメラルドをどこに隠し持っているのか？　そこでふいに、ただ一つのものだけが捜されていないことを思い出した――たった一つの物だけがね、ニッキイ――それは、殺人の凶器そのものだ！　ぼくが凶器をアマリロから航空便でニューヨークに送ってしまったからね。論理的に言うならば、エメラルドの隠し場所は、凶器の中しかあり得ないということになる。柄の部分は、長さが六インチで、幅と厚さが半インチもあるんだ。

ニッキイ　凶器の中に盗品を隠すなんて、思いもよらなかったわ！　まさに天才的なひらめきね。でも、そうだとすると、わからないことがあるわ。デュボワさんは、剃刀が警察の手に渡ったあとでも、エメラルドを取り戻すことができると信じていたのかしら。

エラリー　まさにそこが、彼の犯罪でもっとも輝かしい点さ。忘れてはいないだろう？　カンザス・シティで、デュボワがぼくに、警察が調べ終わったら、剃刀を返してもらえるか聞いたことを。

ニッキイ　見かけによらず、なんて大胆なんでしょう！

エラリー　（ため息をつく）ひとつだけ、それとは別の件で、ぼくは悩んでいるのだけど。

ニッキイ　わたしがあなたを悩ましているんじゃないでしょうね、ミスター・クイーン？　だったら気にしなくていいわ。で、何を悩んでいるの？

エラリー　例の、一緒に旅をしていた三人組の――スミス、ジョーンズ、ブラウンのことだよ。

彼らだけは、うまくパズルにはめ込むことができなかったんだ。今でもぼくを悩ませている。（ニッキイがくすりと笑う）何を笑っているんだ、ニッキイ？

ニッキイ　警視さんなら、あの三人を知っているわ。わたしに全部教えてくれたのよ。あなたったら、骨の髄まで名探偵なのね！

エラリー　（いらいらして）親父が知っているって？　あの三人は何者なんだ？

ニッキイ　ジョーンズは郵便を使って金を巻き上げる詐欺師で、カリフォルニアからニューヨークに護送されているところだったの。護送しているスミスさんとブラウンさんの二人は……誰だと思う、ダーリン――驚くわよ！――Gメンなの！

エラリー　Gメン？（間）

間もなくエラリーが笑い出し、その笑いは大きくなる。ニッキイも笑い出し、二人は大笑いを続ける。

音楽、高まる。

〈暗　雲《ダーク・クラウド》〉号の冒険

The Adventure of the Dark Cloud

本作は、初期のエラリー・クイーンのラジオ番組の中で、出版者のお気に入りの一編となっている。というのも、出版者が解決できた数少ない作品の一つだからなのだ。みなさんがそうではないことを期待している。本作は一九四〇年六月二十三日に放送された。

登場人物

探偵の　エラリー・クイーン
その秘書の　ニッキイ・ポーター
遊民の　マーガレット・バレンタイン
その弟の　パーシー・バレンタイン
〝一九二九年の百万長者〟　バレンタイン氏
その義兄の　アルフレッド・クロケット
〈暗　雲《ダーク・クラウド》〉号を操る　バイ船長
ニューヨーク市警の　リチャード・クイーン警視
ニューヨーク市警の　トマス・ヴェリー部長刑事

舞台　ロング・アイランド海峡。一九四〇年

海をテーマにした陽気な曲が……（水兵のホーンパイプが）……高まり……遊覧船が通り過ぎるときの汽笛とポンポンというエンジンの音が、ロング・アイランド海峡に錨《いかり》を下ろしているヨットの上で聞くような感じで……霧笛は鳴っていない……すべてのシーンの背後で、船に波が打ち寄せる音を小さく流す……人が飛び込む音……音楽止める。

ニッキイ　（はしゃいで）エラリー、こっちの船べりまで来なさいよ、早く！

エラリー　一体、何を騒いでいるんだい、ニッキイ？

ニッキイ　マーガレット・バレンタインと弟のパーシーが、ヨットから飛び込んだのよ……（呼びかける）……はーい、マーガレット。お見事なダイビングだったわ。

マーガレット　（離れた位置で……水の中で……バシャバシャ音を立てて……若く、はすっぱな声）ひどいじゃない！　やめなさいよ、パーシー・バレンタイン！……（水をはねあげる音）

パーシー　（離れた位置で……笑っている……若い遊び人風の声……水をはねあげる音）……へい！ちょっとふざけただけじゃないか。（水にもぐるブクブクという音。エラリーとニッキイが笑い声

を合わせる）

ニッキイ　（満ち足りた口調で）黄金《きん》色の太陽——青い海——色とりどりの帆——百万長者のヨットでの週末……。エラリー、よくこんなものを用意できたわね？

エラリー　ぼくじゃないんだ——親父のおぜん立てさ。

ニッキイ　警視さんって、バレンタイン一家と知り合いだったの？　お父さまが名士録の人たちと親交があったなんて、話してくれなかったけど。（パーシーとマーガレットが歓声を上げる）

エラリー　（くすくす笑う）そんな親交は存在しなかったからね。金箔とフラシ天に飾られたバレンタイン一家と親父の関わり合いは、おしゃべりアルフレッド・クロケットじいさんを通じてなのさ。南アフリカから来た、彼らの伯父さんだよ。このご老体は、バレンタイン氏の義理の兄なんだ。何やら特別な事情があって、ぼくたちを週末に招いたということらしい。（間）……ニッキイ、バレンタインさんのランチがやって来たようだ。見えるかい？

ニッキイ　ええ、見えるわ。船着き場から出て来たわ。警視さんとヴェリー部長は、あれに乗っているの？

エラリー　そうだ。バレンタインさんは、二人を乗せて、自分であの船を操縦しているんだ……

（新たな歓声。「パーシー、やめて！」）

ニッキイ　弟さんは、とってもすてきな殿方じゃないの。

パーシー　きみも来いよ、かわいい子ちゃん。泳ぎを教えてやるから。

ニッキイ　（笑いながら返す）ありがたいけど、泳ぎだったら、とっくに教わっているわ。（甲板を歩く足音が近づいてくる）こんにちは、クロケットさん！

クロケット　（登場……イギリス風発音のしゃがれ声の老人）楽しんでおるかな？

エラリー　言うことなしですよ。いつ沖に出るのですか？

クロケット　ランチが戻って来たら、すぐに出帆しようと思っておる。そういえば、わし自身もちっぽけな帆を揚げねばならんことは、知っておるかね。沈んでしまいそうなんだよ！

マーガレット　（離れた位置で）はーい、バース伯父さん。元気？

パーシー　（離れた位置で）欲しい物は、みんな手に入りましたか、バース伯父さん？

クロケット　（声をかける）順調だよ。ありがとう……（そっけなく）……まったくもって、わが姪と甥が、わしを案じてくれるさまと言ったら。

エラリー　そうですね、クロケットさん。二人とも、あなたが大好きなようですね。

クロケット　（冷淡に）余生をアメリカで親族と過ごすために、南アフリカから戻ってきた百万長者の伯父というものは、いつでももてなされるものなのだよ、クイーン君。

ニッキイ　（声を小さくして）あらあら！（声を大きくして）クロケットさん、どうしてマーガレットとパーシーは、あなたを「バース伯父さん」って呼ぶのかしら？

クロケット　え？　ああ！「バース」とは、ボーア語で「ご主人様」とか「旦那様」とかいう意味なのだ。知っての通り、わしは人生の大部分を南アフリカで過ごしたからな。ダイヤモンドの採掘をしておった。Jewel《ジュエル》――宝石には……（熱に浮かされたように）……わかるかね、宝石には、何か特別なものがある。人々の血をわきたたせる何かが！　だから、引退したとき、わしは全財産を宝石に換えたのだ……。ところで、クイーン警視はあのランチに乗っておるのかな？

ニッキイ　エラリー、二人ともヨットのそばまで来ているわ！　見て、手を振っている。

モーターのポンポンという音が離れた位置で響いている。次のシーンでも、背後でゆっくりとモーター音が流れている。

クロケット　クイーン君、きみの父上はすばらしい人物ですな。

エラリー　ぼくもそう思いますよ。親父とは、長いつきあいなんですか？

クロケット　まだ数週間だ。たまたま知り合ってな。ご存じの通り、わしは警察に関心を抱いておる。趣味と言って良いな。人々は、警察によって安心感を得ている。それなのに、この奇妙な国では、誰も警察のことを知ろうとしておらん。

パーシーとマーガレットが、アドリブで演じながら登場。

ニッキイ　マーガレットとパーシーが来たわ。二人とも、泳ぎは楽しかった？

マーガレット　（近づきながら）楽しすぎるくらいよ！　ねえバース伯父さん！　風が出ているから、何かはおった方がいいわ。

クロケット　（うかがうように）ああマーガレット、大丈夫だ。

パーシー　（近づきながら）風邪を引きますよ、バース伯父さん。

マーガレット　クイーンさん、バース伯父さんって、不養生すぎるんですよ。伯父さん、パパやあたしたちと一緒に暮らすことにしてくれて、とっても嬉しいわ。これで、あなたも世話をしてくれる家族を得たわけですし。

クロケット　（冷淡に）かなり所有欲の強い家族ではあるがね、マーガレット。まったく、大事にしてくれていい、いい、いいるよ！　あれをしてはいけない、これをしてはいけない、無駄遣いもいけません、とくる。

パーシー　（笑う）そんなことを言って、自分がそうされるのがお気に入りなのを、認めまいとしてるんでしょう、ペテン師じいさん。ニッキイ、あとで会おう。マージ、行こうぜ。

マーガレット　今は風がこたえるわね。ぶるる！　ねえ、あたしたちは着替えた方がいいみたいね。

クロケット　（静かに）とても案じてくれておるだろう、クイーン君。（明るく）おお、来てくれたか！　クイーン警視！　会えて嬉しいよ。ヴェリー部長も！　乗船してくれたまえ！　ヨットに移って。（モーターが止まり、ポンポンという音はやむ）（横づけされたランチがヨットに当たる音）

――バイ船長、彼らが船に上がる手助けをしてやってくれ！

バイ　（登場）あいよ、クロケットさん。――トム、早くランチを。

警視　（少し離れた位置で）やあ、小僧ども！　楽しんでおったかな？（アドリブで応対）

ヴェリー　（少し離れた位置で）すごいヨットですな！

バレンタイン　（離れた位置で……親切そうな声……社交的なビジネスマンタイプ）やあ、みんな。さあクイーン警視、手を貸しましょう。

金属製の渡り板を上がる音。

警視　（離れた位置で）ありがとう、バレンタインさん。だが、これくらいは自力で上がれるので。クロケットさん、わしと部長がお邪魔でなければいいのだが。

クロケット　（心から）いやいや、そんなことはありませんな。

ヴェリー　まったくもって、すてきなお船だ。すてきな空気。すてきな海。クロケットさん、あんたは最高ですぜ。バレンタインさん、あんたもですよ。よくぞ、あたしらを誘ってくれました。

バレンタイン　（心から）部長、義兄の友人に楽しんでもらうことは、私たちにとって喜びなんですよ。……バイ船長！

バイ　（離れた位置から……アメリカの海の男で、初老で、なまりがある）何ですかい、バレンタインさん？

バレンタイン　出帆させてくれ、船長。

バイ　（離れた位置で）あいよ、旦那……（遠ざかる）トム……もやい綱を解け。ビル、渡り板を外すんだ……（背後でその他の命令をアドリブで発する）（ランチのポンポンという音が遠ざかる）

バレンタイン　みなさん、私と一緒にラウンジに行かないかね？　乗客係《スチュワード》が飲み物を用意してくれると思うが。

一同は、甲板に足音を響かせ、笑って言葉を交わしながら離れていく。エラリーとニッキイは残る。バイ船長の指示する声がかすかに聞こえる。エンジンが勢いよく動き出し、かすかな振動音が流れる。

ニッキイ　（深く息をついて）なんてすてきな催しなのかしら——誰だってそう思うでしょう、エラリー？　わたし、この週末は大いに気に入りそうよ。

エラリー　（考え込むように）ぼくはそうは思わないね。

ニッキイ　思わないって、何のこと？

エラリー　バレンタイン氏のヨットの名前が暗示しているものを考えると、そう思わないんだ。

ニッキイ　ヨットの名前ですって？　何という名前だったかしら？　気にもとめていなかったけど。

エラリー　（にこりともせずに）〈暗雲《ダーク・クラウド》〉号。

ニッキイ　（びっくりして）〈暗雲《ダーク・クラウド》〉……（笑い出す）……おお、エラリーったら。そんなことで気に病むのはやめて、行きましょう。楽しいことが待っているわ！

音楽、高まる……エンジンの振動音がかすかに響く……小さな波音……みんなのアドリブでのざわめき……カチャカチャというグラスの音。

ニッキイ　（自信なさげに）揺れが大きくなってません？

エラリー　月にも雲がかかっているし……。ありがとう、乗客係《スチュワード》君。

警視　バイ船長、きみの専門家としての意見はどうかな？

バイ　もうしばらくはこの天気は続きますな、警視。これ以上荒れることはないですぜ。
ヴェリー　船長にとっては、こんなのは荒れている内に入らんでしょうが、あたしにとっては……
（大波で揺さぶられる）うっぷ！（一同、その様子を見て笑い出す）
バレンタイン　そのうち慣れるよ、部長。
警視　クロケットさん、二人だけでよろしいかな？
クロケット　（小声で）かまわんよ、警視。
警視　（小声で）クロケットさん、そろそろわしらに打ち明けてくれる頃合いだと思うのだが。この週末に、義理の弟のヨットに招いてくれた本当の理由を。どうです、クロケットさん？
クロケット　（小声で）うむ――できれば、あとで説明したいのだが。今のところは、きみに目を見開いていてもらっていて、思ったことをわしに教えてほしいのだよ……。
警視　では、あなたはまだ打ち明けて――
クロケット　きみには申し訳ないが、今のところは――
マーガレット　（心配そうに）バース伯父さん！　何かあったの？
パーシー　具合が悪いのかい、伯父さん？
バレンタイン　アルフレッド、どこも何ともないのか？
クロケット　（うかがうように）いやいや。ちょうど、やらねばならん事を思い出してしまってな。バイ船長、あんたは自分の船室に、あの何とか言うものを――何という名前だったかな、口述用の機械だよ――置いておると言ってたな？　口述に使わせてほしいのだが――文書を書きたいのでな。
バイ　遠慮なく使ってくだせえ、クロケットさん。
クロケット　ありがとう、船長……。それでは、おやすみ……。
ニッキイ　ねえバイ船長、ヨットの船長が口述機《ディクターホン》を持っているなんて、一体全体、どういうことなの？
バイ　（くつくつ笑う）あたしゃあ、作家もしてるんですよ、ポーターさん。ありふれた冒険もんです。フランス外人部隊の話や、アラスカもんや、ゴールド・ラッシュもんや、西部もんや、海賊もんなど――
エラリー　本当かい、船長？　出版されているのかい？
バレンタイン　出版されているか、とはね！　クイーン君、バイ船長は一ダースものペンネームで書いているのだよ。――そうだろう、船長？
バイ　（謙遜して）全盛時には。パルプ雑誌なんです。一語一セントの。年寄りのひまつぶしでさあ……。（間）（グラスを傾ける音、などなど）
ニッキイ　（あくびをする）ふわああ……ごめんなさい。ヨットの人たちって、夜はいったい、何をしているのかしら？　昼間は水泳や日光浴ができるけど――
パーシー　（おどけて）おれと一緒に船尾のあたりをぶらぶらしないか、ニッキイ？　そうすれば、海での夜もなかなか面白いということを証明できるぜ！
マーガレット　そんなことをしちゃダメよ、ニッキイ。パーシーは、いつだって狼なんだから。

ねえ、ゲームをやりましょうよ。

バレンタイン　いいアイデアだ。バイ船長、きみはいつも、こういった人生を送ってきたのだろう。何かおすすめの案はないか？

バイ　バレンタインさん、ありますぜ……

警視　（くつくつ笑う）どんなゲームかな、バイ船長？

バイ　〈シャレード（ジェスチャーゲーム）〉の一種だと言っていいでしょうな。何を身振りで示せばいいかわかりますか？　あたしのゲームでは、著名な作家の本の題名を身振りで示すんでさあ。ただし、あんたらは、自分と同じファースト・ネームの作家の本を選ばにゃならん。

ニッキイ　船長、どうすればいいか、よくわからないのだけど。

バイ　では、やってみせるとしますか。あたしのファースト・ネームはジャック。だから、「ジャック」というファースト・ネームを持つ作家が書いた本を選ぶことになる。いいですかい。では、今から本の題名を身振りで示すんで。（バイが狼の遠吠えの下手くそな物まねをはじめたので、一同は笑い出す……。パーシー「病気のバンシー（死を告げる妖精）みたいに聞こえるぞ」）

エラリー　（笑いながら）一体全体、そのおぞましい音で、何を伝えようとしているのですか、船長？

バイ　（がっかりして）わからんかな？

ヴェリー　わかった！　狼の遠吠えですな。

警視　そうだ、ヴェリー。ジャック・ロンドン作『荒野の呼び声』だ。

一同、大笑いする……。エラリー「おみごと、ヴェリー」。ニッキイ「ヴェリー部長、あなたって、すばらしいわ」。バレンタイン「私も負けずに当てなければ」。

マーガレット　今度はあたしよ。あたしがやるわ！

パーシー　（くやしそうに）やっていいよ、マージ。

ニッキイ　はじめてちょうだい、マーガレット。

バレンタイン　演《や》ってごらん、マーガレット。

ヴェリー　あまり難しくないやつを頼みますぜ。

マーガレット　（くすりと笑う）いくわよ。（風の音を真似る……。ヴェリー「ハリケーンか、何かそのたぐいの音だ！」）わかった？

バイ　かなり難しい。もう一度やってくれ、マーガレットさん。

マーガレット　（笑う）お望みならば、船長……（風の音を続ける）

ニッキイ　わかったわ。『風と共に去りぬ』ね……マーガレット・ミッチェルの。

大笑いとアドリブで……。エラリー「見事だ、ニッキイ」。ヴェリー「おやおや、当てられたはずなのに」。

マーガレット　冴えまくっているわね、ニッキイ。パパ、お次をどうぞ。

バレンタイン　私かい？　むむ。（くすくす笑って）……いいとも。これが何かわかるかね？

パーシー　うーん、パパ……指先を真っ直ぐ天に突き上げて、それからゆっくり下げているようだけど……

バレンタイン　（少しいらいらして）まだ続けなければいかんようだな、パーシー。（海の底で泡立つ音を出すと、みんなで大笑いする）

エラリー　わかりましたよ、バレンタインさん。指先をゆっくり沈ませたのは、海中の潜水艦の潜望鏡を表現したかったのですね……。

ヴェリー　そうだったんですか？（びっくりして笑う）

ニッキイ　潜水艦。それに海の泡立つ音……潜水艦——ということは——『海底二万里』だわ。

マイクよりかなり遠くで……ヨットが波に持ち上げられる音。

マーガレット　ジュール・ヴェルヌ作。わお、その通りだわ、クイーンさん。そうでしょう、パパ？

バレンタイン　（くすくす笑う）その通りだよ……。（ニッキイ「今度はクイーンさんが解いたわ」。警視「でかした、せがれ」。バイ「警視さん、頭の良いご子息をお持ちですな」）パーシー、どうしておまえの知性を披露しないのかな？

パーシー　どんな知性だい？　ようし……注目してくれ……

ヴェリー　（小声で）クイーンさん、ちょっと。あたしの番になったら、どうすりゃいいんですかい？　名前が「トム」の作家って、誰がいます？

エラリー　「トム」みたいな名前だったら、何の問題もないさ。だけど、「エラリー」となると——頭が痛いな。

ニッキイ　あなたなら、自分の本から選ぶことができるじゃないの、エラリー。（警視「ちょっと待ってくれ。わかったぞ。パーシヴァル・レンの『ボー・ジェスト』だ」）でも、わたしはどうすればいいの？　難しすぎるわ――「ニッキイ」だなんて。「ニッキイ・なんとか」という名前の作家って、これまでいたかしら？（エラリーは笑う）

パーシー　（背後で大声で）正解だよ、警視さん。

遠くで波が船首に打ちつける音。

ニッキイ　わーお、今のは大きかったわ。

ヴェリー　この船には揺れない場所などないようですな。

エラリー　荒れてきたんじゃないですか、バイ船長？

バイ　（不意に）紳士淑女諸君、お許しを願って……（声が遠ざかる）……ブリッジに戻らねば……

（間……風と波がさらに強くなる）

ヴェリー　（うめく）うう……目が……まわってきた。

バレンタイン　確かにひどいな、部長……（以下アドリブで。パーシー「行こう、マージ。甲板に出て様子を見よう」。マージ「いいわ」。ヴェリー「バレンタインさん、あんたもこいつを楽しむ口ですかい？」）

ニッキイ　（マイクに寄って）嵐がひどくなったようね、エラリー。大変なことになりそうだわ。

エラリー　（静かに）違うよ、ニッキイ。すでにそうなっているんだ。

ニッキイ　エラリー！

エラリー　ぼくたちは、すでに大変なことに巻き込まれているんだ、ニッキイ。……でも、それは大西洋から来ているんじゃないのさ。

音楽、高まる……背後で嵐の音がかすかに……マイクに船室のドアが開く音が入る……。

エラリー　(登場……心配そうに)ニッキイ！　真夜中だというのに、このラウンジに一人で居座るなんて、何を考えているんだ？

ニッキイ　(具合が悪そうに)おお、エラリー。寝ようとはしたのだけど……ヨットの揺れがひどくて……。こっちだって――とても快適とは言えないけど。

エラリー　(無理に明るく)駄目な坊やだ。いい船乗りになれないぞ、ええ？

警視　(登場)何かあったのか、ニッキイ？　どうした、頬が粘土みたいに白いじゃないか。

ニッキイ　今のわたしには……毒を飲んだみたいに青いって言われるより……ずっといいわ……

エラリー　ニッキイ、少し甲板を歩こう。お父さんも。(歩き出す)

警視　実を言うと、わしも幸せいっぱいとは言いがたいのだ……。

ニッキイ　(うめく)新鮮な空気。海での週末。そんなもの、どこかに行ってしまえばいいのよ！　胸の中で、がたがたのタイプライターが動いている気がするわ。

警視　せがれよ、おまえの方はなんで憂鬱そうにしておるのだ？　おまえも気分が晴れないのか？

エラリー　(ぼんやりと)え？　ああ、今ちょうど、お父さんの友人にして南アフリカの百万長者について考えていたのですよ。それと、彼の財産の宝石についても。

警視 （くつくつ笑う）そうだ、バース・クロケット伯父さんは、まったくもって大した人物だよ。――宝石も、負けず劣らず大したものだがね！　おっと、甲板に出るドアに着いたぞ。

ドアを開く……雨音が高まるが、まだそれほど大きくはない――強風の音が大部分を占める……甲板を歩く音。

ニッキイ クロケットさんが、宝石をヨットに持ち込んでいないといいけど。実は、今は元気を出すためには必要だと思っているのよ――宝石泥棒の刺激が。（遠くでバイ船長の叫び声）今のは何？

警視 （鋭く）誰かが助けを求めて叫んでおる。（再び叫び声）

エラリー 正面だ、急ごう。父さん、あれはバイ船長の声だ。

警視 何かあったのか――こっちだ！　足下に気をつけろ！（走る足音……叫び声はだんだん大きくなる）

ニッキイ （息を切らしながら走る）思った通りよ！　何かが起こると思っていたわ！

警視 バイ船長だ――自分の船室の前に立っておる。船長、どうして大声を出しておるのかな？

バイ （みんなの足音が停まるのを待って話し出す……神経質に）クイーン警視。クイーン君も！　あんたらがここにいてくれた幸運に感謝せにゃならんな。

エラリー （鋭く）何があったのですか、船長？

バイ たった今、甲板からこの自分の船室に来たんだ。クロケットさんは、とっくの昔に口述機

を使い終わって、引きあげたと思っとった……が、まだここに……いたのだ。（船室のドアを開ける）見たまえ、彼を。（間）

ニッキイ　（つぶやく）死んでいるわ。クロケットさんが……死んでいる。

警視　中に入ろう。船長、ドアを閉めてくれ。（ドアが閉まる……強風の音が閉め出される）どうだ、エラリー。

エラリー　（きびしい声で）文句なく死んでいます。殺されたのは数分前らしい！

ニッキイ　（はっとして）撃たれたとき、まだ機械に向かって口述をしていたのよ。見て！　口述機の送話口を握りしめているわ。

バイ　（打ちひしがれて）かわいそうなクロケットさん……（機械の回転音）

エラリー　お父さん、何をしているのですか？

警視　蠟管《ろうかん》を巻き戻しておる。死んだとき、クロケットが何を口述していたのか、聞こうと思ってな……（間……回転音が大きくなる）よし、これで――（さらに回転音が大きくなる）ハレルヤ！（回転音が止まる）

エラリー　（興奮して）クロケットは何を口述していましたか、お父さん？

警視　新しい遺言だ。（ニッキイが叫ぶ……「遺言ですって」）他の音も録音されておる。わしらは幸運だったぞ、せがれ。蠟管は犯行のすべてを――起こったときのすべての音を捕らえておる。

エラリー　ぼくには録音を聞かせてくれないのですか、お父さん？

ニッキイ　わたしも聞きたいわ！

警視　ニッキイ、ひとっ走り甲板の下にもぐって、ヴェリーを寝台から引きずり出してきてくれんか。ヴェリーのやつは、機械にかけては相当の強者《つわもの》だから、音を増幅するように手を加えることができると思うのだ。そうなれば、バレンタイン一家にも、この殺人レコードを聞かせてやれる。

ニッキイ　どうしてそんなことを？

警視　（きっぱりと）今は亡きクロケット氏が、バレンタイン一家について言い残す必要があったこと——そいつを聞いたときの、彼らの反応を見たいのだ。

音楽、高まる……マーガレットの泣き声が入る……背後でバレンタインとパーシーが彼女をなぐさめている……船室のドアが開いて閉じる。

ニッキイ　どうでした、警視さん？

警視　（登場）乗務員は調べた。全員が完璧なアリバイを持っておった。つまり、バレンタイン御一行の一人、という結論になるな。

エラリー　部長、調整の方は、どんな具合かな……？

ヴェリー　（息を切らして）ちょうど終わったところでさあ、クイーンさん。どれくらい増幅できるかはわからんですが、最善を尽くしましたぜ……完了です。

警視　お静かに願います。バレンタインさん、マーガレット、それにパーシー——諸君に聞いてほしいと思う。親愛なるバース・クロケット伯父さんが、銃で撃ち殺される直前に話していた内容を。(あえぎ声が上がる)ヴェリー、蠟管を動かしてくれ。

ヴェリー 了解、警視。(かすかに引っ掻くような音……それに続いてわずかにくぐもった……声と物音が)

クロケット (くぐもった声)アルフレッド・クロケットは、健全な精神のもとで、自分のすべての財産についての最後の決定を行う意志を持っている……(途中から、引っ掻くような音が高まる)

エラリー 部長、調整できるだろう?

ヴェリー ちょっと待ってください。あなたは簡単に言いますけどね……

マーガレット (すすり泣く)バース伯父さんの声だわ。あの人の声よ!

パーシーとバレンタインはアドリブで彼女をなぐさめる。

ニッキイ (驚いて)死者の……声!

ヴェリー よし、いくぞ!(前と同じ録音の声)

クロケット (前よりはっきりしているが、まだかすかに引っ掻く音がする)……二ヶ月前に書きあげた遺言状は——その中では、宝石に換えた全財産を、亡き妹の家族であるバレンタイン一家に残すことにしていたが——何の価値も効力もないことを、ここで言明する。今や私は、バレンタイン一家は人を欺くペテン師だと信じるに至ったからである。このため、クイーン警視と彼の子息に、週末を一緒に過ごしてくれるように頼んだ。クイーン父子が、彼らの欺瞞や仮面をあばき、遺産狙いの狩人であることを明らかにしてくれると期待しているからである。連中は、かつての莫大な富を失ってしまったのだが、私の印象を良くしたり、ごきげんをとったりするために、借金をして外面《そとづら》を取り繕っている。すべては私の宝石を相続するためなのだ。（バレンタイン一家が息を呑む）私の宝石は、ニューヨーク市の銀行の金庫室にある。これまで述べてきた理由によって、そのすべてを赤十字に寄贈することにしたい。私の全財産、すなわち（拳銃のバンという音……クロケットの苦痛の叫び……ドアがバタンと閉まる音。瀕死のクロケットがあえぎながら）宝石！　宝石だ！……（末期のうめき声……どさりと倒れる音……蠟管を引っ掻く音と回転音が続いて……機械が止まる）

ニッキイ　（つぶやく）わたしたちは今、実際に耳にしたのね……クロケットさんが死んで、殺人者が逃げていく音を……（マーガレットがまた泣き出す）

エラリー　驚くべきことだ。銃声、クロケットの苦痛の叫び、クロケットが死んだと思って船室から逃げ出す殺人者の足音、船室のドアが閉まる音、クロケットの末期の言葉、死体の倒れ込む音……驚くべきことだ。

警視　（むっつりと）ヴェリー、拳銃はまだ見つからんのか？

ヴェリー　このオンボロ船にはありませんな、警視——バイ船長《せんちょ》が言うには——

バイ　（真剣な口調で）警視、あれはあたしの拳銃に違いない。船室のドアのそばのロッカーにしまっといたが、今はもうない。あたしがそこに銃を置いてることは、この〈暗雲〉号の者なら、誰でも知ってる。（陰鬱に）そして、その「誰でも」には、あたしも入ってる！

エラリー　どうやら今回は、拳銃は海の底ですね。
警視　クロケットに「ペテン師」呼ばわりされた連中の一人が、老人を撃ったことになる。さあさあ！　三人の誰なのかな？
バレンタイン　（あえぎながら）あんたは狂っている。
警視　わしのことを言えますかな、バレンタインさん？　あんた方は、文無しのいかさま師だ。南アフリカから来た金持ちの親戚を、甘言でもってたらし込み——ごきげんをとって、気に入られるように芝居をしたのだ！——彼があなた方に遺産を与えるように仕向け、失った富を再び手に入れるべく！
マーガレット　（冷たく）ねえパパ。あたしたち、ここに座って、このおまわりに罵られるのを、聞いていなくちゃいけないの——
警視　そうしなくてはいけませんな、ミス・バレンタイン！　あなた方の一人が、船長室に忍び込み、クロケット氏があなた方を相続人から外す遺言を口述しているのを立ち聞きし、前の遺言を有効にすべく、彼を殺したのだ！　なぜならば、蠟管に残された遺言は、法的には遺言状として認められないからだ。署名もなければ立会人もいない。最後まで書かれていないどころか、紙に書かれてもいない、となればな！
エラリー　クロケット氏が、蠟管の内容をタイプして立会人の元で正式な遺言状にする予定だったことは、疑う余地はありません。〈暗雲〉号が月曜の朝に帰港したら、すぐに取りかかるつもりだったのでしょう！

パーシー　（冷たく）ばかばかしいね。バース伯父さんは、もうろくしていたのさ。ぼくたちは一文無しなんかじゃない——

バイ　（憤慨して）いやいや、そうだよ、ミスター・パーシー・バレンタイン！　警視、あたしはこの一家とは仕事上のつきあいがある。だが、クロケットさんがどんなにすばらしい人だったかを思うと、もう、これ以上は口をつぐんどるわけにゃいかん！　この身勝手なバレンタイン一家は、本当に破算しとるんだ——このヨットさえも、彼らのもんじゃないんだ！

ニッキイ、警視、ヴェリーが驚きの声をあげる。

バレンタイン　（脅すように）バイ、口を閉じていろ。さもないと——

エラリー　（平静に）その忠告はご自分に向けた方がいいですよ、バレンタインさん。〈暗雲〉号は、バレンタインさんのヨットではないのですか？　それなら、誰のものなのですか、船長？

バイ　あたしの持ち船だ。ああ、かつてはこいつらのもんだった。だが、こいつらが何もかも失ったときに、あたしが二束三文で買い取ったんだ。それからずっと、あたしが〝一九二九年の百万長者〟に貸し出す形になっとる！

警視　なんとなんと！　そういうことだったのか！

バイ　数ヶ月前、バレンタイン一家があたしを訪ねて来た——〈暗雲〉号を借りるためだ。老人をたぶらかすために、ヨットはまだバレンタイン家のもんだということにしておいてくれと、こっそり頼んだのさ！　バレンタインさん、あたしを嘘つき呼ばわりせんでくれよ！　こっちが正しいことは、証明できるんだからな！

バレンタイン （不機嫌そうに）私たちは何も言わないことにする――今は。

警視 （いかめしく）あなた方は各自の船室に戻って、外に出ないように。ヴェリー、おまえはこのバイ船長の船室の見張りだ。バイ船長は、この死の船を方向転換して、船首をニューヨークに向けてくれ！

音楽、高まる……エンジン音はおだやかで、嵐はやんでいる……ただし、風がかすかに水面を波立たせている……甲板をゆっくり歩く足音。

ニッキイ （ぶつくさ言う）体が石になっちゃったわ！　一晩中、デッキチェアに座っていたのよ！　ありがたいことに、何はともあれ、嵐は去ってくれたわ。ずっと嵐の中にいたみたいね、エラリー？

エラリー そんなに長くはなかったよ、ニッキイ。（考え込むように）奇妙な事件だ……。

警視 （思い出にふけるように）クロケット老人は、実にいい人だった。（ふいに）おお、朝日だ。

エラリー ヴェリーがどうしているのか気になりますね。えらく静かだ。

ニッキイ 部長さんが？　でもエラリー、犯行現場の見張りで、バイ船長の船室にいるのよ！

エラリー （落ち着かない様子で）わかっている。でも、胸さわぎがするんだ。……船室に着いたな。（足を停める。呼びかける）部長？

警視 （呼びかける）ヴェリー！（間）居眠りしておるに違いないな。エラリー、ドアを開けてみ

ろ。（ノブをガチャガチャいわせる）

以下は早いテンポで。

ニッキイ　鍵がかかっているわ！

警視　鍵がかかっているだと！　おそらく自分で――（荒々しくノブをガチャガチャと）ヴェリー！

エラリー　ヴェリー部長！　ドアを開けてくれ！

ニッキイ　エラリー！　この窓からのぞいてみて！　部長が――床に倒れて――（ポロポロ泣き出す）ヴェリー部長が、こ、殺されているわ！

エラリー　（叫ぶ）ヴェリーが倒れている！

警視　トム・ヴェリーが？（どなる）ドアをぶちこわせ！（アドリブでドアに体当たりする音）もう一度だ、せがれ！（ドアが壊れる）トム！

ニッキイ　かわいそうなヴェリー部長。

エラリー　（重々しく）頭を殴られています、お父さん。

警視　（打ちひしがれて）トムのやつ、かわいそうに。（きびしい口調で）こんなことをやった人殺しの悪魔をとっつかまえたら――

エラリー　お父さん！（ヴェリーがうめき声をあげる）生きている！

ニッキイ　生きているわ！――部長！　起きて！　目を開けて！　頭は大丈夫？

ヴェリー　（うめきながら）ここは……同じ場所かな？　いたた！

警視　（心配そうに）大丈夫か、トム？　何ともないか？

エラリー　（鋭く）きみの頭蓋骨に一撃が加えられたときのことを思い出してもらえるかい、部長。

ヴェリー　あたた！　痛い！　あたしはウトウトしていたに違いありませんな。ふいに、足音が聞こえたような気がして、目を覚ましかけたのです。しかし、何が起こったのかわかる前に――ガツン！（うめく）頭が……（ニッキイはアドリブでいたわる）

エラリー　（鋭く）殺人者は戻ってきた。犯行現場に戻ってきたのです。なぜでしょうか？　どうしてもそうしなければならない理由があったからです。一か八かの危険を冒してまでも……そうか！

ニッキイ　エラリー！　口述機のそばの床の上に、黒い蠟のギザギザで小さな破片が散らばっているわ！

ヴェリー　クロケットじいさんの声が入った蠟管だ！

警視　（腹立たしそうに）いまいましい殺人犯めは、戻ってきて、蠟管を木っ端みじんにしていったわけか！

エラリー　違います、お父さん。犯人はそう思っただけです。

ニッキイ　どうしてなの、エラリー――ここに破片があって――機械には蠟管が付いてないじゃないの！

エラリー　幸運なことに、ぼくが昨晩、本物の蠟管を外し、バイ船長の古いやつを代わりにセットしておいたからですよ。クロケットさんの蠟管は無事です！――そして、殺人者は、重大なミスを犯しました！（一同、驚く）

ヴェリー　よもや、こう言ったりはせんでしょうね、クイーンさん。このヨットをうろつく海賊野郎が、あたしの頭をぶん殴ってからクロケットの蠟管を壊そうとしたので、あなたは犯人が誰だかわかった、なんて！

エラリー　（きっぱりと）部長、われらが殺人者のその捨て身の行動こそが、ぼくが事件の解決をするのに必要だったデータのすべてなのさ！

音楽、高まる……続いてゲスト解答者のコーナーに。

聴取者への挑戦

エラリーは、スタジオ内の解答者たちに向かって、「みなさんは、犯人の特定とそのための手がかりが何かを述べなければならない」と告げる。そこにバート・パークスが割り込み、ガルフ石油（この番組のスポンサー）の「ノーノクス・ガソリン」を賭けて、謎を解いてみせるとエラリーに言う。バートは負ける。

音楽、高まる……。

警視　エラリー、話せ！

エラリー　殺人者は、犯行が録音された蠟管を壊すために、夜中にここに戻ってきました。大変な危険を冒してまでも。なぜでしょうか？

警視　証拠の蠟管を壊すためだろう。

エラリー　では、どうして証拠になるのでしょうか？　蠟管に残されていた音の中で、犯人にとってそれほどまでに危険だったものは、何だったのでしょうか？　しかし、クロケットの声を除くと、銃声とドアの閉まる音が入っているくらいでした。このどちらにも、誰か特定の個人を指し示すようなものは、何一つありませんでした。そうでしょう？　ならば、殺人者が恐れていたものは、自分が蠟管を壊したがっていることがばれるという危険を冒してまで葬りたかったものは、録音されたクロケットの声の中にあるに違いありません！

ニッキイ　殺人者が、自分の正体が明らかになってしまうと恐れたものは、死者が話した言葉の中にあるというわけね！

ヴェリー　でもクイーンさん、あたしら全員が録音を聞きましたが——犯人が明らかになるような言葉は、何もなかったですぜ……。

エラリー　それでは、考えてみましょう。クロケットが残した手がかりとなる言葉が、彼が撃たれるより前に存在するということはあり得ません。録音を思い出してもらえればわかりますが、彼は撃たれるまで、何者かが自分を殺そうと企んでいるなどと、露ほども疑っていなかったからです。従って、手がかりは、クロケットが撃たれた後に話したことの中に残されていなければなりません。では、撃たれた後に、彼は何を口にしたでしょうか？　たった一種類の単語だけです！　ならば、殺人者を指し示す手がかりは、その単語の中に残されていなければなりません！　われわれが聞いた録音の中から、銃声の直前以降を再生してみましょう。ぼくは、蠟管のその部分に印をつけておきました。（再生の回転音、引っ掻く音、ふいに声が割り込んで……）

クロケット　（前と同じくくぐもった声）――宝石は、ニューヨーク市の銀行の金庫室にある。これまで述べてきた理由によって、そのすべてを赤十字に寄贈することにしたい。私の全財産、すなわち（拳銃のバンという音。クロケットの苦痛の叫びとドアがバタンと閉まる音。瀕死のクロケットがあえぎながら）宝石！　宝石だ！……（末期のうめき声。どさりと倒れる音――ここで即座に再生を止める。注意・再生のシーンは前回と正確に同じになるように!!!!）

ヴェリー　ジョールか！　彼はジョールと言ってから死んだんですな。

ニッキイ　（とまどいながら）ジュエル（宝石）よ……。でも、それだとわからないわ――。

警視　クロケットはただ単に、言いかけた文を終わらせようとしただけだ――自分の全財産を赤十字に残すと言ってから、その全財産とは……バーン！……「宝石《ジュエル》」だと。彼の全財産というのは、宝石だからな！

ヴェリー　どうしてこいつが、犯人を示す手がかりになるんですかい、クイーンさん？

エラリー　死にゆく者が――事実、彼はこの最後の言葉を発した数秒後に死んでいるのですが――

やるべきは、文章を終わらせようとすることなのでしょうか？（笑う）お父さん……

ニッキイ　だったら、クロケットさんがしたことは、何だったの？

エラリー　ニッキイ、死にゆく者が「宝石」という言葉を告げることによって残せると考えた手がかりは、殺人者の正体に決まっているじゃないか！――クロケットは犯人の名を告げたと考え、殺人者もまた、そう考えたのだよ。そうでなければ、犯人はここに戻ってきて、蠟管を壊したりはしなかったはずだ！

警視　殺人者の名は（綴りを言う）Ｊ‐Ｅ‐Ｗ‐Ｅ‐Ｌ‐Ｓか？

エラリー　Ｊ‐Ｅ‐Ｗ‐Ｅ‐Ｌ‐Ｓではなく、Ｊ‐Ｕ‐Ｌ‐Ｅ‐Ｓです！　ジュールこそが、犯人のファースト・ネームなのです！　この二つの単語はよく似た発音ですが、瀕死のクロケットは、単語が誤解されるとは夢にも思わなかったのです！

ニッキイ　ジュールさんが！

警視　もちろんそうだ！　クロケットを殺害したのは、彼の義弟にして、マーガレットとパーシーの父親……そして、このヨットの中でアリバイを持っておらず、ジュールという名を持つ唯一の人物……ミスター・バレンタインだ！

音楽、高まる。

エラリー　紳士淑女のみなさん、以上が、ジュール・バレンタイン氏によるアルフレッド・クロケット殺人事件を、ぼくが見抜いた顚末《てんまつ》です――。

パークス　（さえぎる）ちょっと待ってくれ、エラリー。終わるのは早すぎる！　きみたちが、バレンタイン氏のファースト・ネームがジュールだと知っていることには、何の問題もないさ。――だけど、われわれ聴取者は、どうやって知ることができたというのだい？　われわれは、バレンタイン氏が「ジュール」と呼びかけられたのを、一度も聞いていないじゃないか！

エラリー　（笑いながら）そうかな？　バート、犯行の晩にやった〈シャレード〉というゲームを覚えていないのかい？

パークス　（ぽかんとして）どうしてだい、エラリー。覚えてはいるけど――

エラリー　あのゲームでは、各人が演じる本の題名は、演じる人のファースト・ネームと同じファースト・ネームを持つ作家の本から選ばなければならない、というのも覚えているかな？

パークス　（疑わしそうに）ああ、覚えているさ。ジャック・バイ船長はジャック・ロンドンの本を選んだし、マーガレット・バレンタインは、マーガレット・ミッチェルの本を選んだ……

エラリー　それではバート、ミスター・バレンタインが選んだ本は何だったかな？

パークス　ジュール・ヴェルヌの『海底二万里』。（はっとして）ジュール・ヴェルヌか！

エラリー　（やさしく笑う）これでわかっただろう、バート。きみは知っていたのさ、バレンタイン氏のファースト・ネームがジュールだと！

パークス　（くやしそうに）クイーン君、くやしいが、この賞品は手放さなければならないようだ。きみの勝ちだよ！

悪を呼ぶ少年の冒険

The Adventure of the Bad Boy

フレデリック・ダネイの自伝的小説『ゴールデン・サマー』（ダニエル・ネイサン名義）を読んだ者ならば、クイーンたちにとって、いかに少年時代が重要だったかを知っているに違いない。一九三九年七月三十日に放送された本作では、われわれは、反抗的な少年の瞳を通した世界を見ることになる。

登場人物

悪い子《バッドボーイ》の　ボビー・ヘイズ
少年の伯母の　サラ・ブリンク
少年の母親の　フローレンス・ヘイズ
ワシントン広場の医師　メルトン博士
奇術師の　ミスター・ゴルディーニ
バイオリン教師の　ウェバー氏《ヘル》
探偵の　エラリー・クイーン
その秘書の　ニッキイ・ポーター
ニューヨーク市警の　リチャード・クイーン警視
ニューヨーク市警の　トマス・ヴェリー部長刑事
ニューヨーク市警の　プラウティ博士
ニューヨーク市警の　フリント

舞台　ニューヨーク市。一九三九年

室内――カナリアのさえずり――流れたり流れなかったり――すぐそばの台所からも、調理や食卓のしたくをする音が背後で――マイクにときおりパサパサという新聞の音が入る。

サラ　（離れた位置から――いぶかしげに）ボビー？（間）ボビーったら！

ボビー　（マイクの前で――わがままっぽく）何だい？

サラ　（同じ位置から）ボビー・ブリンク、それがサラ伯母さんに対する口のきき方なの？「はい伯母さま、何でしょうか？」と言えないのかしら？

ボビー　（なげやりに）はい伯母さま。（逆らうように）でも、ぼくの名前はボビー・ブリンクじゃないよ！

サラ　（同じ位置から――きびしい口調で）この家ではそうなの。

ボビー　そうじゃないよ！　ぼくの名はボビー・ヘイズだよ！

サラ　（近くに寄る）よくもまあ、わたしにそんな口をきけるものね、この子は！

ボビー　（つっかかるように）ヘイズって言ったら、ヘイズなんだ！　ぼくのお父さんの名前がヘイズ。ぼくのママの名前がへイズ。だからぼくの名前もヘイズになるんだ！

サラ　子供にはわからないことなのよ。

ボビー　（むきになって）自分の名前ぐらい、ちゃんとわかってるさ！

サラ　あなたのお父さんは悪い人なの。あなたと、あなたのママを捨てて逃げて——

ボビー　違うよ！　ママは、パパは死んだって言ってるよ。

サラ　（むっつりと）あなたにとっては、その方がよかったわね。あなたのママにとっても。少なくとも、保険金が手に入るわけだから——

ボビー　ほけんきん？　それ何、サラ伯母さん？

サラ　気にしなくていいわ。（愛想よく）ボビー、あなたはサラ伯母さんに……これっぽっちも感謝していないの？　伯母さんは、妹とその小さな子供を家に迎え入れてあげたでしょう。眠るためのすてきな場所も与えてあげたでしょう。おいしい食事も与えてあげたでしょう。お小遣いも与えてあげたでしょう。そんな事をしてもらっている小さな子供は……伯母さんを愛してあげなければいけないとは思わないの？

ボビー　でも、そんなにお小遣いをもらってないもん。

サラ　（きつい口調に変わる）なんて性悪で恩知らずの子だろうね！　わたしが台所で夕食のしたくをしている間に、黙ってそこで何をしているというのかしら？　賭けてもいいわ、何かいたずらをしているのでしょう！

ボビー　何もしてないよ。新聞を読んでるだけさ。

サラ　（鼻で笑う）新聞を読んでいる、ですって！　猫を追っかけている、の間違いでしょう。

ボビー　違うもん！　ラジオのページを読んでるんだい！

サラ　あら。（間。それからずるそうに）大好きなラジオ番組を、どれもこれも聴き逃しているのでしょう、ボビー？　お母さんのラジオが……壊れてからは。

ボビー　そうだよ、サラ伯母さん。ぼく、早く直してほしいんだけど。バック・ロジャースやローン・レンジャーがどうなったか、公園でよその子に教えてもらってるんだ。

サラ　（ずるそうに）ボビー、新しいラジオを買ってあげたら、サラ伯母さんを好きになってくれる？　あなたのために買ってあげたら？

ボビー　（嬉しそうに）うん！　買ってくれるの、サラ伯母さん？　ねえ！

サラ　（ずるそうに）買ってあげてもいいわよ。ときどき、ちゃんと心からのキスをしてくれるなら……（遠くでドアが開いて閉じる音）（きつい口調で）あんたなの、フローレンス？

フローレンス　（登場――疲れた様子で）ええ、サラ……ボビー坊や。

ボビー　（はしゃいで）ママー！（駆け寄って――何度もキスをする）

フローレンス　あらあら、そんなにきつく抱きしめないでちょうだい！　今日は何をしてたの、坊や？

サラ　（きつい口調で）いつも通りの悪い子だったわ。日がな一日、ゴタゴタばかり起こして……。言わせてもらうけど、あんたは、なぜこの子を――

ボビー　あーあ、いつもそうやって告げ口するんだから！　ワシントン広場の公園で、男の子同士で遊んでたんだ。噴水で泳ごうとしたら、おまわりさんに追っかけられて——

フローレンス　ボビー、駄目じゃない！　びしょぬれになってしまうわ——

サラ　それだけじゃないのよ——

ボビー　へへーんだ、いくらでも告げ口すればいいさ！　それから岩を投げて——岩の小さなかけらのことだよ、ママ——だけど、誰にもケガをさせてないよ——窓を割っちゃっただけで……

フローレンス　（困り果てて）なんて悪い子なの、ボビー・ヘイズ。その上、サラ伯母さんにあんな口のきき方をするなんて。あなたを嫌いになってしまうわよ、ボビー——

サラ　（きつい口調で）フローレンス、あんたが外で一日中遊び歩く代わりに家にいたら、自分の子供から目を離さずにいられるでしょうに。わたしは何もかもできるわけでは——

フローレンス　（小声で——少し離れた位置から）サラ、あたしは遊び歩いてなんかいません。仕事を探しているのよ。（蛇口をひねる音。顔と手を洗うときの水のはねる音）

サラ　（声を張り上げる）あんた、自分が何者で、自分の仕事が何だと思っているの！　あんたの務めは、子供の世話でしょう。そもそも、わたしと同居している間は働く必要がないということとは、あんたも充分わかっているはずよ——

フローレンス　（離れた位置から——こもった声で）ボビー、タオルをとってちょうだい。お願い、坊や。（歯切れ悪く）ええ、サラ——わかっているわ。

サラ　きちんと家に戻ってきなさい！　夕食が台なしにならないように。（遠ざかる）シチューが！　煮込みすぎたわ！（鍋を下ろす音）なんとか間に合ったみたい！　もう少し遅かったら

——

ボビー　（近寄る）シチューなの？　あの田舎臭いシチューは欲しくないんだけど、サラ伯母さん。田舎のシチューは好きじゃないんだ。

サラ　（離れた位置で）あなたにはシチューを出さないわよ、ボビー。おいしいラズベリーゼリーのオムレツは好きかしら？

ボビー　わあい！　ゼリーのオムレツは大好きさ！（鳥籠のガチャガチャという音）

サラ　（近寄る）シチューのお皿を二枚置いたら、すぐあなたのオムレツを作りますからね、ボビー。（テーブルに皿を置く音）フローレンス、後生だから、急ぎなさい！　あらボビー！　カナリヤの籠で遊ぶのはやめなさい！

フローレンス　（近寄る）ボビー、サラ伯母さんの言うことが聞こえないの？　やめなさい、ボビー！

ボビー　はい、ママ。（椅子がギイギイ音を立てる）サラ伯母さん、プルーン・ジュースを飲んでいい？　ぼく、プルーン・ジュースが大好物なんだけど——

サラ　（あきれたように）その前に、自分がしでかしたことのために、おしおきされなくては駄目よ、ボビー・ブリンク！　何をしたかわかっているの？　カナリヤの籠の扉を開けてしまったのよ！

フローレンス　おお、ボビー……。カナリヤが逃げ出してしまったわ。サラ、捕まえて！

サラ　（あきれたように）何もかもめちゃくちゃじゃないの、このいたずら小僧……（叫び声。そして、カナリヤを部屋中追っかけ回す音——いずれもサラとフローレンスだけが発している——少年からではない——興奮した猫がニャーニャー鳴いている）

フローレンス　捕まえたわ！　おお、駄目だわ。シャンデリアの上に逃げられてしまった！

サラ　こっちに降りてらっしゃい、いまいましい鳥さん！

フローレンス　サラ、食堂のドアを閉めないと——外に逃げられてしまうわ！

サラ　（ドアを閉めながら）フローレンス、窓を閉めて！

フローレンス　見て——猫よ！

サラ　ダービー——動かないで、いけない猫！

フローレンス　そこだわ！　今よ——サラ！

サラ　（息を切らして）捕まえた！（追っかけ回す音は止まり——カナリヤの籠の扉が閉まる）（激しい口調で）これでこっちは片づいたわね。さてボビー・ブリンク、どうしてカナリヤの籠を開けたのか話してくれる？　それに、なぜ夕食のテーブルに座ったままでいて、カナリヤを捕まえる手伝いのために、指の一本でも動かそうとしなかったの！

ボビー　（小声で）ぼくのせいじゃないよ。にくったらしいカナリヤと遊んでいただけなんだ。そしたら、ずる賢いカナリアが一羽、ぼくの頭を越えて出ちゃったんだ。

フローレンス　（悲しげに）あなたはどうしてしまったの、ボビー・ヘイズ？　これまでずっと、サラ伯母さんのペットにやさしくしていたじゃないの。それなのに、今では、ダービーを追い回すは、カナリヤをもて遊ぶは、そこの金魚鉢から釣ろうとするはで——か弱い動物をいたぶって喜んでいるとしか思えないわ！

ボビー　えーと、ぼくは、どれも傷つけたりしてないけど。

サラ　（きつい口調で）フローレンス、あんたがきちんとしつけていないのが問題なのよ。もしわたしの子供だったら——

フローレンス　（おだやかに）あいにくと、あなたの子供ではありませんから、サラ。ボビー、食事のあとで、話をしなくちゃね。

ボビー　（小声で）はい、ママ。

サラ　（きつい口調で）自分のシチューを食べておしまい、フローレンス。（椅子を引く音）わたしも自分の分を食べなくちゃね。シチューが凍りつく前に、食べてしまわないと。

フローレンス　でもサラ——ボビーのオムレツがまだ……。ねえボビー、あたしがオムレツを作ってあげるわ……

サラ　（きつい口調で）そんなことは許しません！　もう千回も言ったでしょう。わたしの台所は、あなたにも、他の誰にも荒らさせはしないって。わたしたちに迷惑をかけたボビーには、夕食を抜いてもらうわ。

フローレンス　サラ、あなたがシチューを温めるくらいだったら、かまわないでしょう——

サラ　（きつい口調で）ガスの請求書がたまっているもんでね。（黙々と食事をする音。その中に、かすかなバイオリンの旋律が——「ヘブライ・メロディ（ユダヤ教礼拝の聖歌）」や「アヴェ・マリア」のような悲しげな曲が——アパートの階下《した》から流れて来る。ピアノの伴奏はない。かなり巧みな演奏。フォークを皿に乱暴に置く音）またあの下手くそな演奏だわ！　わたしらが食事をしようと腰を下ろすと、必ず弾きはじめるんだから。あの男は、わたしを苦しめるために弾いているのに違いないわね！

ボビー　サラ伯母さん、あれは階下《した》のウェバーさんだよ。あの曲を弾くのが好きで——

フローレンス　（やさしく）ボビー、やめなさい。

サラ　（意地悪く）こらしめてあげなくちゃね。このアパートから追い出すことに決めたわ！

音楽、高まる。バイオリンが奏でる悲しげな曲がそれに重なり、当然、フル・オーケストラに……続いて皿の音が混じると、オーケストラの演奏は止まり、バイオリンのソロの演奏だけが続く。

フローレンス　（小声で）サラ、今夜のシチューはおいしいわ。ボビー、あなたはテーブルから離れなさい。

ボビー　でもママ、アップルパイを一切れだけでも食べちゃいけない？　ぼく、ものすごくお腹が減ってるから、アップルパイ一切れでも欲しいんだ。

サラ　ボビー、さっき言ったはずよ。もしお母さんが罰を与えないのだったら、わたしが与えようか！

ボビー　意地悪しないでよ！　サラ伯母さんだって、ぼくがどんなにアップルパイが好きか、わかってるくせに！

フローレンス　（さえぎるように）そんな口をきいては駄目よ、ボビー。お母さんは、テーブルから離れなさいって言ったわね。

ボビー　（おとなしく）はい、ママ。（明るく）階下《した》に行って、ゴルディーニさんに会ってきてもいい？　約束してるんだ。

サラ　いけません！　フローレンス、言ったわよね。ボビーを、あんな何のとりえもない三流俳優に会わせて、時間を無駄にしちゃいけないって！

フローレンス　（スプーンをカップに強くぶつける）サラ、あたしがボビーの母親なんです。あたしが一番いいと思うやり方でボビーを育てます。ゴルディーニさんはいい人だわ。ボビー、半時間ほどなら、ゴルディーニさんを訪ねていいわよ。そうしたら、戻ってベッドに入りなさい。

サラ　（金切り声で）ボビー・ブリンク、そんなことは許しませんよ！　フローレンス、あんたがわたしの家で暮らしている限りは、あんたがわたしのお金で生活している限りは、わたしの言うことを聞いてもらいますからね！

フローレンス　（わっと泣き出す）もうこれ以上は耐えられないわ！　あなたのお情けにすがっているこことを、いつもいつも非難されて——あたしが他に行くあてがないのをいいことに、あれこれ指図して。もう、ボビーを連れて出て行きます。たとえ餓《う》え死にしても——

サラ　（乱暴な口調で）馬鹿なことを！　わたしの言うことを聞いてさえいれば、あんたはろくでなしの旦那に捨てられることはなかったし、子供を養う金にも事欠くありさまになることもなかったのよ！　わたしはここで、あんたにたっぷりと物を与えてきたし、たっぷりと指図も与えるつもりよ。あんたら二人によかれと思ってね。……みっともなく泣くのはおやめ、フローレンス。

ボビー　（泣き出しそうな声で）お願いだよ、ママ。ぼくが悪かったんだ。もう、ゴルディーニさんに会いに行ったりしないから。本当だよ。

フローレンス　（心配をかけまいと）大――大丈夫よ、ボビー。階下《した》に行ってらっしゃい。さあ、ボビー――

サラ　ボビー・ブリンク、ここにいなさい！　もし恥ずかしげもなく……ううっ！（早いテンポで苦痛にあえぐ）わたし……気分が……悪い……（どさりと倒れる音）

ボビー　（びっくりして）ママ！　サラ伯母さん――倒れちゃったよ！　伯母さんが――

フローレンス　（びっくりして）サラ！　どうしたの、サラ？

サラ　（あえぐ）喉が――胃が――焼けつくよう――息ができない――

フローレンス　（叫び声）ボビー！　階下《した》に走って行って、メルトン先生を呼んで来るのよ！　早く！

音楽、高まる……そこにタイプライターのカタカタという音が。

エラリー　（口述している）「……そして、納骨所の内部を満たす陰の中を……」。いや、「内部にうごめく影の中を」にしてくれ、ニッキイ。それから……

ニッキイ　「納骨所の……内部に……うごめく……影の……中を」（タイプの音が止まる）ふーん、心地よい光景ですこと。夜はぐっすり眠れているのかしら、ミスター・クイーン？

エラリー　実を言うと、駄目なんだ。でも、今きみが考えた理由じゃない。数日前から、頭に引っかかっていることがあってね。

ニッキイ　（情熱的に）それって、体重が百と十ポンドあって、頭文字がN・Pの女性のことかしら？

エラリー　（皮肉っぽく）おあいにくさま、ミス・ポーター。数日前に、メルトン博士――ワシントン広場の医者だよ――から電話がかかってきたんだ。今、何時かな？

ニッキイ　正午よ。

エラリー　一時間前には、ブリンクという女性を連れて、ここに着いてなければならないのだが。奇妙な事件なんだ、ニッキイ。毒殺未遂に見えるのだけど。

ニッキイ　（陰鬱そうに）わ……わたしの知っているほとんどの人は――その、言わせてもらうなら、毒薬なんて必要としていないわ。せいぜい……腕に予防注射をするくらいで。

エラリー　ふーむ。ところで、その家は、ワシントン広場の公園に面した古風な褐色砂岩造り（裕福な階級が住む）で――ヴィクトリア風の三階建て高級マンションの一つを、四所帯が住めるアパートに改装したんだ。最上階を占有しているのが家主のサラ・ブリンク。一階はメルトン博士で、二階には二所帯が入って――

ニッキイ　なんて興味津々なんでしょう。（ため息）

エラリー　（続ける）——一方はドイツの老人でバイオリン教師、もう一方は男優かそのたぐい……（呼び鈴が鳴る）ようやく事件がやって来たようだ！

ニッキイ　（遠ざかりながら）そして、納骨所の内部にうごめく影は、どこかに行ってしまうわけね！　もしあなたが、わたしの知っているエラリー・クイーンだったら、この事件が解決するまで、納骨堂の内部に這い戻ることはないでしょうからね……。（遠くでドアの開く音）どうぞ、お入りください。（アドリブでのやりとり——ドアが閉まる）

メルトン博士　（登場）クイーンさんですか？　こちらはミス・サラ・ブリンク。先日、あなたに電話した件の患者です。

エラリー　お座りください。こちらはぼくの秘書のニッキイ・ポーターです。こちらはミス・ブリンクとドクター・メルトン。（アドリブで挨拶をかわす）

メルトン博士　ブリンクさん、こちらに……楽にして。クイーンさん、ご存じでしょうが、彼女はまだ体調がすぐれないのです。何しろ、わずか四日前のことですから——

サラ　（弱々しく）事故です。事故だったのです。あなたにも言いましたね、メルトン先生。単なる事故だったと。あなたに連れられてここに来ることを、どうして承知してしまったのかわかりませんわ。探偵なんて——

メルトン博士　事故ということはあり得ませんよ、ブリンクさん。

エラリー　何か疑わしい点でもあるのですか、メルトン博士？

メルトン博士　疑っているのではありません――わかっているのです。ブリンクさんは毒を飲まされたのです。

エラリー　（てきぱきと）ぼくの考えでは、あなたはそれを立証できるのですね？

メルトン博士　（てきぱきと）文句のつけようもないくらいに。まず第一点。彼女が食堂の床に倒れてのたうち回って数分後には、毒を飲んだときのあらゆる症状を呈していました……。

エラリー　それらは、どんな症状だったのですか？

メルトン博士　空っぽの胃に食物が取り込まれてから十分ほどたって、症状が現れるのです――喉と胃の焼けるような痛み――絶え間ない嘔吐――激しい喉の渇き――衰弱、酸欠状態、呼吸困難、両ふくらはぎの痙攣……。クイーンさん、すべては砒素中毒の症状なのです！

ニッキイ　なんて恐ろしい！

エラリー　砒素とはね……。もちろん、シチューは調べたのでしょう、メルトン博士？

メルトン博士　ええ。ブリンクさんの食べた皿に残っていたシチューを分析すると――大量の砒素が混入していました。

エラリー　（不意に）ブリンクさん、あなたの遺産を受け取る人は、誰ですか？

サラ　（ぼそぼそと）妹のフローレンスと――その十歳になる男の子です。生きている縁故者は、その二人しかいません。

エラリー　あなたは裕福ですか？

サラ　わたしは……自分自身の家と……数千ドルしか持っていません。

エラリー　使用人のことも教えてもらえますか？

サラ　自分の家のことは、食事のしたくも含めて、自分でやっています。使用人を雇う余裕もありませんし。

エラリー　わかりました。ところでメルトン博士、あなたは、フローレンス・ヘイズ夫人が——ブリンクさんの妹が——その晩に同じシチューを食べたにもかかわらず、具合が悪くなることはなかった、と言ってませんでしたか？

メルトン博士　（淡々と）そう言いましたよ。まったく何ともありませんでした。

エラリー　それではブリンクさん、砒素が入れられたのは、あなたの皿のシチューだけだったということになりますね。シチューを作っているときか他の調理をしているときに、ヘイズ夫人は台所に入りましたか？

サラ　いいえ。フローレンスは一日中、外出していました。わたしが台所から二皿のシチューを持ってきて食堂のテーブルに置く数分前になって、やっと帰って来たのです。

エラリー　あなたが食事のしたくをしているときに、甥御さんは台所に入りましたか？

サラ　ボビーが？　一秒だって入りませんでした。

エラリー　あなたが皿を食堂のテーブルに並べたあと、妹さんにはシチューに毒を入れる機会はありましたか？

サラ　（つぶやく）フローレンスが……わたしに毒を？　いいえ。わたしが皿を置いたと同時に、ボビーがカナリヤを逃がしてしまったのです。フローレンスとわたしはカナリヤを追っかけ回して――

エラリー　（鋭く）本当ですか！　それで、あなたと妹さんが鳥を追いかけ回している間、甥御さんは何をしていたのですか？

サラ　（困惑して）ボビーですか？　どうしてそんなことを……あの子は食卓に座ったままで……

エラリー　（意味ありげに）一人だけで。一人だけで……誰にも注目されていなかった。

サラ　（間）おお！

ニッキイ　そんな……そんな恐ろしいことが。

エラリー　ぼくは状況を論理的に検討しているだけだよ。

サラ　（ヒステリックに）メルトン先生、家に連れて帰ってちょうだい！

メルトン博士　しかしブリンクさん、この件を放っておくわけには――

サラ　（調子を変えずに）どんな問題についても、もうこれ以上は聞きたくありません！

エラリー　ブリンクさん、あなたには選択の余地はありませんよ。これは殺人未遂で――

サラ　（調子を変えずに）わたしは――わたしは気にしません！　クイーンさん、もしまだ口出しするのでしたら、わたしは――わたしは一切合財、否定しますから！　それに、もしあなたが請求書を送りつけて来たとしても――払ってもらえるとは思わないことね！　さようなら！

（ドアを開いて退場）

メルトン博士　（ばつが悪そうに）クイーンさん、まことに申しわけない。こんな事になるとは思いもしなかったのです……。それと、あなたに伝えておくべきだと思うのですが、彼女は自分の資産状況について、本当のことを言っていません。グリニッジ・ヴィレッジに、半ダースも家を持っているのです。周囲の人なら誰でも、彼女が金持ちだということは知っていますよ。

エラリー そうじゃないかと思っていましたよ。ですが博士、ぼくたちにできることは、もうほとんどないようですね。さようなら。

メルトン博士 申しわけない。彼女を急いで家に連れて帰らなければ。見ての通り、まだ体力が完全に回復していないのですよ——命拾いをしたと言ってもいいくらいで——（ドアを閉めて退場）

ニッキイ エラリー・クイーン、なんてぞっとする話なの！　まだ十歳の少年なのよ！

エラリー （考え込むように）確かに奇妙だ、ニッキイ。一見したところ、子供がカナリヤを逃がした理由は、母親と伯母を食卓から引き離し——二人の注意を自分からそらすことを狙ったように思える——。

ニッキイ でも、もし伯母さんのシチューに毒を入れたのなら——たとえひどいお婆さんであっても——その子は……悪魔か、精神異常者に違いないわ！　何とかしなくちゃ。あの女の人が危ないわ——また毒殺が企てられたら——

エラリー 地獄のような状況だ……。ニッキイ、問題の晩に作ったのは何のシチューだったか、ブリンクさんは話してくれたっけ？

ニッキイ 何のシチューだったかって？　言わなかったはずよ。

エラリー まったくもって、うかつだったな。聞いておくべきだった。（ため息をつく）まあ、これで終わりにしよう。彼女が自分の墓穴を掘りたいのだったら、好きにさせておくさ！

音楽、高まる……そこにラジオの野球中継が割り込む。

ニッキイ　エラリー・クイーン、わたしに小説の口述をするか、わたしの手を握って座るか、どちらかにしてくれるかしら。――わたしに土曜の午後の野球中継を聴かせるのではなく！

エラリー　（うしろめたそうに）ちょうど今、ジャイアンツがどうなったかを聴きたいと思ったので……（電話が鳴る）出てくれないか、ニッキイ？

ニッキイ　（受話器を取る）もしもし？

警視　（くぐもった声で）ニッキイか？　エラリーを出してくれ。

ニッキイ　あなたによ、ジョン・マグロー（ニューヨーク・ジャイアンツの名選手）さん。クイーン警視から。

エラリー　親父から？（電話に出る）はい、お父さん。

警視　（くぐもった声で）おお、エラリーか。万が一にもこいつを伝えなかったら、おまえはわしを許さんだろうと思ってな、エル。

エラリー　伝えるって、何をですか？

警視　（同じくぐもった声で）わしがこれまで出くわした中で、もっともおかしな事件を、だ。おまえが十五分以内にこっちに来られるのなら、連中を抑えておけるだろうて。

エラリー　誰を抑えておけるですって？

警視　（同じ声で）犯行の目撃者たちだ。数ダースはいるな。

エラリー　数ダースの目撃者？　何の話ですか、お父さん——冗談ですか？

警視　（同じ声で）事実だ。もしおまえがのんびりしておると、連中は数百になるだろうて。（くつくつ笑う）目撃者連中はおかしなやつばかりさ。ワシントン広場の北十三のBだ。さっさと来るんだな、エラリー！（電話を切る）

ニッキイ　新たな事件なの、クイーンさん？　野球の試合を聴いていたときよりも興奮しているのがわかるわ。

エラリー　目撃者が——数ダースも——数百人も——もし親父が飲んだくれていないならば……ワシントン広場の北十三のBか……ニッキイ！

ニッキイ　どうしたの？

エラリー　こいつは、先週、メルトン博士が毒殺未遂の件でここに連れて来た女性の——サラ・ブリンクの——住所じゃないか！　行こう！

音楽、高まる……タクシーが縁石に停まるブレーキ音……道路の騒音……遠くで遊ぶ子供たちの大声……タクシーのドアが開く。

エラリー　（興奮して）ニッキイ、さっさと降りてくれ！　糖蜜がとろとろ垂れているみたいだぞ！

ニッキイ　だったら、どうしてわたしを抱えて降りてくれないの？　前に一度、ロサンゼルスでそうしてくれたじゃない。

運転手　（遠くから）お釣りを忘れましたぜ、旦那。

エラリー　かまわん。とっておいてくれ！

運転手　（遠ざかりながら）まいど。（車が離れていく。二人は石段を駆け上る。ドアノッカーを雷のように鳴らす）

ヴェリー　（ドアを開いて——登場）やあやあ！　ミスター・クイーンとミス・ポーターが、助っ人に来てくれましたな！　大賢者どの、こちらです——長老があなたをお待ちです。（ドアが閉まり……会話をしながら邸内の階段を上っていく）

エラリー　（せくように）どうしたんだ、部長？　何があったんだ？

ヴェリー　（申しわけなさそうに）命令を受けてましてね、クイーンさん——おしゃべり禁止、っていう。

ニッキイ　びっくりさせようというわけ？　あなたに対する、お父さまの愛が感じられるわね！

ヴェリー　（くつくつ笑いながら）びっくり、ですかい？　確かにびっくりするでしょうな。（大笑いする）

エラリー　（怒りだす）謎だ。謎以外の何物でもない！　ぼくは謎を書いてきた。ぼくは謎を解いてきた。だが、謎が好きだというわけじゃないんだ。ヴェリー、きみを絞め殺したくなってきたよ！

ヴェリー　絞め殺すのは、あんたの親父さんの方にしてください。着きましたぜ。最上階です。

警視　（登場）おお、せがれにそのお供か。エラリー、まだ見てはいかんぞ。見るのはもう少し待つんだ！

エラリー　（むっつりと）待っているじゃないですか。

ニッキイ　警視さんがいつまでものんびりしていると、息子さんの歯が跡形もなくなってしまうわよ——ずっと歯ぎしりしているから。こんなに美しい歯並《はな》みが……

エラリー　（いらいらして）お世辞はいいよ、ニッキイ——

ニッキイ　でも、お世辞じゃないわ！　本当に魅力的な歯並み……

ヴェリー　次のダンスは私と踊ってもらえませんか、ハンサムさん？

エラリー　（うなる）これは何だ？　ぼくをおかしくしようという企みか？

警視　（くつくつ笑いながら）よしよし。こっちだ。（いくつもの足音）ここが最上階のホールだ。ブリンク家の各部屋に通じるドアがすべて見えるだろう。今、わしらはその一つの前におる。（足音が停まる）ヴェリー、フリント、ピゴット、ヘイグストローム——おまえたち、準備はいいか？（アドリブで陰気な同意）

ヴェリー　一人前の男にとって、実にやりがいのある仕事ですな。追いかけ回して——

フリント　あのう、警視。また、あれをやることになるんですか？

ヴェリー　一度で済むと思っていたのか？　さあ、頼むぞ。

エラリー　おかしいのはぼくじゃない。きみたちだ。きみたち全員だ。

ニッキイ　（なだめるように）まあまあ、落ちつきなさいよ、クイーンさん。お父さまのちょっとしたジョークじゃないの。

警視　（大真面目で）ジョーク？　ジョークだと！　ようし、おまえたち――ドアの外で、各自の持ち場につけ。（ぶつくさ言いながら動く）いいかエラリー、わしらがここに到着し、このドアを開けたときに見たものと寸分変わらぬ光景を、今からおまえに見せてやる……。開け、ヴェリー！

ヴェリー　忘れるなよ、おまえら。こいつはそこの老酋長のせいだからな。二――十四――八十九――ハイッ！（ドアを開ける。あちこち跳ね回る小さな足音が――兎の足音が無数に――四人の刑事は兎を捕まえるべく、アドリブで精神病院《ベドラム》の脱走騒ぎを起こす――「そいつらを捕まえろ、ヘイグストローム！」「そっちに一羽逃げたぞ！」「どっちだ？」「そっちだ！」「こっちに来い、この小悪魔め！」「袋に入れろ！」などなど）

ニッキイ　（息をのむ）兎……兎だわ！

エラリー　兎とは！　自分がおかしくなっていることに、やっと気づいたよ！

警視　そう、兎だ――数ダースもの。半時間も家中を追っかけ回して、やっとこさ、あのいまいましい小動物を捕まえたのだ。兎どもはみんな、この部屋から――サラ・ブリンクの寝室から出て来おった。

エラリー　オールドミスの寝室から、ですか？　中を見てみましょう。（間。さえぎるように）駄目だ、ニッキイ。ホールにいたまえ。

ニッキイ　もう、どうしてなの？　いつもわたしを、キャンディで出来ているみたいに扱って――（あえぎ声。それから吐き気がするように）ああ……エラリー。

警視　（いかめしく）そうだ。そしてこれが、目の前を兎が飛び出していったときに、わしらが見た光景だ……。サラ・ブリンクが自分のベッドに横たわり……死んでいる。殺されてな。（突然、前と同じバイオリンの調べが奏でられる。遠くで、伴奏なしで。徐々に高まっていき……）

音楽も高まる……かすかなバイオリンの演奏も流れている。

エラリー　ベッドのありさまからすると、かなり抵抗したようですね、お父さん。

警視　あんたの考えはどうかな、先生《ドク》。

プラウティ　（少し離れた位置で）抵抗があったことは間違いない――老人を襲った死に対してのおまえさんだって、彼女のように死に襲われたならば、抵抗するだろうて。

エラリー　死体を解剖する役目の人が、何を言っているのですか？

プラウティ　（同じ位置で）手綱を締めたまえ。プラウティ老先生は常に正しいのさ。

警視　こういうことらしい。みんなで昼食に兎のシチューを食べた。食事を終えるとすぐ、ばあさんはこの部屋に入って、昼寝をするために横になった。

プラウティ　賭けてもいいぞ。昼飯をがっつく前に、彼女のぽんぽんにはおまんまが残っていたんだ。そうでなけりゃ、食卓から立ち去ることもできなかったはずだからな。よろしいかね紳士諸君、こいつは砒素中毒だ。くぼんだ顔、皮膚のチアノーゼ、まぶたの腫れ、皮膚の発疹――

エラリー　疑いの余地はないのですか、プラウティ先生？

プラウティ　お若いの、疑うことは科学の基本だ。だが、今回の症状が砒素酸化物――亜砒酸によるものだということは、宣誓してもよい。もちろん、念には念を入れて解剖はするつもりだ――ライシュ検査ならうまくいくだろうて。彼女も兎に生まれていたならば、死なずにすんだのにな――砒素では兎は殺せんのだよ、抗体があるのでな……。よし、搬送車を呼んでくれ。わしは歯医者とデートせねばならん。

ヴェリー　搬送車はまだ着いてませんぜ、先生。

プラウティ　では、搬送の仕事はおまえさんに任せよう。さてと、バイオリンの伴奏のおかげで、楽しいひとときだったよ！　バイオリンをかき鳴らしているのは誰かね――ネロか？（皇帝ネロがローマ陥落時にバイオリンを弾いていたという逸話より）

ヴェリー　階下《した》にバイオリンの名人が住んでいるんでさあ。ウェバーという名でしたな。

エラリー　（離れた位置で）これは何だ？

警視　何だとは何だ？

エラリー　サラ・ブリンクのナイト・テーブルの上にある、ピカピカの黒いトップハットのことですよ。（近づいて）ミス・ブリンクには男装趣味はなかったのでしょう？（くすくす笑う）紳士諸君、この帽子で手品をお目にかけよう。袖には何も隠していないことを確かめてください

――右手を帽子に入れます――ここで呪文を。ホーカス・ポーカス、アブラカタブラ、開けゴマ、ティル・オイレンシュピーゲル（ドイツ民話のいたずら者）――さあ、現れ出たるは――兎が一羽！（兎の鳴き声）

ヴェリー　（感嘆して）やってのけましたぜ、すごい！

エラリー　（笑う）違うんだ、部長。ただ単に、このちっちゃな兎には、部屋から逃げ出す度胸がなかっただけさ。きみたちがドアを開けたとき、この絹の帽子に逃げ込んだというわけだ。トップハットに兎とくれば――殺人はプロの奇術師によって行われたに違いないな！

ヴェリー　（うらめしそうに）クイーンさん、あんたはあたしを負け犬にしちまったんですぜ。あたしを負け犬に！

警視　（くつくつ笑いながら）ほらヴェリー、わしの言った通りになっただろう？　とっとと賭けに負けた分を払うんだな。エルなら奇術師が犯人だと思うに違いないと、おまえに言っただろう！

ヴェリー　（もぐもぐと）払うのはあんたでしょう。あたしは八百長に引っかかったんだから。

エラリー　ちょっとお父さん、ぼくはまじめに犯人を指摘したわけじゃないですよ。

警視　まじめにそう指摘した方が良いな。彼女は奇術師に毒を盛られた、ということで何の問題もない。すでに奇術師を引っ捕らえて、居間に押しこんでおるのだからな！

エラリー　この事件には、本職の奇術師が関係しているというのですか？

警視　さよう。階下《した》のバイオリン教師ウェバーの、ホールをはさんだ向かい側に住んでおる。ボードビルの奇術師だ。〈偉大なるゴルディーニ〉と名乗っておる。

エラリー　奇術師……（不意に）お父さん、彼に会わせてください！

音楽、高まる……そこにドアの開く音。

警視　フリント、こやつは何かしでかさなかったか？

フリント　なーんにも。兎のようにおとなしかったですな。ふふん！

ゴルディーニ　（こわばった声で）警視、あんたは過ちを犯している。おれはサラ・ブリンクに毒を飲ませてはいない。

警視　そうかね。自分は汚い手口の犠牲者だと言いたいわけか、ゴルディーニ。

エラリー　ゴルディーニさん、ぼくはクイーンといって、サラ・ブリンクの死に関心を持っている者です。あなたは家に――アパートの自分の部屋に――いたそうですね。今日、彼女が毒を盛られたお昼頃に。

ゴルディーニ　ああ、おれは――ちょっと暇つぶしをしていたんだよ、クイーン君。

エラリー　もう一つ。二階のあなたの部屋から非常階段を使って屋上に向かうと、途中でブリンク家の台所の外を通ることになるのでしょう？　ということは、あなたはブリンク家の台所の窓に行くことが可能だったわけですね――ブリンクさんとヘイズ夫人が昼に食べる予定の兎のシチューが入った皿が二枚、非常階段に面した窓の近くにある配膳台に置いてあるときに。

ゴルディーニ　ああ。だが、台所の窓には鉄格子がはまっているし、内側からしか開けることができないんだ――この建物の裏窓は、どれもそうなっているんだよ。おれは、どうやって鉄格子をくぐり抜けたというのかね？

警視　どうやったか教えてやろう、ゴルディーニ。この何とかいう物を使ったのだ。

ゴルディーニ　（間髪容れず）警視、おれの〈レイジー・トング〉をどこで手に入れたんだ？

ヴェリー　〈レイジー・トング〉？　何ですかい、それは？

警視　これが、われらがゴルディーニがシチュー皿に手を伸ばすのに使った代物だよ、部長。十字型に交差させた細長い薄板をいくつもつなげたもので、手元をハサミのように開閉すると、先端をくり出すことができる――見てろよ――

ヴェリー　（びっくりして）へえ、こいつはすごい！　あたしの鼻に半インチのところまで伸びましたぜ！

警視　そうだヴェリー、八フィート先まで伸びるのだ。もう、わかっただろう？　こいつはゴルディーニの奇術道具の一つで――階下《した》の部屋の、こやつの持ち物の中から持ってきたのだ。ゴルディーニ、おまえは台所の窓の外にある非常階段に立って、この〈レイジー・トング〉の先端から、砒素をサラ・ブリンクのシチュー皿に落とし込んだのだ！

ゴルディーニ　（うわずった声で）やってない。やってないと言ってるだろう！

警視　それにこのトップハット――プロの奇術師が使う、内側にポケットがついたものだ。これが自分の物だと認めるかな？

ゴルディーニ　ああ。だが――

警視　この帽子が、どうして女性であるブリンクの寝室にあったのかな？

ゴルディーニ　（間）（むっつりと）おれの方が教えてほしいよ。

エラリー　お父さん――

警視　ちょっと待っておれ、エラリー。ゴルディーニ、午後のうちに、あんたを調べさせてもらった。あんたの本名はゴードン――ジョン・ゴードン。舞台奇術師になる前は、薬剤師だった。つまり、あんたは砒素に詳しいということになる。違うかな？

ゴルディーニ　（苦々しげに）自分が偶然の一致のせいで罪人よばわりされていることがわかったよ。

警視　あんたが殺された女性とケンカをしておったというのは、偶然の一致とは言わんぞ、ゴルディーニ！　近所の人ならば、みんな知っていることだ。老婦人が、あんたを妹やその息子のボビーから遠ざけようとしておったことを！

エラリー　どれも状況証拠でしょう、お父さん。

警視　（そっけなく）そうかな？　では、今度はこいつの揚げ足を取ってみろ。ここの裏窓に面したマクドゥーガル通りの家に住む女性の目撃証言だ。この目撃者は、ゴルディーニ、おまえを見たと言っておる。ちょうど、兎のシチューに毒が入れられたはずの時刻に、非常階段の途中、サラ・ブリンクの台所の窓の外に立っているのを！　こいつについては、何か言うことがあるかね？

ゴルディーニ　（情けない声で）認めるよ、警視。おれが——おれがそこにいたことは。だが、おれは——そう、覗いていただけなんだ。こんなこと、大した罪じゃないだろう？

警視　（きびしい口調で）それだけしかやっておらねばな、ゴルディーニ——

エラリー　お父さん、ぼくはフローレンス・ヘイズの息子のボビーと話してきますよ。この少年が、ゴルディーニのトップハットをサラ・ブリンクの寝室に置いたことを——今朝、ここで帽子を使って遊んでいたことを——話してくれるでしょうから。それに、サラ・ブリンクが兎を飼っていて——ときどき自室で餌を与えていたことも。……ゴルディーニさん、あなたは誰がサラ・ブリンクに毒を盛ったか知っていますね、違いますか？

ゴルディーニ　（間）（かすかな声で）知っている。

エラリー　（すかさず）それは誰ですか？

ゴルディーニ　（感情的になって）おれには……言うことができない！（間——かすかな声で）その、つまり……言わないということだ。

音楽、高まる……そこにフローレンスのすすり泣く声が。

フローレンス　（すすり泣きながら——くぐもった声で）わかっていたわ……何か恐ろしいことが……この家で起こるだろうって。わかっていたわ。わかっていたのよ。

ボビー　（涙をこらえて）泣かないで、ママ。お願い、ママ。

ニッキイ　（重苦しい声で――無理にそっけなく）きみはあっちに行ってなさい――きみは……男の子でしょう！

フローレンス　いいえ！　それはやめてください、ポーターさん。ボビー――坊や――

ボビー　（せきをきったように泣き出す）ああ、ママ！（二人で泣く）

ニッキイ　どうか、ヘイズの奥さん。体を悪くしてしまいますわ。気を確かにもって――

フローレンス　（涙をこらえて）ええ。そうですわね。愛しいボビー――もう大丈夫よ――怖がらないで――サラ伯母さんは――長い旅に出かけただけなのよ……（ドアをノックする音）きゃっ！　誰なの？

ニッキイ　落ちついてください。（声をかける）どうぞ！

エラリー　（ドアを開けて――登場）ああニッキイ、きみがヘイズ夫人と一緒にいてくれて助かったよ。（ボビーはしゃくりあげるのをやめる）

フローレンス　この方はまるで――天使ですわね、クイーンさん。

ボビー　あなたは本物の探偵なの？

エラリー　ときどき疑問に思うこともあるけどね、ボビー。（不意に）ヘイズ夫人、お姉さんのサラは、ずっとペットを――カナリヤと猫と金魚を飼っていましたね？

フローレンス　そうです、クイーンさん。この間は――兎も買って来ました。

エラリー　兎はいつも、自分の寝室で飼っていたのですか？

フローレンス　いいえ。裏庭で飼っていることの方が、ずっと多かったです。

ボビー　（興奮して）ちゃんとした兎小屋なんだ！　見てみたらいいよ！
エラリー　誰が兎に餌をやっていたのですか、ヘイズ夫人？
フローレンス　サラです。姉さんは、兎の世話を誰にも譲りませんでした――（言葉を切る）
ニッキイ　どうなさったの、ヘイズの奥さん？
フローレンス　（小さな声で）思い出したんです。先週、サラが――ウェバーさんと言い争いをしていたのを。彼が裏庭で兎に餌を与えているのを見つけて……（前と同じバイオリンの曲が遠くで流れる）
ボビー　へえー、伯母さんって、ウェバーさんと、そんな話をしたんだ！
エラリー　ウェバーか……今はバイオリンを弾いているはずですね。ちょっと失礼。（歩いて、ドアを開け、声をかける）ヴェリー部長！
ヴェリー　（離れた位置で）何です、クイーンさん？
エラリー　（同じ位置で）ウェバーという男を、ここに連れてきてくれ！
ヴェリー　（同じ位置で）バイオリンを弾くのをやめさせるわけですな！（ドアが閉まる）
エラリー　（戻ってくる）あなた方は、たびたび兎のシチューを食べるのですか、ヘイズ夫人？
フローレンス　少なくとも週に一度は。サラとあたしの大好物なのです――でした。姉は自分が飼っている兎を自分で殺して――すごい勢いで増えていくので、そうしなければならなかったのですが――
ボビー　ぼくは違うよ。田舎のシチューは好きじゃないんだ。好きなのは、ゼリー・オムレツと、アップルパイと、チョコレート・マシュマロ――

エラリー　ヘイズ夫人、あなたは今日の昼食にシチューを食べたあと、具合が悪くなったりはしませんでしたか？

フローレンス　（小さな声で）いいえ。

エラリー　今日は、シチューを食堂に持って来た直後に、何か変わったことはありませんでしたか？

フローレンス　（当惑して）変わったことですか、クイーンさん？

エラリー　そうです。先週、カナリヤが逃げ出したようなことです。

フローレンス　あら。（間）ボビーが悪い子だと思わないでくださいね――単にいたずら好きなだけで、この歳の男の子なら、みんな――

エラリー　（重々しく）それで、何があったのですか？

ボビー　話しちゃってもいいよ、ママ。ぼくは怖くなんてないんだから。金魚鉢をひっくり返したんだよ！（反抗的に）

ニッキイ　（小声で）エラリー……お願いだから、もう……

エラリー　ニッキイ、すまないが。（間）それでボビー、お母さんと伯母さんが金魚を助けようとしているとき、きみは何をしていたのかな？

ボビー　テーブルに座ってたよ。サラ伯母さんが、ぼくをどなりつけるんだ――今日はデザートを食べちゃいけないって。あいつが旅に行っちゃって嬉しいな。あのばばあが……やかまし屋が！

フローレンス （ショックを受けて――半泣きで）ボビー！ ああ、ボビー坊や。そんなことを言ってはいけないわ――（ドアが開き、ざわめきが流れ込む）

ヴェリー （登場）こちらがウェバー、それにメルトン博士、それにあたしに警視。お茶会を始めましょうや。

警視 ここで何をするつもりだ、エラリー？

エラリー ああ、ちょっとヘイズ夫人とおしゃべりをしていたのですよ。ところで、ウェバーさん《ヘル》。午後の間、ずっと聞こえていたバイオリンは、あなたが弾いていたのですか？

ウェバー （ひどいドイツなまりで）はい《ヤー》。ヘイズ夫人《フラウ》、聞かせてもらいました――あなたのお姉さん《シュヴェスター》は――ブリンク嬢《フローライン》は――まことに気の毒でした――。

フローレンス （再びすすり泣きをはじめる）そう、あなたはそうでしょうとも！ あたしのかわいそうな姉がここで――死んで横たわっているというのに――あなたは下で音楽を奏でている！あなたには人の心がないのですか？

ウェバー （悲しげに）おお、ヘイズ夫人《フラウ》、ですが、これは《アーバー・ダス・イスト》……何と言えばわかってもらえるのか……悲《し》ひみの曲なのです。私は悲《し》ひい心を抱いて、悲《し》ひみの曲を弾いていたのです。

エラリー なぜ悲しみを感じるのですか、ウェバーさん《ヘル》？

ウェバー （苦々しく）私が何者であるか、私はどこから来たのか――すべてが悲《し》ひいことなのですよ、あなた《マイン・ヘル》。何もかもが。あらゆるものが。私たちは悲哀に満ちた人種なのです。

エラリー　ああ……。ウェバーさん《ヘル》、あなたは先週、ブリンクさんの兎に餌を与えたと聞きましたが。

ウェバー　はい《ヤー》。はい《ヤー》。レダ《タ》スを。

エラリー　それで、ブリンクさんに叱られたのですね?

ウェバー　私は裏庭に腰《か》がけて、ケルンやシュタットガルドやツウイッカウ（いずれもドイツの町）に思ひ《い》をはせていました。バイオリンを弾きました。それをベンチに置くと、兎に餌をやりました。ブリンクさんが出て来て、私のバイオリンを取りあげると――ああ、まるで狂ってしまったように――粉々にしたのです。私の一番ひ《い》いバイオリンを。もう一つだけ、今使っているものもありますが――それよりずっとひ《い》いものなので――

フローレンス　（痛ましそうに）サラはひどいかんしゃく持ちなんです。申しわけありません、ウェバーさん。知らなかったのです――そんなことがあっただなんて。

ウェバー　ああ《アッハ》、当然《ナチューアリヒ》のことながら、私はバイオリンの弁償を求めました。私は貧乏な亡命者ですから。ところが、返事はノーだったのです。彼女は私に出てひ《い》くように言いました。かくして《アルゾ》……私は出てひ《い》くのです。明日になれば。朝《モルゲン》が来れば。メルトン博士《ドクトル》、あなたも出てひ《い》くのでしょう――

警視　（鋭く）本当ですかな、メルトン博士?

メルトン博士　この近くに新たな拠点が見つかり次第、すぐに。

エラリー　しかし、あなたはなぜ引っ越すのですか、メルトン博士?

メルトン博士　私の患者は下町《ビレッジ》の者ばかりなのです——誰も彼も貧しく、診察料も満足に払えません。私は——家賃を滞納しているのです。先日、ブリンクさんから、これ以上は待つことはできないと言われて……出て行かなければならなくなったわけです。

フローレンス　待ってください！　メルトン先生、あたしは——あたしはそれも知らなかったのです。た……たぶん、この家はあたしのものになると思います……こうなった今では。どうか、引っ越すのはおやめになってください。この先もずっと、ここにいて——

メルトン博士　（低い声で）ご親切に感謝しますよ、ヘイズの奥さん。

フローレンス　あなたもです、ウェバーさん。ここにいてください。それに——その……できるようになり次第、壊れたバイオリンは弁償しますわ……。

ウェバー　おお《アッハ》！　ありがとうございます《ダンケ・シェーン》、寛大な奥さま《グネーディヒ・フラウ》！　ありがとうございます《ダンケ・シェーン》。

音楽、高まる……そして沈黙が続く。

警視　（激高して）こん畜生！（猫のニャーニャーという声）

エラリー　何かゴタゴタがあったのですか、お父さん？　今、猫をけっとばしそうになりましたよ。

ニッキイ　かわいそうな小猫ちゃん！　こっちへおいで、小猫ちゃん——かんしゃく持ちのおじいさんが、あなたの心を傷つけない内に……。警視さん、ご自分で恥ずかしいと思わないのかしら！

警視　猫！　兎！　金魚！　カナリヤ！　ここは動物園か！　なあ、わしをそんな目で見ないでくれ、ニッキイ！　このいまいましい猫をけっとばしてなどおらんぞ。猫が足下にいるのに気づかなかったのだ。

ニッキイ　小猫ちゃん、今のを聞いた？　あやまっているのよ。もっとも、あの人がそんなひどい仕打ちをする人じゃないことは、わたしたちにはわかっているわよね？（猫がニャーと鳴いてから、喉をゴロゴロ鳴らす）

警視　ゴルディーニがシチューに毒を入れなかったとしたら、このいまいましい謎に、どんな答えがあるというのだ、エラリー？

エラリー　仮説はあるのですが――漠然とした仮説で――

ニッキイ　大先生は、仮説があるんですって、小猫ちゃん……何かしら！　どんどんふくらんでいって、すごい説になると思う？

ドアがけり開けられる。

ヴェリー　（登場――吠えながら）あたしの銃をかっぱらったのは、どこのどいつだ！

警視　何だと！

ヴェリー　（恥ずかしそうに、半泣きで）言わせてください――魔法だと！　誰かがあたしの銃を盗んだんです――あたしのポケットから！（ニッキイとエラリーは笑う）

警視　ヴェリー、おまえには驚かされるな。どうやったら、そんなことができるというのだ？

ヴェリー　（みじめな口調で）　わかりませんよ。自分でもまだ信じられんのですから。ちゃんと銃を持っていたのに、今では持っていないんですぜ。あたしの銃を。どんなに治安が悪い地区だって、こんなことは起きっこないのに！

ニッキイ　（けたたましく笑う）　おお……こんな……生まれてこの方、こんなおかしな話は聞いたことがないわ！

ヴェリー　（むっとして）　では、その美しいお顔の涙を拭いた方がいいですな――化粧の上に、牛が耕したみたいな跡がついてますぜ。

ニッキイ　（笑い続けながら）　いやだわ、部長さん……（ハンドバッグを開ける音）　ハンカチはどこだったかしら？　（笑いが消える）　おかしいわ。（間）　確かにバッグに入れておいたはずなのに。ちゃんと覚えているわ。

エラリー　（鋭く）　何がなくなっているんだ、ニッキイ？　ハンカチか？

ニッキイ　いいえ。化粧ポーチよ。エラリー、なくなってしまったの。

ヴェリー　化粧品がなくなってしまった。（笑う）　こいつもおかしいじゃないか！　（笑う）

警視　（ぶつくさと）　一体、何が……ここで何が起こっておるのだ？　他に何か盗まれた者はおらんか？

エラリー　（ゆっくりと）　ぼくの万年筆です。ベストのポケットから消えている。

ヴェリー　（笑う）　万年筆、って言いましたな。（もっと大声で笑う）

警視　（一緒に笑いながら）　嗅ぎ煙草をひとつまみせねば！　（不意に笑い声が消える）　おい！　わし

の嗅ぎ煙草入れが消えておるぞ！

ヴェリー　（あきれたように）嗅ぎ煙草入れが……警視の……（大はしゃぎして笑う）

警視　（わめく）ヴェリー部長、この家を調べろ！　どいつがわしの嗅ぎ煙草入れを盗んだのだ？　家中を捜せ、ヴェリー！

ヴェリー　（まじめくさって）はい、閣下……。（笑う）おお、フリントか。今、何が起こったか知っているか？

警視　（あわてて）そんなことはどうでもいい！　どうした、フリント？

フリント　（登場）警視、プラウティ博士が死体置き場《モルグ》から電話をかけてきました。老婦人が砒素で毒殺されたことは間違いありません。検死の結果、粘膜下に出血が見られたので——

警視　これは被害者が砒素で死んだことを示している、と。そんなことはわかっておる！

フリント　市の毒物学者のオフィスからの報告も来ています。われわれが裏庭の兎小屋の床から掻き集めたやつ——小麦粉のような白い粉——についても、ご存じでしたか？

エラリー　（鋭く）何ですって？　サラ・ブリンクの兎小屋で、白い粉が見つかっていたのですか？

警視　さよう。午後、おまえがここに来る前にな。それで、フリント？

フリント　それで、毒物学者は、粉末も砒素だったと言っています。

エラリー　兎小屋に砒素が！　どうして誰も教えてくれなかったのですか！

警視　どうして訊かなかったのかな？　わかった、フリント。ヴェリー、とっとと行って——

フリント　ああ、そうだ、ヴェリー。どうして銃を手放して、あんなところに置いたんだ？　この家には子供もいるというのに！
ヴェリー　あたしの銃？　どこだ？　どこにある？
フリント　階下《した》のホールのテーブルに。おまえさんの銃と、警視の嗅ぎ煙草入れと、万年筆と、化粧ポーチが……。おれは言ったね。こいつは奇妙だ。夜店の景品にするつもりに違いないって――
ニッキイ　わたしの化粧ポーチが――階下《した》のホールに？　でも、わたしはそんなところには置いてないわ！
警視　（考え込むように）ヴェリー、まだ行くな。何者かが、わしら一人一人の持ち物をかっぱらい――階下《した》のテーブルに置いた――
ヴェリー　あたしが何を考えているかわかりますかい？　あたしらは、盗っ人の巣窟に迷い込んだんでさあ！
エラリー　（考え込むように）自分が盗んだものを返す泥棒……
警視　（いら立って）だが、そやつがいろんな物を欲しくなかったというなら、なぜ、いろんなところから盗み出したのだ？
エラリー　（突然に）そうか！　それだ！
一同　それって？
エラリー　すべての事件の背後にあるものさ！

音楽、高まる……バイオリン曲……そこにソロのバイオリンがかすかに流れる。

ニッキイ　（小声で）でも、どうしてボビー・ヘイズの寝室をこっそり調べなくちゃいけないの、エラリー？

エラリー　（小声で）子供というのは――

ニッキイ　はい、おじいちゃん！

エラリー　悪かった。きみの方は、もう一人前だったね、ニッキイ？　おっと、これかな？（衣装簞笥を開ける）

ニッキイ　そしてそれが、あなたがわたしに注意を払わない――おさげ髪の小娘みたいに扱う理由なのね！　そう、わたしは一人前の女なのよ、ミスター・シャーロック・ホームズ・クイーン。おまけに、それ以上だってことも、あなたに証明してあげられるわ。わたしはずっと、あなたのために自分の時間を無駄にしてきたわ。あなたの――あなたのような身勝手な朴念仁《ぼくねんじん》のために。夜になったら出かけて――わたしを素敵だと認めてくれる、親切で思慮深い男を見つけて……（いらいらして）エラリー・クイーン、衣装簞笥の中に隠れないでよ！　衣装簞笥から出て来て、わたしの話を聞きなさい！

エラリー　（くぐもってはいるが、興奮した声で）ニッキイ・ポーター、衣装簞笥の中に入って、ぼくの話を聞きたまえ！

ニッキイ　（すばやく――衣装箪笥の中に）エラリー！　何か見つけたのね！

エラリー　（もう、くぐもっていない声で）ああ。もし懐中電灯がぼくの目を欺いていないならば――このはめ板はスライドするみたいだ。

ニッキイ　スライドするはめ板！（笑う）だって、なんだか――中世の頃みたい！

エラリー　いいや、たかだか十年前に生まれた少年のしたことさ。ボビーが衣装箪笥の背板をのこぎりで切りはずしたんだ。この隠し戸の奥で、少年が何をしていたか、見てみようじゃないか……（木がすべる音）

ニッキイ　通路だわ！　エラリー、これって……（忍び笑う）秘密の通路じゃないの！

エラリー　そして、ぼくの考えが間違っていなければ、木の階段に続いていて……上に登れるようになっている……。ニッキイ、来たまえ！（離れていく。うつろな足音）

ニッキイ　（おびえて）エラリー！　待ってちょうだい！　真っ暗で……（階段を上る足音。バイオリンはまだ流れ続けているが、今では音が少し大きくなっている。ささやき声）エラリー、ウェバーさんのバイオリンの音――大きくなってない？

エラリー　ああ。この通路が大型の増幅器の役割を果たしているのに違いないな。

ニッキイ　（ささやく）この階段はどこに続いているのかしら。とっても――うす気味が悪いわ。

エラリー　屋根裏かそのたぐいの場所に続いていることは確かだな……（ドアがきしみながら開く）ここがそうだ、ニッキイ。予言通りに屋根裏だったよ。

ニッキイ　あらっ！（神経質に笑う）わたし――さっきまでは考えがコウモリみたいに闇の中をさ

まよっていたの。でも、今は蜘蛛の巣みたいにこんがらがっているわ。どうしてここに通じる階段が隠されてしまったのかしら。

エラリー　ここは古い家だからね。かなり昔に改築されたときに、屋根裏への階段がふさがれてしまったのだろう。ボビーはそれを見つけ出したんだ……。これは何だ？（床をきしませながら足音が遠ざかっていく）

ニッキイ（おろおろと）エラリー！　真っ暗な中に置いていかないで！

エラリー（離れた位置で）ああ、こっちに来てくれ、ニッキイ。ついさっき、きみは自分が一人前であることを自慢していたんじゃなかったっけ。さあ、この署名を見てごらん。

ニッキイ（近づいてくる）署名ですって？　何て書いてあるの？

エラリー　こう書いてある。「奇術師ロバート・ヘイズ」――十歳の子供が書くような、下手な大文字の活字体だよ、ニッキイ。それに、ここにある箱は……（間。箱を開ける音）

ニッキイ　中には何が入っているの？

エラリー　杖、奇術用のハンカチ、カード、仕掛けのあるコイン、手錠、ロープ、折りたたみナイフ……奇術師が使う小道具だ。なるほど！

ニッキイ　それで、何が「なるほど」なの？　あら、小さい紙包みがあるわ。何かしら――奇術で使う紙かしら？

エラリー（重々しく）違う、ニッキイ。死を招く狡猾な奇術の小道具だ。

ニッキイ　エラリー！　馬鹿なことを言わないで――

エラリー　（重々しく）言わなくてはならないな、ニッキイ。中身は白い粉末だ。砒素だよ。
ニッキイ　砒素！（間）ああ、信じられないわ。エラリー、そんな――ぞっとすることが！
エラリー　（考え込むように）なぜゴルディーニは真実を語らなかったのだろう。彼は前から知っていたのに。
ニッキイ　（気分が悪そうに）でもエラリー……子供なのよ。十歳の子供なのよ！
エラリー　（不意に）階下《した》に戻ろう、ニッキイ。すべてを終わらせるんだ！

音楽、高まる……続いてゲスト解答者のコーナーに。

聴取者への挑戦

スタジオ内の解答者たちが謎を解く機会を与えられたのち、エラリーは物語に戻る。

音楽、高まる……背後で登場人物たちのざわめきが流れる。

警視　（小声で、じれったい様子で）しかし、どうしてわかったのだ、エラリー？　おまえが見たものは、わしもすべて見ておる――おまえが手に入れた事実は、わしもすべて手に入れておる――しかるに、こいつらをどう足し合わせても、何も出て来なかったのだぞ。

エラリー　へえ。しかしお父さん、答えは出て来ますよ。あなたは数学者の才能がありませんね。

警視　（しぶしぶ認める）この子――ボビー以外には――

ヴェリー　まさか、この子だと考えて……（不快そうに）馬鹿げてますな。自分が途方もない間違いの渦中にいる気がしますぜ。

ニッキイ　（悲しげに）お願い、エラリー――早く終わらせて……苦しませないように。あのかわいそうな女性《ひと》を……

警視　（毅然と）わかった、わかった。とりかかるとしよう。わしら全員が、しばらくわめきちらすことになりそうだがな。（声を高くする）みなさん、聞いてください！（ざわめきがやむ。そっけなく）いいぞ、エラリー。（沈黙）

フローレンス　（沈黙におびえて）ボビー。お母さんのところに来なさい、ボビー。

ボビー　なんで、みんな黙っているの、ママ？　これから何が起こるの？

フローレンス　（おびえて）ボビー。ママの部屋に行ってなさい。行きなさい、ボビー！

ボビー　でもママ、ここで見ていたいんだ！　本物の探偵が犯人を捕まえるとこって、見たことがないんだよ。ここで見て――

フローレンス　（ヒステリー気味に）ボビー、行きなさいって言ってるでしょう！

エラリー　（重々しく）ヘイズ夫人、ボビーはここに残った方がいいと思いますよ。

フローレンス　（ささやき声で）ボビーをここに……残すの？　でも――

ゴルディーニ　（いかめしく）なぜその子を行かせてやらないんだ、クイーン。十歳の子供がいていい場面ではないだろう。母親の方が正しいじゃないか！

エラリー　（おだやかに）ではゴルディーニさん、誰がサラ・ブリンクを毒殺したのか、話してくれませんか。話してくれるならば、ボビーを行かせてあげましょう。

ゴルディーニ　（激高して）駄目だ！（がっくりと）駄目だ。

ボビー　ぼく、出て行きたくないよ！

エラリー　（おだやかに）どうして話してくれないのですか、ゴルディーニさん？

ゴルディーニ　（がっくりして）どうしてかというと――証拠がないからだ！　あんたは信じないだろうがな。

エラリー　（おだやかに）わかりました。（間。それから不意に）ゴルディーニさん、あなたとボビーはとても親しいのですね、違いますか？

ボビー　（得意そうに）そうさ、ぼくとゴルディーニさんは親友なんだ。

フローレンス　（半泣きで）ボビー、黙ってなさい！

エラリー　そして、ボビーは一番多感な年頃ですから、秘密の通路や隠し扉や――奇術といったものに魅せられるわけですね、ゴルディーニさん。どうです？　あなたはボビーに奇術を教えたのでしょう？

ボビー　そうだよ、探偵さん！　ゴルディーニさんの手品は、あなたも見なくちゃ――

ゴルディーニ　（がっくりして）ボビー――何でも話すのは――

エラリー　（やさしく）それでボビー、すばらしい手品をいっぱい見せてくれてから、ゴルディーニさんは、きみに何を言ったのかな？

ボビー　うん、ぼくに練習するように言ったんだ——いつもいつも。ぼくがいつの日か偉大な奇術師になるためには、練習をやらなくちゃいけないって。

エラリー　（同じ調子で）だからきみは、ヴェリー部長の拳銃や、ぼくの万年筆や、クイーン警視の嗅ぎ煙草入れや、ミス・ポーターの化粧ポーチを取ったんだね……。ぼくたちの鼻先から取ったとき——きみは練習をしていたわけだね。そうだろう、ボビー。きみの手を、みんなの目よりも早くするための練習だったんだろう？（他の者は驚きのあまり息を呑む）

フローレンス　（ショックを受けて）ボビー——あなた……盗みをしたの？　クイーンさん、この子はそんなこと——まだほんの子供で——自分が何をしているか、わかっていなかったのです

——

ボビー　そんなことぐらい、わかってるよ、ママ。ぼくは盗みなんてしてないよ。だって、取ったものは、下のホールのおんぼろテーブルに置いておいたんだよ？　ぼくはただ、自分ができることを見せたかっただけなんだ。盗みなんかじゃ……（だんだん怖くなってくる）ママ、ぼくは盗んでないよ！　だから泣かないで、ママ——

警視　（耳打ちする）もたもたするな、エラリー。片づけてしまえ。いいな？

エラリー　（重々しく）それに、白い粉の入った紙包みも、きみが取ったのだろう、ボビー？　屋根裏の秘密部屋に隠したのも、きみだろう？

フローレンス　白い粉ですって？（きつい声で）ボビー！　答えては駄目よ！

ボビー　でもママ、どうして駄目なの？　そうだよ、ぼくが取ったんだ。ゴルディーニさんが、小麦粉みたいな白い粉が入った包みを探して、取って、チャンスがあり次第、自分に渡すように、って言ったんだ。でも、屋根裏に置いてから――ぼく……ぼく、なかなか渡すチャンスがなくって。ゴルディーニさんに渡すつもりだったんだけど――

ゴルディーニ　（低い声で）ボビー。それ以上しゃべるんじゃない。やめるんだ！

警視　なぜいけないのかな、ゴルディーニ。何の真似かな？　ようやく話す気に――

エラリー　（鋭く）ちょっと待ってください、お父さん。ボビー、ゴルディーニさんはきみに、別のこともするように言わなかったかい？

ボビー　（ためらう）ゴルディーニさんはぼくに……何も言ってないよ。何も言ってないんだ。

エラリー　（さらにやさしく）ぼくには話してもかまわないよ、ボビー。いいかい、ぼくは知っているんだよ。

ボビー　（びっくりして）知ってるの？　ああ、そうだった、あなたは探偵だったね。探偵は何でも知ってるんだ。（悲しげに）でも、話さないって約束したんだ。だからぼくは話せないんだ、そうでしょ？

エラリー　ゴルディーニさんは、お母さんの命を救うために、きみがやらなくちゃいけないことがある、って言ったんだろう。そうじゃないか、ボビー？

ボビー　うわあ！　どうしてわかったの、探偵さん？　すごいや！

フローレンス　あたしの……命を……救うために？

エラリー　そして、そのやらなくちゃいけないことというのは、きみのお母さんとサラ伯母さんが兎のシチューを食べるときは、いつもやらなくちゃいけないのだろう。そうじゃないか、ボビー？

ボビー　うわあ、その通りだよ。これはすごく難しいことなんだ。いつも目を光らせてなくちゃいけないんだ。母さんの命を救わなくちゃいけないんだ。どうしてかはわからないけど、ゴルディーニさんがそう言ったのさ。

ゴルディーニ　（うめく）ボビー……

エラリー　そして、お母さんと伯母さんがきみを見ているところでは、それはできなかったのだね。ボビー、きみはとても頭のいい子だから、二人の注意をそらすことにしたのだろう。そのために、一週間前には、わざとカナリヤを籠から逃がしたのだ。そして、今日の昼は、わざと金魚鉢をひっくり返した……

警視　しかしエラリー、何のためだ？　頼むから教えてくれ。何のためにだ？

エラリー　（ずばりと）何のためかといえば、お父さん、先週は母親と伯母がカナリヤを追いかけている間に、そして今日は二人が金魚を助けようとしている間に、ボビーが、母親と伯母の兎のシチュー皿を取り替えるためなのです！

ニッキイ　何ですって！

エラリー　（同じ口調を続けて）つまり、二人が食卓に戻ってからは、サラ・ブリンクは妹のフローレンスのために用意されたシチューを食べ……毒を盛られるはずのフローレンスの代わりに、サラ・ブリンクが毒を盛られたのです！（重々しく）……かくして今日、サラは命を奪われたのです。

警視　（信じられないように）おまえが言いたいのは、サラ・ブリンクが――サラ・ブリンクが……

エラリー　（きっぱりと）ぼくが言いたいのは、今回の毒殺事件の犯人は、そして、その前の事件の犯人も、サラ・ブリンクだったということです。彼女は妹のフローレンスを毒殺しようとしたのです。ところが、ゴルディーニの教唆《きょうさ》を受けたボビーの注意深さと手出しによって、サラ・ブリンクが成功したのは、自分自身を毒殺することだけだったのです！

音楽、高まる……背後でバンドが演奏する静かなダンス音楽とざわめきが流れる。

エラリー　（ため息をつく）ほのかな明かり、静かな音楽、幸せな人々、砒素とは無関係な食べ物……踊ろう、ニッキイ！

ニッキイ　エラリー・クイーン、あなたって意地悪な人ね！　あなたはいつも、わたしが望むことを申し出てくれるのよ――わたしがそれを望んでいないときに限って、だけど。わたしが言いたいのは……一体全体、あなたはどうやって、ボビーが母親の命を救うためにシチューの皿を取り替えたことを見抜いたの？　それを知るまで、夜も眠れないわ！

エラリー　おやおや。その点に関しては、ぼくはやましさを感じないね。きみだって、ずっとぼくと同じことを見てきたじゃないか、ニッキイ。

ニッキイ　いいわ――いくらでも言ってちょうだい。どうせわたしは間抜けよ……。だから、説明して！

エラリー　（笑う）いいかい、ニッキイ。兎なんだ――兎がぼくに、すべてを解く糸口を与えてくれたのさ。プラウティ博士は今日、兎は砒素に対する抗体を持っていると言ったね。砒素に対する抗体だよ、ニッキイ！　ということは、もしきみが、兎に餌として毒を塗ったレタスを与えても、兎は何ともないということになる。しかし、兎の肉の方は、どうだろうか？　当然のことながら、肉には砒素が含まれている。つまり、砒素を餌として与えられた兎の肉でシチューを作れば、砒素を盛ったことになるわけだ。簡単だろう？

ニッキイ　でも、兎の餌に砒素が入っていたことがわかったのは、なぜなの？

エラリー　なぜならば、フリントの報告によると、サラ・ブリンク家の裏庭にある兎小屋の中で、砒素が見つかったからさ。これは、動物たちが、まだ生きている間に毒の餌を与えられたことを……兎たちが殺されて調理されるより前に毒が肉に入り込んだことを、証明しているのだ！

ニッキイ　でも、サラ・ブリンクが犯人だということは、どうやって導き出したの？

エラリー　それはこの事件の中でも、一番簡単な点だったよ。兎に毒を盛られたのはシチューが作られるよりも前だということがわかり、シチューは一人前だけに毒が入っていたことがわかった――食事をした二回とも、フローレンス・ヘイズの方は何ともなかったことを覚えているだろう――ので、ぼくは自分自身に問いかけた。一人前のシチューを毒のある兎で作り、もう一人前のシチューを毒のない兎で作るという調理を、寸分の間違いもなくやってのけられる人物は誰だろうか？　答えは一つしかなかった。一人の人物、ただ一人の人物が――料理を作った人物だけが可能だったのだ。

ニッキイ　（ようやく理解して）そして、サラ・ブリンクは自分で料理を作っていた！

エラリー　正解だ、ニッキイ。彼女は自分でそう証言していたね。自分で料理を作り、台所には他人を入れなかったと。――これはつまり、毒のある分とない分をきちんと分けられる人物が、サラ以外にいないことを示している。次なる問いかけ。サラ・ブリンクは自分自身に毒を盛ろうとしたのか？　いや、それは非合理な考えだ。ならば、彼女はボビーに毒を盛ろうとしたのか？　いや、ボビーは兎のシチューが大嫌いだった――ひと口も食べないくらい。それに、サラがこれっぽっちも無理に食べさせようとはしていないことも、明らかだ。かくして、彼女が毒を盛ろうとした唯一の人物は、家族の中で残った唯一の人物――兎のシチューが大好物の――妹のフローレンスということになる。

ニッキイ　（興奮して）わかった、わかったわ。サラの計画が失敗したのは、誰かが二人の皿を取り替えたからとしか考えられない。そして、二回とも皿を取り替えることが可能だったのは、ボビーしかいない。あなたは、こう推理したのね！

エラリー　その通り。もちろんぼくは、十歳の少年が自分の行為の意味を自覚していることが、あり得ないということはわかっていた。ならば、ボビーは指示されて行動したに違いない。指示することが可能だった人物は誰だろうか？　言うまでもなく、ゴルディーニ――ボビーの奇術の師匠にして、憧れの人物だ。

ニッキイ　ゴルディーニさんは、皿の取り替えを指示すればいいことが、どうしてわかったのかしら？　サラが妹のフローレンスを毒殺しようとしていたことを、どうやって知ったのかしら？

エラリー　その点については、少し前に、ゴルディーニが親父に話したよ。裏庭で、サラが兎の一羽に白い粉をふりかけたニンジンを与えているところを目撃したそうだ。彼は兎小屋の床を調べて、こぼれていた粉を数グレイン採取して――それから一週間以上もたってから親父の部下がやったように――分析したんだ。薬剤師の前歴を持つゴルディーニは、粉が砒素であることがわかったし、兎が砒素に対する免疫を持っていることも知っていた。それで、サラが妹を毒殺しようとしていることを見抜いたんだよ。しかし、彼は確たる証拠はなかったので、殺人を防ぐ方に力を注ぐことにしたのだ。ボビーに、奇術師になるための練習にかこつけて――十歳の少年をあやつる見事な心理学じゃないか！――兎のシチューが出た日はいつでも、母親と伯母の皿を取り替えなければならないと教え込んだのだ。ゴルディーニは、ボビーを無垢な凶器として利用し、自らはサラ・ブリンクに対して裁判官と死刑執行人をつとめるという、かなり冷酷な選択をしたわけさ。実際の計画はすっきりしたもので、毒殺を目論んでいるサラ・ブリンク自身を、その毒殺対象の身代わりにするというものだった。

ニッキイ　でも、サラは――彼女はなぜ、自分の妹を毒殺しようとしたの？　ヘイズ夫人は、何も持っていないのに……

エラリー　ああ、違うよ、ニッキイ。ヘイズ夫人はまぎれもなく持って**い**る**も**の**が**あるじゃないか。ヘイズ夫人の子供――サラ・ブリンクにとっては甥だよ。サラ・ブリンクは、妹が若さを持ち、母性愛を注ぐ対象を持っていることをねたんでいる、オールドミスだったんだ。そして、妹の子供を自分のものにしたいと欲していたのさ。この女性が死んでしまった今となっては、もう真実はわからないが、ぼくは確信しているよ。この事件は、精神的な病――行き場のない母性愛によるものだったということを。

ニッキイ　（考え込むように）行き場のない母性愛……（突然）踊りましょう、エラリー！

エラリー　（笑いながら）喜んでお受けしますよ、ちんくしゃさん。……いや、ちょっと待ってくれ！　行き場のない母性愛と、きみがダンスに誘うことの間には、何か関係があるのかな？

ニッキイ　（きっぱりと）ミスター・クイーン、あなたがそれを聞いたら、びっくりすることうけあいね！

ダンス音楽、高まる。

ショート氏とロング氏の冒険

The Adventure of Mr. Short and Mr. Long

フレデリック・ダネイとマンフレッド・B・リーは、シャーロック・ホームズのファンだった――ダネイは「シャーロック熱」は「不治の病」だと語り、〈ベイカー・ストリート・イレギュラーズ〉の活動に参加し――リーの方はパートナーほどではないが、一度はその会合に出席していた。従って、ホームズが解決できなかった事件にエラリーを取り組ませることは、いとこコンビにとっては当然のなりゆきと言える。その事件について、ワトスン博士はこう書き記している。「およそ解答のない問題というものは、研究者にとってはおもしろいかもしれないが、おおかたの読者には腹立たしいこと必定である。これら終わりのない物語のなかには、自宅へ傘をとりにもどったきり、杳《よう》として消息を絶ってしまったジェームズ・フィリモア氏の事件がある。（深町眞理子訳）」と。ここに、一九四三年一月十四日に放送された、エラリーによる解答がある。

登場人物

探偵の　エラリー・クイーン
その秘書の　ニッキイ・ポーター
ニューヨーク市警の　リチャード・クイーン警視
ニューヨーク市警の　トマス・ヴェリー部長刑事
〈二十パーセント王〉の　ナポレオン・ショート
ショート氏の使用人の　ジョナサン・ロング
電報配達夫
石炭屋

舞台　ニューヨーク市。一九四三年

音楽、高まる……そこにエラリーの咳が割り込む。

ニッキイ　さあさあエラリー――オレンジジュースを残さず飲むのよ。
エラリー　だがニッキイ、ぼくはオレンジジュースが飲みたいわけじゃないんだ。ベッドから出たいだけなんだよ。（さらに咳込む）
ニッキイ　そんな咳をしているのに？　飲みなさい！（エラリーは音を立てて飲む）
エラリー　ニッキイ、ただの風邪じゃないか――。それに、だいぶ執筆の仕事がたまって――
（咳を数回）
ニッキイ　咳が治まるまで寝ていなくちゃ駄目です、ミスター・クイーン。ベッドの上で口述すればいいじゃないの。
エラリー　（むすっとして）はいはい、わかったよ。きみのノートを持ってきてくれ。
ニッキイ　ええ、賢明だわ。まったく、男の人って病気になると、みんな洟《はな》垂れ小僧みたいにふるまうのね。（ドアが開く）警視さん？

警視　（離れた位置で）そうだ、ニッキイ！（近づいて）病人の具合はどうかな？（エラリーの咳）おいせがれ、たちの悪い咳をしとるじゃないか――
ニッキイ　それなのに、ベッドを出たがっているのですよ、警視さん！
警視　（いかめしく）ほう、そんなことを？　ふむ、ベッドから出すわけにはいかんな。そんなことをすれば、どうなってしまうのやら。（くつくつ笑って）まあ、残念でもあるが。
エラリー　（むすっとして）何が残念なのです、お父さん？　そんなに興奮しているのは、なぜですか？
警視　今日はとびきりの日になるからだよ、せがれ。さよう！　わしはヴェリーと合流して、何年も前から牢にぶちこみたかったやつに、引導を渡すことになっておる。
エラリー　（そそられて）誰のことです、お父さん？
警視　リトル・ナポレオンだ。
エラリー　〝リトル・ナポ〟ですって！
ニッキイ　警視さん、リトル・ナポレオンって何者なの？
警視　ナポレオン・ショート――またの名は〈二十パーセント王〉だよ、ニッキイ。
エラリー　それなのに、ぼくはここで伏せっていなくちゃならないのか！　今すぐこのベッドを出て――
警視　そこから動いてはならんぞ。（くつくつ笑う）リトル・ナポが、今朝発の南米行きの便を予約したという内通があってな。それで昨夜から、やつの家に警官隊を張り込ませておる。ナポ氏が、ジョン・Q・パブリック氏（一般大衆）の現なまを詰め込んだカバンを抱えて家を出た瞬間に、捕らえようというわけだ。

ニッキイ　何をしている人なの、警視さん？

警視　きみの代わりに、きみの金を〝投資〟してくれるのだ。二十パーセントの利息を保証しておる。

ニッキイ　でも、どうやったら二十パーセントも払い続けることができるのかしら？

エラリー　（咳き込みながら）簡単だよ、ニッキイ。リトル・ナポは、きみの百ドルから二十ドルを払って――彼の手元には八十ドルが残る。

ニッキイ　でもエラリー、そんなこと、いつまでも続けられないわ！

警視　新しいカモの群れが後を絶たないからだよ、ニッキイ。新しいカモの金で、古いカモの利息を払い続けるというわけだ。

ニッキイ　でも、いつかは大勢のお客が、元金を全部返してほしい、って言うはずよ！

エラリー　そういった不幸な時期が来たら、リトル・ナポは手元の残金を持って、さっさと平穏な土地に旅立つのさ、ニッキイ。お父さん、ありふれた手口ですよね。一八九九年にあった、ウィリアム・F・ミラーと彼の〝フランクリン・シンジケート〟のことを、覚えていますか？

警視　うむ。だが、今回のリトル・ナポは、引き際を後ろに引っぱりすぎたようだな。おかげで、カモの金を取り戻し、ナポレオンを縛り上げて地方検事に手渡すことができるわけだ。（退場しながら）ニッキイ、エラリーの世話を頼むぞ！

ニッキイ　まかせてください、警視さん！

エラリー　いまいましい……。お父さん！　どうなったか教えてくださいよ！

音楽、高まる……屋外の場面。ときおり、車の音がかすかに響く。

ヴェリー　（油断なく）やあ、警視。

警視　（登場）おはよう、ヴェリー。様子はどうだ？

ヴェリー　赤ん坊の首のように何の抵抗もないですな、警視。あたしたちがリトル・ナポの監視をはじめた昨夜から、この家を出た者は、人っ子ひとりいませんぜ。あたしはずっと、この正門を見張ってましたがね。おっ……今、リトル・ナポが出て来ましたぜ！

警視　（苦虫を噛み潰したように）黒いカバンを持って、正面玄関から堂々と出て来おったな。頭を下げんか、ヴェリー！　やつを法の手の中におびき出さねばならん。

ヴェリー　えらくチビですな。

警視　五フィート一インチが心底腐っておる。ちょっと待て――やつは、なんで立ち止まったのだ？　なんで空を見あげておる？

ヴェリー　（忖度《そんたく》するように）こうつぶやいているんでしょうな。「雨が降りそうだ。家の中に引き返して、傘を取ってくるか――」と。ほーら、戻って行きましたぜ、警視！

警視　どこだ、ヴェリー？　正面玄関の柱の陰に入ったので、見失ってしまったぞ！　近づくぞ

——やつがこそこそ逃げ出したりせんように。（砂利を踏む足音）

ヴェリー　あれだけちっこいと、見失っちまうかもしれませんな。——いましたぜ、警視！（足音が停まる）今度は見えますかい？

警視　うむ。見えるぞ。家に戻って行くところだ。（玄関のドアがバタンと閉まる）ヴェリー、また出て来るまで、ここで待つとしよう。カバンを持っているときに取り押さえるぞ。

ヴェリー　警視、もしリトル・ナポが、あたしらや他の連中の目をかいくぐって家から出ることができたなら、やつは詐欺師というよりは——魔術師ですな！

音楽、高まる……時間の経過を示す曲……そこに、

警視　どうだ、ヴェリー？　他の連中は何と言っておった？

ヴェリー　（少し息を切らして登場）誰も家を出ていないそうです、警視。つまり、やつはまだ家の中ということになりますな。

警視　傘を取って来るのに十五分も？　頭を使ったらどうだ、ヴェリー！　リトル・ナポはわしらに気づいて——何かたくらんでおるのだ。これ以上、待ってられん！（ポーチを駆け上がる足音に、ヴェリーのアドリブが加わる）呼び鈴を鳴らせ！

ヴェリー　言わせてもらいますがね、警視——（離れた位置で呼び鈴の音が）——大丈夫でさあ。（ドアが開く）おいおい。こののっぽは誰だ？

ロング　（登場）何でしょうか？

警視　リトル・ナポはどこだ？

ロング　（ぽかんとして）もう一度おっしゃっていただけますか？

警視　ナポレオン・ショートだ！　どこにいる？

ロング　はい。ショートさんでしたら、ここにはおられませんが。

ヴェリー　いいか、よく聞けよ、足ながおじさん。リトル・ナポは十五分前に家から出ると、くるっと回って引き返して――それから出て来ないんだ。

警視　わしは警察本部のクイーン警視だ。ごまかすのはいい加減にするんだな！　ショートはどこだ？

ロング　ですが、あなたは間違っておりますよ、警視。確かにショートさんは十五分前に外に出て行かれましたが、戻って来られるのは見ておりません――

警視　ふん、わしらは見ておるのだ。ヴェリー、家の中を捜せ。わしはこいつと玄関にいるからな。

ヴェリー　（退場）ショートのやつの、最後のあがきでしょうかねえ？　何とか身を隠そうと――

警視　さて、きみはやつをかばっているようだが。何者かな？

ロング　ショートさんに仕えている者です。ジョナサン・ロングと言います。

警視　（くつくつ笑いながら）まったく、いいコンビじゃないかね？　ショートという名の五フィートの男。それにロング君、きみはどう見ても六フィートはあるな。

ロング　はい、警視さん。ショートさんは、かなり背の高い人しか雇わないのです。（こっそりと）

私は、ナポレオンみたいに身長にコンプレックスを持っているためではないか、と思っております。

警視　ショートさんがひげを伸ばすことに固執しているのも、それが理由だな。人の上に立つ主人面《づら》をしたいわけだ。まあ、シンシン刑務所では、ばっさり剃り落とされることになるだろうがな。（呼びかける）ヴェリー！　やっこさんは、まだ見つからんのか？

ヴェリー　（離れた位置で）まだです、警視！　ナポのやつは、「いないいないばあー」をするのが大のお気に入りに違いありませんな！

警視　ロング、この家はなんでこんなに寒いのだ？　石油の配給券が切れたのか？

ロング　いいえ、違います、警視さん。家では石炭を燃やしているのです。

警視　だったら、なぜそっちを燃やさんのだ？　ここの気温ときたら、エスキモーだって不平を鳴らすぞ。

ロング　あなた方が来たとき、ちょうど地下室に降りようとしていたのです。今朝は石炭配達の人が来ることになってはいるのですが――残っているシャベル数杯分でも暖炉に入れようと思いまして……。

警視　だったら、ここにいなくとも良いぞ。ただし、終わったらすぐに戻って来るんだ。ぶるる。（呼びかける）ヴェリー、人ひとりを家一軒の中で見つけるのに、いつまでかかっておるのだ？

ヴェリー　（離れた場所で）わかってますよ、警視！　まだ捜索中です！

音楽、高まる……演奏時間は短く……そこに声が入る。

警視　どうした、ヴェリー？　リトル・ナポはどこだ？

ヴェリー　（登場）警視、あたしは裏をかかれたようですな。

ロング　言ったではありませんか――ショートさんはここにはいない、と。

警視　ということはだ、ヴェリー、おまえはあらゆる場所を捜さなかったわけだ。

ヴェリー　そんなことを言うのですかい？　あたしは漏らさず調べましたぜ。全部の部屋を。やつはここにはいません。

警視　ふふん。地下室は調べたか？　屋根裏は？　全部の衣装箪笥は？

ヴェリー　あらゆる場所を調べたと言わせてもらいますぜ、警視。

警視　まさか――！　ヴェリー、おまえはこの家に残れ。部下を何人か、おまえの手伝いにまわしてやるから、もう一度調べ直せ。こいつの方は――ロング、おまえのことだ――この家を出てはならんぞ。わかったか？

ロング　（礼儀正しく）充分わかっております、警視さん。

警視　ヴェリー、この人当たりの良すぎるのっぽから目を離すなよ。こいつは愛想が良すぎるから、わしは気に入らんのだ。もう一つ。外で張り込んでいる連中に厳命しておくつもりだ。ヴェリー、おまえとわし以外は、通行証代わりのわしの名刺を持っていない限り、何人《なんぴと》たりともこの家から出してはならん、と。――そうだ、名刺にはわしの署名が入っていなければならないということにしよう！

ヴェリー　ですが警視、リトル・ナポはここにはいないと言わせてもらいたいですな。

警視　（ほえる）ここにおらねばならんのだ！　ロング、そこをどけ。（ドアが開く）わしは、家に戻ってエラリーと話してくる！（ドアがバタンと閉まる）

音楽、高まる。

エラリー　（咳き込みながら）ニッキイ、全部メモしたかい？

ニッキイ　ええ、エラリー。ショート氏の家と、その中の部屋について、話してもらったことは何もかも。

エラリー　ではお父さん、あなたとヴェリーは、リトル・ナポが玄関のドアから出て来たのを見たわけですね。彼が足を止めて、空を見あげるのも見た……。家に引き返したのを見たという点にも、疑問の余地はないいですか？

警視　おまえに何回話せば気が済むのだ？　家に入っていったとも！

エラリー　ならば、ここまでは事実ということになります。わかってますか、お父さん。この事件には不思議で面白い点があるということを。

警視　わしは面白くなどないぞ。

エラリー　いや、ぼくが面白いと言うのは、リトル・ナポが、まるで傘を取りに家に戻ったように見えるという点ですよ。ニッキイ、そこのシャーロック・ホームズのオムニバス本を取ってくれないか？

ニッキイ　（不思議そうに）シャーロック・ホームズを？　ちょっと待ってね。はい、エラリー。

（ページをめくる音）

エラリー　いいですか、お父さん、確かここに……ほら、ここに書いてあった。では、「ソア橋の怪事件」というホームズ譚の一節を、ぼくが読み上げましょう。

警視　エラリー、頼むから――

エラリー　まあ、聞いてください。これは、ワトスン博士が、ホームズの「記録されざる事件」の一つについて書いている箇所です。引用してみます。「これら終わりのない物語のなかには、自宅へ傘をとりにもどったきり、杳《よう》として消息を絶ってしまったジェームズ・フィリモア氏の事件がある。」

ニッキイ　あら、不思議な一致じゃない？

エラリー　ここには、シャーロック・ホームズはこの事件の解決に失敗したとも書いてある。（くすくす笑う）たぶん、ぼくたちの方が、幸運に恵まれるでしょうね。

警視　どこのどいつが、ジェームズ・フィリモア氏のことなんぞ、気にかけるというのだ？　わしは、リトル・ナポ氏とカモ連中の金を見つけ出したいだけなのだぞ！

エラリー　ふーむ。ナポが引き返したあとは、誰も家から出ていないと言いましたね？

警視　わしの部下が、出入りできるすべての場所を見張っておったのだぞ、せがれよ。

エラリー　ならば、リトル・ナポがまだ家の中にいることは明らかです。

ニッキイ　でもエラリー、ヴェリー部長や他の刑事さんが、隅から隅まで捜したのよ！

エラリー　ニッキイ、そこが、この事件を興味深い問題にしている点なんだ。お父さん、家の一番下からはじめて、上に上がっていきましょう。地下室はどうでしたか？

警視　しっかりしたコンクリートだ。床も、天井も、四方の壁も、みんな叩いてみた。

エラリー　地下室に荷箱はなかったですか？　旧式トランクは？

警視　いや。わしらが地下室で見つけたのは、二つの石炭入れだけだった。一方は空っぽで、もう一方はシャベルで二、三杯の石炭が残っておったな。地下は除外しろ、エラリー。

エラリー　一階は――

ニッキイ　三部屋――居間、書斎、台所よ。

エラリー　居間からいこう。お父さん、暖炉はどうでした？

警視　徹底的に調べた。四方の壁も、床も、天井も――居間だけでなく、家の中のすべての部屋を調べておるぞ、エラリー。

エラリー　居間にはグランドピアノがありませんでしたか？

警視　これはしたり！　あったぞ！　ヴェリーが中まで調べたかどうかは疑わしいな。

エラリー　ニッキイ、メモを頼む。「ピアノの内部を調べること」。お次は――台所です。食器棚は？　食料庫は？

警視　どれも調べておる。

エラリー　冷蔵庫は？　忘れないでくださいよ、リトル・ナポはとてもちっぽけで——五フィート一インチしかありませんし、棒っきれみたいにやせてますからね。
警視　ヴェリーに調べさせた方がいいだろうな、せがれよ。
ニッキイ　（メモをとっているような口調で）冷蔵庫を……調べること……。
エラリー　今度は書斎です。金庫はありましたか？
警視　あったな。ナポの使用人ロングに開けさせた。金庫の中には、どうでもよい書類しかなかったよ。
エラリー　玄関ロビーはどうです、お父さん？
警視　甲冑《かっちゅう》がひと揃い。
ニッキイ　賭けてもいいわ、それよ！
警視　きみの負けだな、ニッキイ。わしらは中まで調べたのだ。
ニッキイ　うーん、残念！　簞笥の中も、全部調べたのでしょう？
警視　家の中のものは全て、上の階から下の階まで。浴室さえも調べたぞ。屋根と屋根裏——それに車庫さえも——。
エラリー　だとしたら、これで家中を見たことになるわけですね。ニッキイ、親父と一緒にショートの家に行ってくれないか。親父がピアノと冷蔵庫を調べたら、結果を電話してほしい。
ニッキイ　だけど、結果はわかっていると思うわ——ナポレオン・ショートはそんな場所には隠れていないのよ、エラリー！

エラリー　ぼくもその意見に傾きつつあるよ、ニッキイ。（咳き込む）この冬一番の重大事件《ケース》だというのに、ぼくはこの冬一番の重い症状《ケース》のために、仰向けになったまま捜査をしなくちゃならないと来てるのだからね！

音楽、高まる……そこに声が。

ヴェリー　ポーター嬢さん、エラリーさんは何と言ってました？
ニッキイ　シャーロック・ホームズの引用をしたわ、部長さん。
ヴェリー　イギリスの探偵の？（呼び鈴が鳴る）
警視　ロング、あれはどこの呼び鈴だ？
ロング　裏口です、警視さん。
警視　ヴェリー、裏口の鍵を開けて、ボルトも外してやれ。
ヴェリー　へいへい。（鍵を開ける音……ボルトがスライドする音。ドアが開く）はい？
石炭屋　（登場）石炭会社の者です。石炭一トンをお持ちしました。
ニッキイ　ちょうど良かったわ。さっきまでは暖かかったけど、今はかなり寒くなってきたから。
石炭屋　では、中に……
ヴェリー　ちょい待ち。中には入らんでくれ、働き者さん。
警視　ヴェリー、そいつと一緒に外に出ろ。投下器で、地下室の窓から石炭入れに落とし込ませるんだ。そいつをこの家の中に、一歩も足を踏み入れさせてはならんぞ。

ヴェリー 了解。無煙炭君、他にも誰か来ているのか？

石炭屋 手伝いが一人います。

警視 一秒たりとも、その二人から離れてはいかんぞ、ヴェリー。（ドアが閉まる。ボルトがスライドする音）ではニッキイ、きみとわしで、エラリーが指摘した場所を調べるとしようか！

時間の経過を示す短い曲……裏口の呼び鈴が鳴る。ボルトがスライドし、鍵が開く。ドアが開いて……。

警視 おお、ヴェリーか。石炭はどうなった？

ヴェリー （登場）入れ終わりました、警視。

石炭屋 （登場）なあ、このでかぶつが言うには、おれと手伝いが外に出るのに、通行証をもらわなけりゃならないそうだな。ここで何が起こってるんだ？

警視 ほら、通行証だ。ヴェリー、一緒に外に出て――念のために、トラックも調べた方がいいな。（ドアが閉まる。ボルトがスライドする）（呼びかける）ニッキイ！ どこだ？

ニッキイ （離れた場所で）玄関ロビーわきの書斎の小部屋です、警視さん！

警視 （足音を立てて）誰と電話で話しておるのかな、ニッキイ？

ニッキイ （マイクに寄って）エラリーとですわ、警視さん。彼、かんかんみたい。

エラリー　（くぐもった声で。以下も同様に）ピアノの中には何もなかったのか、ニッキイ？

ニッキイ　弦と反響板はあったわよ、エラリー。

エラリー　かわいげのない返事はやめてくれ！　冷蔵庫は？

ニッキイ　おいしそうなものがあふれていたわ。おかげで、思い出してしまったわね。お腹が減っていることを。

エラリー　（うめく）男がチェシャ猫のように消えてしまったというのに、彼女はお腹が空いたと言っているわけだ！　車庫の車はどうだった？

ニッキイ　車の中にもいなかったわ、エラリー。さて、わたしは警視に何をするように伝えればよろしいのでしょうか？

エラリー　知るもんか。あれから何か起きなかったかな？

ニッキイ　石炭会社のトラックが、二トンの石炭を配達していったわ。

エラリー　何だと！（興奮して）親父と話をさせてくれ。

ニッキイ　警視さん、あなたの高名なるご子息がお言葉を賜《たまわ》るそうです。

警視　（ぶつぶつ言いながら）おおエラリー、少しは落ち着いたらどうだ。わしは、二人の石炭屋が家に来てからは、ずっとヴェリーを張りつけておくようにしたぞ。だから、リトル・ナポが地下室の窓から抜け出せるわけがないのだ。

エラリー　それは認めますよ、お父さん。しかし、やつがお父さんたちと〝かくれんぼ〟をしていた可能性は、考えていなかったのではありませんか？

警視　もう一度言ってくれんか？

エラリー　あなた方が家のある場所を探しているときは、ナポは別の場所に隠れています。そして、あなたがその場所を調べに来ると、やつはこっそり別の場所に逃げ出すというわけです！石炭が投下器から落とし込まれたとき、やつが石炭入れに潜んでいなかったと、どうして言い切れるのですか？　まさにこのとき、やつが石炭に埋もれてしまったのではないと、どうして言い切れるのですか？

警視　わしはもう、何でも信じられる気になってきたよ。

エラリー　調べた方がいいですよ、お父さん。あとで電話をください。

警視　わかった。（電話を切る）

ニッキイ　エラリーは何と言ったの、警視さん？

警視　（うめく）ニッキイ、急いでヴェリーを家の中に呼び戻してくれないか――石炭すくいを始めねばならんのだ！

ニッキイ　それなら警視さん、お願いがあるのだけど。ついでに、石炭を暖炉にくべてちょうだい。

時間の経過を示す短い曲……。

警視　どうだ、ヴェリー？

ニッキイ　（忍び笑いをして）部長さん、ミンストレル・ショー（白人が黒人に扮して芸をする）で掛け合いをする芸人みたいよ。
ヴェリー　（登場）石炭をすくう！　暖炉を燃やす！　お次はどんな仕事をさせるつもりですかい？　見てくださいよ！　かみさんがひきつけを起こしそうですぜ。
警視　おまえのかみさんのことは気にするな。で、石炭は全部、もう一方の石炭入れに移したな？
ヴェリー　やりましたぜ！（意味ありげに）それで警視、石炭の下で何を見つけたと思いますか？
警視　（意気込んで）何だ、ヴェリー？
ヴェリー　（ほえる）石炭くずでさあ！（電話が鳴り、受話器を取る音）
ニッキイ　わたしが出るわ。もしもし？（エラリーが電話の向こうでまくしたてる）エラリー、ちょっと待ってちょうだい！　警視さん、エラリーです。すごく興奮しているわ！
警視　ありがとう、ニッキイ。やあ、せがれか。
エラリー　（くぐもった声で。以下も同様に）お父さん！　リトル・ナポは石炭の下にいましたか？
警視　おらんかったぞ！　もう少しましなアイデアはないのか、クイーン先生？
エラリー　ふーん。まあ、石炭の下というのは、ありそうもなかったですからね。でも、その可能性も消去しておく必要があったのです。おかげでお父さん、どこにリトル・ナポがいるか、わかりましたよ！
警視　（かみつくように）どこだ？

エラリー　やつが隠れることができて、まだ残っている唯一の場所です。

警視　続けろ。

エラリー　玄関ロビーのわきに、ナポの書斎があると言ってましたね。書斎にあるすべての家具も挙げてくれました。ですがお父さん、あなたは一つだけ言い落としてましたよ。

警視　おまえはここから町の半分ほども離れた場所で、ベッドに横になっておるのだぞ。それなのに、わしに言い落としがあったと言えるのか？　で、そいつは何だ？

エラリー　書斎にはデスクがつきものです。それなのに、どうして挙げなかったのですか？

警視　そうだったか？　うむ、確かにここにはデスクがあるが……。ええい、いまいましいが、おまえが正しかったぞ、エラリー！　しかも、こいつは旧式の蓋が閉まるロールトップ・デスクだ！　切らずにいろよ。おい、ヴェリー！　エラリーが解決したぞ。

ニッキイ　本当なの、警視さん？

ヴェリー　リトル・ナポの隠れ場所は、どこだと言っているんですかい？　今度は小麦粉の樽の中だなんて言ったら、あたしは帰りますぜ！

警視　ロールトップ・デスクの中だ、ヴェリー。調べろ！

ヴェリー　（気まずそうに）やあ、こいつは調べていませんでしたな。（いかめしく）ナポ、そこから出て来い。（蓋を巻き上げる）おや？

ニッキイ　空っぽだわ。

警視　解決した、だと！　おい、エラリー！（エラリーはアドリブで対応）しくじったぞ、せがれよ。デスクは空っぽだ……

エラリー　だが、それはあり得ない――（離れた場所で呼び鈴が鳴る）

警視　しばらく切らずにおれ。ヴェリー、玄関の呼び鈴に出ろ。

ロング　（登場）いいえ、私が出ますよ、警視さん。

警視　ロング、おまえは今いる場所を動いてはならん！（離れた位置でドアが開く音）ヴェリー、誰が来た？

ヴェリー　（離れた位置で）電報配達の小僧です、警視。ロング宛ての電報を持ってますぜ。

ロング　（熱を込めて）私が受け取ります。警視さん、失礼させて――

警視　ならん。動くな！　ヴェリー、電報をひったくれ。

エラリー　（くぐもった声）お父さん、誰からの電報ですか？

警視　待ってろ。この電話機のコードは長いので――玄関ロビーまで持って行けそうだ。（早足で）切らずにいろよ、せがれ。ニッキイ、電話を持っていてくれ。ヴェリー、電報をよこせ。

ヴェリー　こいつです、警視。ロング、おまえは動くんじゃない。

ロング　ですが、それは私宛ての電報で……（封を切る音）

ニッキイ　今、警視さんが電報を開けているわ、エラリー。

エラリー　後生だから教えてくれ、ニッキイ。何て書いてあるんだ？（咳き込む）いまいましい咳め！

警視　（早口でまくしたてる）だが――だが、こいつはあり得ん！　不可能だ！

電報配達夫　外に出るときに要る、通行証だか何だかをくれないかな？　門のところにいたおじさんが、通行証が必要だって言ってたよ。ぼく、他の家にも配達しなくちゃならないんだ。
警視　ほら、ヴェリー。この通行証を渡してやれ。
ヴェリー　さあ小僧、さっさと出て行くんだな。（電報配達夫はアドリブで対応しながら退場。ドアが閉まる）それで、電報には何と書いてあったんですかい、警視？
警視　ニッキイ、電話を渡してくれ。（ニッキイはアドリブで対応）エラリー、読みあげるぞ！（独り言で）わしには信じられんことだが――
エラリー　（叱りつける）お父さん、いいから早く読んでくれませんか――？
警視　差出人はナポレオン・ショートだ！　本当だぞ！　宛先はやつの使用人のロング。内容はこうだ。「計画通り家を出た。所定の会合場所に衣類と書類を持って来ること。署名――ナポレオン・ショート」。
ロング　（どなり声をあげる）そこをどけ！
警視　ロングを捕まえろ、ヴェリー。逃がすんじゃないぞ。
ヴェリー　おっと、そうはいかんぜ、この下僕野郎――（取っ組み合う音）
ニッキイ　部長――気をつけて――
ヴェリー　へえ、何に？（さらに激しく取っ組み合う音）
エラリー　お父さん、お願いだ、そっちで何が起こっているのですか？
警視　ロングが暴れ出したのだ。ヴェリーが取っ組み合って――やつを床に押さえつけようとしておるが、うまくいかんようだ。（冷やかすように）どうした、ヴェリー――今日はビタミン剤を飲んでくるのを忘れたか？

ヴェリー　（あえぎながら）こいつを組み伏せようとしてるんですが、うまくいかんのです。ようし、おまえさん、背を縮めさせてもらうぜ！（ボカリ、ドサッ）

ニッキイ　鮮やかに倒したわね、さすがだわ。（ロングがうめく）

警視　ヴェリーが片をつけたぞ、せがれ。それにしても、リトル・ナポは、どうやってこの家から出たのだ？　誰もここから出ていないことは、宣誓してもかまわんぞ！

エラリー　そうですね……（くすくす笑う）……そうです、もちろんそうです！

警視　何が「もちろんそうです」なんだ、エラリー？

エラリー　（笑う）もちろん、もちろん、どこにナポレオン・ショートがいるかわかった、ということですよ。

警視　本当にわかったのか？　さっきも一度、わかったと思ったのだろう、エラリー。だが、それは間違っておったではないか。

エラリー　いいえ、お父さん。（くすくす笑う）ぼくは、シャーロック・ホームズの「自宅へ傘をとりにもどったきり、杳《よう》として消息を絶ってしまった男の謎」を解決したのです！　今度は、間違いありません。

音楽、高まる……続いてゲスト解答者のコーナーに。

聴取者への挑戦

この番組が放送されたとき、合衆国は戦争中だった。——そのため、解決編には「ずるがしこい〝日本人《ジャップ》〟」への言及がある。さらに、解答者のコーナーの前には、アナウンサー（この時期はアーネスト・チャペル）が、陸海軍の従軍看護婦の訓練生を募集する告知を読み上げている。

音楽、高まる……そこに、

警視　おまえが解決しただと？　だが、何を——どこに——どうやって？

エラリー　（くぐもった声で。以下も同様に）それは後回しにさせてください、お父さん。あなたは、電報配達夫に、わかりきった質問をしましたか？

警視　わかりきった質問だと？

エラリー　いやはや。お父さん、今からでも間に合うかもしれませんよ。電報配達の少年は、今、どこにいますか？

警視　たった今、出て行ったところだ。ちょっと待て——まだ玄関の窓ごしに姿が見えるな。ピゴットが正門で小僧の通行証をチェックしているところだ。

エラリー　ありがたい。お父さん、少年を連れ戻して、こっちに連れて来てください。ぼく自身で質問をしますから！

時間の経過を示す短い曲……。

ヴェリー　さあてと、電報配達の小僧は、この寝室の外まで連れて来ましたぜ、大先生《マエストロ》。これからどうします？

エラリー　ご苦労、部長。少年はしばらく外で待たせておいてくれ。

警視　おいせがれ、わしが知りたいことは――リトル・ナポの居場所だぞ。

ニッキイ　そうだわ、エラリー――ありとあらゆる出入り口を一ダースもの刑事が見張っている中、どうやって家から出て行ったというの？

エラリー　初歩的なことだよ、ニッキイ君。まずはお父さん、ぼくの質問に答えてください。今この時点で、リトル・ナポはあの家の中にいますか？

警視　いいや。わしの警官バッジを賭けてもよい。

エラリー　もし家の中にいないとすれば、家の外にいなければなりませんね。そうでしょう？

ニッキイ　当たり前じゃない。

エラリー　今日、家を出て行ったのは何人いましたか？――あなたや刑事たちを除いての話ですよ、お父さん。

警視　何度も言ったではないか、エラリー。家を出た者は一人もいない。

エラリー　ああ、それは違いますよ、お父さん。出て行ったのは三人です。

ヴェリー　三人？　警視、このお方は熱にやられたようですな。

エラリー　まあまあ。石炭屋が家に来てから立ち去ったでしょう？　これで二人――

警視　だがエラリー、二人とも家の中には足を踏み入れてはおらんぞ！

ヴェリー　それに、二人が家の外から投下器で石炭を落とし込んでいる間、あたしは一秒たりともそばを離れませんでしたぜ、大先生《マエストロ》。引きあげる前には、トラックだって調べましたからね。

警視　つまり、リトル・ナポはトラックの中にもおらず、二人の石炭屋のどちらかでもないのだ、エラリー……。

エラリー　ええ、その点については、まったくもってお父さんの言う通りです。これで、家から出て行った三人の内、二人が消去されたわけですね。ということは、シャーロック・ホームズお気に入りの消去法を用いるならば、リトル・ナポは三番めの人物でしかあり得ません。

ニッキイ　（興奮して）わかったわ！　エラリー、あなたは間違っているわ！　リトル・ナポは、一歩も家から出ていないのよ、警視さん！

警視　だがニッキイ、わしらは家の上から下まで探したのだぞ。もしやつが、ずっと家の中にいたというなら、どこにいたのだ？

ニッキイ　あなたの目の前ですわ、警視さん。リトル・ナポ……は……使用人のロングなのよ！

ヴェリー　やつは二役を演じていたって言うんですかい？　そいつは……

警視　ナポは五フィート一インチなのだぞ、ニッキイ。ロングは六フィート四インチもある！

ニッキイ　（脳天気に）身長のかさ上げをしていたんですわ、警視。竹馬とか、何かそのたぐいのものを使って。

エラリー　竹馬だって？　そいつは駄目だよ、ニッキイ。ヴェリーがロングと本気で取っ組み合いをしたとき、彼を床に押え込むことができなかったのだろう？　ロングがどんなに強かったとしても、竹馬なんかはいていたら、きみでもひっくり返すことができるさ。ニッキイ、そいつは駄目だ。――では部長、電報配達の少年を中に入れてくれ。お父さんがし忘れた「わかりきった質問」を、ぼくがやろう。（ドアが開く）

警視　（いら立って）もったいつけんでくれ。「わかりきった質問」とは何だ？

ヴェリー　（戻ってくる）小僧を連れて来ましたぜ、大先生《マエストロ》。

電報配達夫　（おどおどして）な――なにをすればいいんですか、ミスター？

エラリー　質問を一つしたいだけだよ、坊や。（くすくす笑う）これがその質問だ。「きみは、ナポレオン・ショートだろう？」。（一同、息をのむ）

警視　（まくしたてる）おいエラリー、こいつがリトル・ナポだと？　この小僧が？

エラリー　お父さん、なぜ彼が少年に見えるのでしょうか？　背が低いからです。ひげのないすべすべの頬だからです。少年配達員の制服を着ているからです。かん高い声で話すからです。ですが、違うのです。彼は少年ではなく――成人男性に他なりません。すなわち、ナポレオン・ショートです。そうでなければならないはずです。なぜならば彼は、警察関係者を除けば、家から出た唯一の人物なのですから。

電報配達夫　（うなる）おまえは、自分が頭がいいと思っていやがるんだろうな？

ヴェリー　（くつくつ笑いながら）このお方は、自分が頭がいいことくらい、とっくにわかっているさ、ナポ。おっと――そのまま動くなよ――！

警視　（ほっとしたように）そうだったのか。

ニッキイ　でもエラリー、電報配達夫として戻って来るためには、一度、外に出なくちゃいけないはずよ。どうやって外に出たの？

エラリー　こいつは一度も外に出ていないのだよ、ニッキイ。

警視　ようやくわかったぞ！　こやつは、前もって逃げ出すための準備を整えておったのだな。あらかじめ、電報配達夫の制服を手に入れておく。電報の方は、ずっと前に、自宅に向けて出しておく。今日、こやつがやらねばならなかったことは、日付を改ざんして、あらためて封をするだけで事足りるというわけだ。

エラリー　そうです、お父さん。彼は今朝、あなた方が家の外で張り込んでいることに気づいたのです。それで、急いで家に引き返すと、ひげをきれいに剃り、制服を着て、ロングに愚図の演技をするように命じると、あなたが探さなかった唯一の場所に隠れたのです――。

警視　ロールトップ・デスクか！

エラリー　その通りです。ぼくがデスクを調べるように電話をする直前に、彼は邪魔者が去ったことに――書斎にも玄関ロビーにも誰もいないことに気づいたのです。そこでデスクから飛び出し、玄関に走り、ドアを開けて外に出ると、正面玄関の柱の陰に立ち――

ヴェリー　だったら、正門を見張っていたピゴットは、どうしてこやつを見逃したんですかい、エラリーさん？

エラリー　見えなかったからだよ、部長。今朝がた、きみと親父が、家に引き返すリトル・ナポを見張っていたときのことを思い出してみたまえ。親父はきみに、彼を「見失った」ので——柱の陰に入られて見えなくなったので、玄関に近づこうと言ったのだろう？　柱の陰に入ったナポは、呼び鈴を鳴らし、自宅への〝電報〟を配達して、厚かましいことに、包囲網から抜け出るための通行証を請求したのさ！

ヴェリー　このチビの悪魔は、日本人《ジャップ》よりもずるがしこかったですな。とっとと来い、ナポレオン。逆らうと、今よりもさらに小さく砕いちまうぞ。

ニッキイ　とてつもなく頭のいい計画だったわね、エラリー。

エラリー　（くすくす笑いながら）そうだね、ニッキイ。かの大探偵の不滅の名言をもじって、こう言わせてもらおうか。「ぼくが特にきみに注意してほしい点はだね、親愛なるニッキイ君、リトル・ナポレオンの偽電報のすばらしい文面についてだ」（「銀星号事件」の犬のくだりのもじり）。この文面によって、クイーン警視は、大胆不敵な犯罪者はすでに家を脱出したと思い込んだ。ところが、その間ずっと彼は家の中にいて、警視自らが彼を外に出すための通行証を渡してくれるのを待っていたのだからね！

音楽、高まる。

呪われた洞窟の冒険

The Adventure of the Haunted Cave

またしても不可能犯罪――しかも、呪われた洞窟の中で心霊現象の研究者が絞殺され、出入り口には被害者の足跡しか残っていないという、ことのほか頭を悩ませる謎なのだ。ＥＱは監督に対し、「〝幽霊が起こしそうな〟効果音と曲を巧妙かつ鮮やかに使ってほしい」と頼んでいる。初回放送は一九三九年十月二十二日である。

登場人物

エラリー・クイーン	探偵の
ニッキイ・ポーター	その秘書の
リチャード・クイーン警視	ニューヨーク市警の
トマス・ヴェリー部長刑事	ニューヨーク市警の
コリンズ教授	テカムセ・ロッジの
スーザン・コリンズ	テカムセ・ロッジの
コリン・モンターギュ	幽霊の存在を信じる
ローラ・モンターギュ	その娘の
アレクサンダー・ルイス	幽霊の存在を信じない
ガブリエル・ダン	山男の
フィンチ	コリンズ家の使用人の

舞台　アディロンダック。一九三九年

せかせかと歩き回る足音……そこにドアの開く音が。

警視　（あくびをしながら）（登場）おはよう、エラリー。えらく早起きじゃないか？

エラリー　（足音を立てながら）（いらいらして）そもそもベッドに入っていないのですよ、お父さん。

警視　（信じられないように）ベッドに入っていないだと！　どうしたのだ？

エラリー　（歩き回るのをやめる）ニッキイのせいです。彼女に……呪いあれ！

警視　（そっけなく）ふふん。

エラリー　（ののしる）先週、電報が来たんです。六日間、あっちで過ごすっていう。家に帰ったら電話をくれるとも書いてあった。一晩中、待っていたんですよ。それなのに、電話はなし。電話以外もなし。ぼくの方からは、何度も何度も電話したんです。それなのに、返事はなし。一晩中、電話していたんですよ。今朝も電話しました。お父さん、彼女はアディロンダックから帰って来ていないんだ！　どうして帰って来ないのか、わからない。

警視　（そっけなく）わしにはわかるぞ。ニッキイは休暇を延ばすことにしたのさ。せがれよ、おまえは骨の髄まで探偵なんだな。

エラリー　でも、ニッキイはそんなことはしない！　ぼくに何の連絡もしないはずがない。彼女がいつまで外泊しようが気にならないけど——

警視　大したことじゃないだろう。

エラリー　山が彼女にとって居心地がいいのはわかるよ。でも、それでもやはり——（電話が二回鳴る……長距離電話の音）

警視　わしが出よう。

エラリー　（近寄って）いや、駄目です！　長距離電話の鳴り方だ！（受話器をとる音。マイクに向かって）もしもし！　もしもし？

交換手　（くぐもった声で）少々お待ちください。どうぞ、ケノカからです。（カチャリ）

ニッキイ　（くぐもった声。以下同じ）エラリー？

エラリー　（喜びと安堵の声で叫ぶ）ニッキイ！　ニッキイ……

ニッキイ　きゃっ！　鼓膜が破れそうだわ、ミスター・クイーン。でも、わたしの声を聞いて、嬉しそうね。

エラリー　嬉しそうだって！　ぼくはびっくりしただけさ。

ニッキイ　本当？　それで、秘書のない日々は、どうだったかしら？

エラリー　ひどいもんだ！　ニッキイ、きみはまだ、テカムセ・ロッジにいるのか？

ニッキイ　違うわ、エラリー。とてもすてきな人たちに出会ったの——コリンズ教授とその奥さんよ——奥さんのスーは魅力的で——

エラリー　（むすっとして）ああ。わかったよ。

ニッキイ　——で、お二人はわたしを気に入ってくれたようなの。それで、数日ほどお客として招かれて、アディロンダックから山を登ったところにある、ログキャビンにいるのよ。……ログキャビンに！　まるで城館みたいに立派なのよ！

警視　（電話に近づいて）やあ、ニッキイ！

ニッキイ　お早うございます、警視さん！……それでエラリー、わたしは引き裂かれる思いなの。ここにいるのは楽しいけど、もし——その、雇い主であるあなたが、わたしに——

エラリー　（見栄を張って）馬鹿なことを言うな、ニッキイ。きみが好きなだけいればいいさ。

警視　（離れた位置で）嘘つきめ。

ニッキイ　とてもやさしいのね、エラリー！　ただ、泊まっていると、一つだけ不安なことがあるのだけど、それは——その、あなたは笑うでしょうけど——

エラリー　（むすっとして）ぼくはもう、ひきつけを起こすくらい笑っているさ。

ニッキイ　エラリー——ここには幽霊が出るのよ！

エラリー　な——何が出るって？（笑う）待ってくれ、ニッキイ。親父にも教えてやりたいので……。

お父さん、ニッキイは幽霊と遊び回っているそうですよ！

警視　（離れた位置で）おまえが笑うのも不思議はないな。先週は、彼女がフットボール選手と遊び回っているに違いないと、やきもきしておったからな。

ニッキイ　エラリー・クイーン、あなたのばか笑いは聞こえたわよ！　笑いごとじゃないのよ。この幽霊は人々を絞め殺して回るの。コリンズ教授のログキャビンの近くにある、洞窟みたいな穴に棲んでいるわ。

エラリー　（くすくす笑いながら）似合いの棲家《すみか》だな！

ニッキイ　懐疑論者ね！　でも、コリン・モンターギュさんとアレクサンダー・ルイスさんは——二人ともここに泊まり込んで、幽霊を調べる準備をしているわ——

エラリー　モンターギュ？　ルイス？（落ち込んで）きみの言っているのは、その家には——男が泊まっているのか？

ニッキイ　（浮かれて）「男」ですって？　ええ、そうよ！　あなたは、どんな殿方だと思っているのかしら。おかげで、とっても愉快な日々を過ごしているわ。とっても愉快な！

エラリー　（不意に）ニッキイ、そっちを引きあげるのはいつかな？

ニッキイ　（びっくりして）水曜日のつもりだけど——

エラリー　車できみのところに行くよ——今日。

ニッキイ　（びっくりして）でもエラリー、さっき言ったじゃないの——

エラリー　そういう意味じゃないんだ——もちろん、水曜日まで泊まっていればいい。ただ、ぼくが……そう、ぼくが少しばかり休暇をとるだけさ。テカムセ・ロッジに泊まるつもりだ。水曜になったら、きみを車でニューヨークに送っていこう——。

ニッキイ　と－ってもおやさしいこと！

エラリー　皮肉はやめてくれないか。そっちには、どう行けばいいのかな？

ニッキイ　テカムセ・ロッジで訊けばいいわ。コリンズさんのロッジはどこか、って――

交換手　五分になりました、奥さま。

ニッキイ　もう？　エラリー、それじゃあ！（ガチャリ）

エラリー　じゃあ、ニッキイ。（電話を切る。つぶやく）モンターギュ……ルイス……。

警視　おいエラリー、わしも一緒に行こうと思うのだが。

エラリー　（ぼんやりと）何です、お父さん？　ああ、もちろんいいですとも。一緒に来てくれて嬉しいですよ。

警視　幽霊だと、ええ？（くつくつ笑う）わしはヴェリーも連れて行くつもりだ。前から見てみたいと思っておったのだよ――ヴェリーと幽霊が面《つら》をつき合わせたときに、何が起こるのかを！

音楽、高まる……山道を登る車の音が割り込む。道はひどい。

エラリー　（いらいらして）コリンズ家の敷地は、一体どこにあるんだ？　テカムセ・ロッジを出てから、ずーっと山道を登っているじゃないか。

警視　山に登る道はこれしかないようだな。まあ、おまえがこいつを道と呼ぶならの話だが。

エラリー　山の頂上に近づいていることは間違いありませんね。

ヴェリー　（一人で楽しんでいる）そうですな。あたしは今、山の頂上から羽ばたいて、あたりをぐるーりと囲む大自然の霊気の中をただよう気分ですぜ！（エラリーたちは笑う）何という木々！　何という空！　何という大気！（深く息を吸う）大気を嗅いでください。さあ――嗅いで！

警視　（くつくつ笑いながら）大自然に酔っておるみたいだな。

エラリー　（くすくす笑いながら）何とね、部長。詩人じゃないか！

ヴェリー　（気分を害して）あんたらが大自然の心を感じ取れないのは、不幸ですな。あたしは違いますぜ。神の土地に足を踏み入れると、自分がまるで――名前は何といったかな？――森の神《パン》になった気がしますな。そう。森の神《パン》だ！　跳び回りたくなり、歌いたくなり――（突然）やあ、あれはニッキイ・ポーター嬢では？　向こうを歩きで登っている――中年のカップルが一緒ですな。

警視　確かにニッキイだ。苦労をかけさせおって！（車のエンジン音が大きくなる）おい、せがれ、山から離陸しそうな勢いだぞ！（急ブレーキの音。車が停まる）

ニッキイ　（離れた場所で）エラリー！（車のドアがすごい勢いで開く音――道に飛び出す足音）

エラリー　ニッキイ！　おいで！（車の他のドアも開く）

ニッキイ　（抱きしめられて恥ずかしそうに）エラリー、あなたったら――エラリー、やめて！　息ができないわ！　もう、あばら骨が痛いじゃないの。

エラリー　（幸せそうに）ああ、会えて嬉しいよ。ニッキイ、きみがすてきに見えるよ！　お父さん、そうでしょう？

警視　（くつくつ笑いながら）絵の中の人物みたいに美しいな。やあ、ニッキイ。

ニッキイ　こんにちは、警視さん！　それにヴェリー部長さんまで！　嬉しい驚きだわ！

ヴェリー　ええ。警視とあたしは木を眺めたい気分になりましてな。

ニッキイ　（笑いながら）ここなら飽きるほど眺められるわ！　コリンズ教授に奥さん、クイーン警視とクイーンさんとヴェリー部長を紹介させてください。（アドリブで挨拶を交わす）

スー　あなた方三人については、ニッキイから詳しくうかがっていますわ――

コリンズ　ああ。ずっと前からの知り合いのような気がするよ。

エラリー　ありがとうございます、コリンズ教授。ここはすばらしい土地ですね。あなたのキャビンまでは、まだ遠いのですか？

コリンズ　あと数百ヤードだな。知っているかもしれないが、われわれは山頂に住んでいると言った方がいいのだ。

スー　もちろん、わが家に泊まってくださいますよね、クイーンさん――あなたも、お父さまも、ヴェリー部長さんも。（三人はアドリブで辞退する）

エラリー　あなた方を追い出してしまうことになりませんか、コリンズ夫人――

スー　あり得ませんわ、クイーンさん！　部屋は充分ありますし――

コリンズ　もう言い争いはやめだ。わが家の客になってもらうことにしよう。

ニッキイ　（笑いながら）無駄な抵抗よ、エラリー。すぐわかると思うけど、スーと教授には逆らうことなどできないのよ。わたしも、それで上海《シャンハイ》されちゃった（誘拐された）のだから。

スー　それに、もうすでにアレックス・ルイスさんも泊めているし、コリン・モンターギュさんと娘さんのローラだって――

エラリー　モンターギュ氏は子持ちなのですか？（笑う）ぼくはてっきり――

ニッキイ　（すっとぼけて）それがどうしたの、ミスター・クイーン？　何を考えていたのかしら？

コリンズ　（くすくす笑いながら）ああ、そういうことか。いやいや、彼らをライバル視しなくとも良いよ、クイーン君。モンターギュは五十を超えているし、アレックス・ルイスは小柄でしなびた男で――

スー　女性への魅力という点では、エジプトのミイラにも負けるわね。

ニッキイ　スーったら！　それは失礼よ。ルイスさんは小柄で魅力的な男の人だわ。

警視　（皮肉っぽく）エラリー、おまえがわざわざ、ここまで車を走らせることはなかったみたいだな。

エラリー　（恥ずかしそうに）そうじゃありません！　ぼくがここまで足を運んだ本当の理由は、幽霊の伝説で――

ニッキイ　わたしはついでだったのね、ミスター・クイーン。

エラリー　おいニッキイ！　ぼくが言いたいのは――まあいい。みなさん、ぼくの車に乗り込んでください。残りの道は車で行きましょう。

警視　（一同が車に乗り込むときに）泊めてもらえてありがたかったですな、コリンズ教授。実を言うと、わしも幽霊話に魅せられた口でね。（車のドアが閉まる）

コリンズ　（笑いながら）本当に、話だけなのですよ、警視……。

ヴェリー　あんたの幽霊とやらを連れてきてほしいですな――わくわくしますぜ！（発車する）

音楽が高まり、ロッジの表のベランダで数名が交わしている会話が流れ込む……遠くでグラスのカチャカチャという音……。

警視　ありがとう、コリンズの奥さん。ちょうどほしいと思っていたところでしたよ。

スー　フィンチ、ヴェリー部長さんにも、カクテルのおかわりを差し上げて。

フィンチ　（離れた位置で）はい、奥さま。（カクテルを作る音）どうぞ、お客さま。

ヴェリー　（満足げに）フィンチ、あんたはそつがないな！　そう、これが人生ってもんだ、そうだろう？（一同、笑う）

モンターギュ　（プラウティ博士タイプ）娘のローラはどこかな？

スー　外を散歩してますわ、モンターギュさん。夕陽を見たいのですって。クイーンさんとニッキイも一緒でしたわ。

警視　（くつくつ笑う）この山にはいろんなものがあるな――恋、それに幽霊――

ルイス　おいモンターギュ、クイーンたちは、心霊現象に対して、これっぽっちも畏敬の念を持っていない点が気になるな。

モンターギュ　クイーン一行だけじゃないぞ、ルイス。コリンズ以外は——

コリンズ　（あわてて）きみたち二人と一緒にしないでくれたまえ。私のロッジをきみらの心霊研究所に変えてしまっただけでは足りないのかね。心霊など、くだらん！

スー　ローラとニッキイとクイーンさんが戻ってきたわ。（砂利を踏む足音と共に、三人がアドリブで話しながら登場。それがポーチを上がる足音に変わる）

ニッキイ　（登場）ローラ、本当にわくわくするわね！

エラリー　（登場）ここには驚かされるね。本当に驚かされるよ。やあ、みなさん！（全員がアドリブで挨拶を交わす）

ローラ　（登場）クイーンさんは、山の空気を一杯やってきたところなのよ——エミリー・ディキンスンの蜂（アメリカの女流詩人の自然詩「蜂は私を怖がらないし～」か？）みたいに——

警視　誰みたいにだって？

ヴェリー　モンターギュ嬢さん、あたしも一杯やりましたぜ！　まあ、今となっては、こっちの一杯の方が美味《うま》くなっちまいましたが。

スー　（皮肉っぽく）ローラ、あなたは本当に、その手のことに免疫がないのね。呪われた洞窟を探検するなんて言い出すような空想主義は、やめるように頼んだのに。

モンターギュ　（くっくつ笑いながら）ローラはあそこで詩を読むのだ。

ニッキイ　ローラったら！　もっと陽気な場所は選べないの？
ローラ　そんなに不気味かしら、ニッキイ？　でも、あそこには惹かれるものがあるのよ。
ニッキイ　わたしなら、一万ドルもらったって、あの洞窟には近づきたくないわね。
エラリー　（くすくす笑いながら）ニッキイに洞窟案内を頼もうと思っていたのにな。まあ、逃げ口上を並べるなら――
警視　ニッキイ、きみはその手のものを信じておらんのだろう？
ヴェリー　女の子は、その手のものには弱いんですよ。幽霊だと！　くだらん、とあたしなら言わせてもらいますな。
ローラ　そんな事は言わないでください、ヴェリー部長さん。あたしは恐れてなんかいないけど、幽霊は実在するのよ。みんな知ってるわ。
ヴェリー　（びっくりして）何とね！　本気じゃないんでしょう、モンターギュ嬢さん。
モンターギュ　カエルの子はカエルでしてな、部長。わしら一家はいつも、超自然現象には適切なる敬意をはらっておるのだよ。
エラリー　そう、あなたは心霊現象の第一人者でしたね、モンターギュさん？
モンターギュ　（謙遜して）まあ、自分で第一人者だとは言えんが――
ルイス　おれもそうは言えないね。モンターギュ、あんたはだまされやすい間抜けにすぎない。あんたがシアトルでエクトプラズムを使うまじない師にだまされたときの醜態といったら――
モンターギュ　（むきになって）きみだって、同じようにだまされたに違いないな、ルイス！

ルイス　（鼻をならして）おれが？　ばかを言うんじゃない、モンターギュ！　おれが以前、いかにしてナッシュビルの下町のいかさま呪術グループをあばいたか、あんたは覚えているはずだ！　まあ、あんたがその気なら――

モンターギュ　ルイス、きみはばか者だ！

コリンズ　（くすくす笑いながら）みなさん、大丈夫です。（一同のささやきがおさまる）これがこの二人の二十年来のつきあい方でしてね、クイーンさん。不倶戴天《ふぐたいてん》の敵というわけですよ。ですが、どちらか一方の名声が第三者によって傷つけられたら、もう一方がそいつの喉ぶえにくらいつくでしょうね！

スー　クイーンさんもご存じかもしれませんが、モンターギュ氏はおそらく世界でもっとも充実して、もっとも価値のある心霊現象のコレクションをお持ちになっているのよ――

ルイス　幸運なだけさ！　おれが片腕をくれてやってても惜しくない本を、どれもこれも手に入れやがって！

エラリー　それで、あなた方二人の紳士は、〈呪われた洞窟〉と呼ばれる幽霊現象を調べるために、ここに来ているのですね？

モンターギュ　その通りだ、クイーン君。わしらは科学的実験を行うつもりだ。

コリンズ　科学的だと！　私を笑わせないでくれ、モンターギュ。科学というのは、私の大学の試験管の中に詰まっているものを言うのだ。ところが、魔法博士の使うものときたら――

ルイス　虫ケラ科学者は、どいつもこいつも同じだな、コリンズ教授！　懐疑論者ときてる！

救いようがない阿呆だと言わせてもらうぜ！

エラリー　どういった心霊現象なのですか？

ニッキイ　わたしが教えてあげるわ、エラリー——何百年も昔に、洞窟の中で、誰かが誰かを絞め殺したのよ。そして——（遠くでうめき声がわき上がる。人間とも幽霊ともつかない、風によるものかもしれない音）

警視　（鋭く）何だ、あれは？

ヴェリー　あの音はまるで——オホン、たぶん、狼ですな。

ニッキイ　アディロンダックに狼がいたかしら？

ヴェリー　（つぶやく）いてくれた方がよかったな。

モンターギュ　（興奮して）静かに！　聞きたまえ！（再びうめき声。間）

ルイス　（興奮して）うめき声だ、モンターギュ！　幽霊の声だ！

ニッキイ　（かすれ声で）これって——不気味じゃない？

ローラ　ぞくぞくするわ……ああ、なんてすごいの！

スー　わたしはそう思わないわ、ローラ！（間。うめき声）

ヴェリー　おい、誰が起こしているんだ？　いたずらに決まってるさ！

モンターギュ　（興奮して）いや、違うよ、部長。その説はもう調べたのだ。この音は、誰もいない洞窟から、実際に聞こえてくるのだよ……。

コリンズ　ばかな！　単なる風による自然現象だよ。岩の特殊な並びのせいだ。（鼻をならす）幽

霊だと！　私は――（口をつぐむ。またもやうめき声）
警視　確かにこの音は……気味が悪いな。そうじゃないかね。
エラリー　（きっぱりと）ぼくが洞窟を見に行ってきますよ！

音楽、高まる……うめき声にかぶせるように幽霊をテーマとする曲を流す……森の中を進むような、ざくざくという足音……。

警視　（くつくつ笑いながら）あの三人の女性陣のようなすごい尻込みをするやつは、見たことがないな。うーん。松の匂いを嗅いでみろ！
ヴェリー　（ぶつぶつと）幽霊だと、ふふん。その幽霊がおれの手の届くとこにいたら、素っ首を締め上げてやるさ！
エラリー　洞窟に行くには、この山道を進まなくてはいけないのですか、コリンズ教授？
コリンズ　うむ。私のキャビンと洞窟の間は森になっているのだ。回り道はない――両側は切り立った崖になっているからな。もうすぐわかるが、開けた場所に出ると、その向こうに洞窟が見える。
ルイス　山のてっぺんからは、湖が見えるのだ。
エラリー　ああ！　教授のキャビンの裏手にある湖がそうですね、ようやくわかりましたよ、ルイスさん。

モンターギュ　（考え深げに）うめき声はやんでしまったようだな、ルイス。

ルイス　（不機嫌そうに）いつもそうだ。おれたちが近づくと――

警視　誰かが近づいて来ていないか？（足音が近づく）

コリンズ　ガブリエル・ダン老人に違いない。山腹を少し下ったところにある掘っ立て小屋に住んでいる、大男で樵《きこり》の老人さ……。ああ、やはりそうだった。やあ、ガブ！

ガブ　（登場して――低音《バス》で）よう、教授。おまえさんも〈呪われた洞窟〉のうめき声を聞きなすったのじゃな？

コリンズ　確かに聞いたよ。ガブ、友人たちを紹介しよう――（アドリブで挨拶を交わす。再び歩き出す）

ガブ　〈絞首人〉は、最近ますます騒がしくなったようじゃのう。

ヴェリー　ダニエル・ブーン、あんたもいいい与太話を信じる口かね？

ガブ　（静かに）独《ひと》りで山で暮らしていると、いろんな事を信じるようになるものじゃよ、ミスター。

エラリー　その〈絞首人〉と洞窟には、どんな言い伝えがあるのですか？

ルイス　話してやれ、モンターギュ。

モンターギュ　ある山男が、何人もの旅人を洞窟に誘い込んでは絞め殺し、金目の物を奪ったという言い伝えがあるのだ。

ルイス　百年前か、もっと昔の話だよ、クイーン君。

エラリー　被害者の死体はどうしたのですか？

ルイス　死体は湖に投げ込んだ。今でも残っているが、洞窟の中には――まるで窓のような――天然の裂け目がある。のぞくと、五十フィート下には湖が見える。

ガブ　さよう。そして、あんたが聞きなさったように、殺された旅人たちは、それからずっと山に取り憑いておるのじゃよ。

警視　（うめく）あほらしい《サッコタッシ》！

ヴェリー　たわごとだ！　ばかげてる！　くだらん！

モンターギュ　もちろん最後には、その山男は逮捕されて縛り首になった。

コリンズ　（くすくす笑いながら）かくして、このあたりの善き人々が、うめき声を聞くたびに、「〈絞首人〉の幽霊が、犠牲者の幽霊を、もう一度殺しているときの声だ」と言い張るわけだ。

ガブ　着いたぞ。（足音が停まる）

ヴェリー　あれが洞窟の出入り口ですな――広地を渡った向こう側にあるやつでしょう？

警視　おい、木の扉が付いとるぞ！

エラリー　近づいてみましょう。あの扉は何なのですか、教授？（まだ足音はしない）

コリンズ　私よりガブの方が詳しい。

ガブ　数年前、町のやつが、あの扉を付けたのじゃ。〈呪われた洞窟〉の見学者から木戸銭を取ろうとしてのう。

ヴェリー　そいつの名前はＰ・Ｔ・バーナム（アメリカの興行主。サーカスの創始者）に違いありませんな！

ガブ　（くっくつ笑いながら）これは長続きせんかったな。ある晩、そいつが洞窟の中に一人でいると、うめき声が始まったのじゃ。脱兎のごとく逃げ出したあとは、姿を見かけなくなってしまったのう。

エラリー　その名物洞窟とやらを、おがむことにしましょう。（重いドアがきしみながら開く。ここから一同が洞窟を出るまでの間は、声にエコーがかかる）ふーん。さほど陰気な感じは受けませんね。（岩を歩く音）

モンターギュ　岩がびっしりだろう、クイーン君――床も、壁も、天井も。その天井の向こう側は、まごうかたなき山のてっぺんなのだ。そして、それが壁の窓だ。

エラリー　（少し離れて）ええ、わかりますよ。のぞくと湖が見えますね――切り立った崖の下に……。

警視　あんた方は、実験を行うつもりだと言っておったな？　どんな実験なのかな？　ルイスさん？

ルイス　ここで、丸々二十四時間を過ごすという計画だよ、クイーン警視。明日の朝六時から、翌日の午前六時までだ。

モンターギュ　毛布とオイルランプ、食料と水、それに録音装置を持ち込むつもりだ。うめき声が始まるときに、この洞窟にいたいのでね。

コリンズ　（笑いながら）まったくもって科学的じゃないか、うん。

ルイス　笑いたければ笑うがいいさ――俗物が！

ヴェリー　（もったいぶって）あんたらが幽霊に出くわすと思ってるなら――ムチを持っていくことを考えるべきじゃないかな？　万が一の用心に。

ガブ　（静かに）もし人間があの音を発しておるなら、そやつはとっくの昔に幽霊になっておらねばならんのう。わしは昨日今日、この森で生まれたわけじゃないのだぞ。

モンターギュ　実を言うと、わしらは、人間があの音を立てているという可能性に対しても、ちゃんと警戒をおこたってはおらん。いいかね、もし今夜、雨が降らなかったら――どうやら降りそうだが――洞窟の前の広地に水をまいて、地面を軟らかくしておくつもりだ。充分に軟らかく――誰かがこの洞窟に近づこうとした場合、必ずぬかるみの上を通り、足跡を残すことになるくらい軟らかく、な。

ルイス　見ての通り、広地はこの洞窟に近づくことのできる唯一のルートだからな。

エラリー　しかし、あなた方二人も幽霊ではないのですよ。洞窟に入るときに、二人とも広地の上に足跡を残してしまうではありませんか。

ルイス　ああ、おれたちは自分らの足跡を見分けられるようにするため、裸足《はだし》で歩くつもりなんだよ。

モンターギュ　もちろん、わしら以外には広地を渡る者はいないだろうがな。これでわかったかね。あと、今言ったことは、内密に願いたい。

コリンズ　（もったいぶって）聞いたか、ガブ？　誰にもこのことは話してはいかんぞ。（くすくす笑う）

ガブ　あんたらお二方は、くだらんやっかい事に向かって進んどるように見えるがのう。

ルイス　（ぴしゃりと）やっかい事に巻き込まれるのは、おれたちじゃないさ。戻ろうか。おいモンターギュ、新しい南京錠は持っているか？（洞窟を出る足音。大きな南京錠をカチャカチャいわせる）

モンターギュ　ああ。（扉が閉まり、錠が下りるカチンという音）そしてこの鍵は、わしがポケットに入れておく。いいかね諸君、明日の朝六時からだ。もしわしらが実験に取りかかるところを見たいと思うのなら、早起きすることだな。

警視　（まじめくさって）ならば、見させてもらいますかな。

ヴェリー　（くすくす笑いながら）あたしも！

エラリー　（やはり笑いながら）右に同じ！

音楽、高まる……夜から朝にかけて、ずっと激しい雨が降り続いていたかのような効果音を流す。それから明け方の鳥のさえずりなど……森の山道を踏み分けて進む二人の足音……。

エラリー　ニッキイ、ぼくたちはもっと、こういうことをすべきだな。

ニッキイ　二人のおじさんが笑い者になろうとする姿を見るために、朝の六時に起きることを言っているのかしら？

エラリー　違うよ、ニッキイ。ぼくが言いたいのは、森の中を歩くために早起きすることさ。
ニッキイ　ミスター・クイーン！　あなたって、自然児《ネイチャー》だったのね、へえ？
エラリー　（くすくす笑いながら）本当はひねくれ者《イル・ネイチャー》じゃないかと気にしているのだけどね。きみは知らないだろう、ニッキイ――そのう、この一週間ちょっとの間、ぼくがどんなに手のつけられない生活を送っていたかを。親父に聞いてみるといい――知ってるから。
ニッキイ　お父さまにはもう聞いたわ――それに、耳寄りな話も聞かせてもらったの。（やさしく）わたしがいなくて寂しがってたというのは、本当なの？
エラリー　どうしようもないくらい。
ニッキイ　（ほだされて）ああ、エラリー……
エラリー　（あわてて）もちろん、これは自然な反応だよ。男というものは、いつも身近にいる女性がいなくなれば――
ニッキイ　（冷たく）それが本音なの？　一足の古靴の右と左みたいな関係だと。
エラリー　（後悔して）ニッキイ、そういう意味じゃない――
ニッキイ　あら、そういう意味じゃなかったの！　他の人たちは、後ろに続いているかしら？
エラリー　ニッキイ、きみを怒らせてしまったようだね。そんなつもりじゃなかったんだ――
ニッキイ　あら、あそこにいるわ。モンターギュさんだけいないわね。一体全体、一人だけ、どうしたのかしらねえ？
エラリー　なあ、それで何がどう変わるというんだ？　おそらく彼は、洞窟の入り口のところで待っているのだろうさ。ニッキイ——

ニッキイ　（堅苦しく）いいえ、ミスター・クイーン。わたくし、これ以上あなたと議論はしたくありませんの。（笑う）あらあら、エラリー、そんなに情けない顔をしないの。ちょっと困らせようとしただけよ。

エラリー　（明るく）そうか？（元気よく）やあ！　いい朝だ。抜けるような空だな。実験者コンビが洞窟に入るのを見届けたら、朝食をとって、湖に飛び込んで——

ニッキイ　ぶるる！　わたしは遠慮するわ。……あら、コリンズ教授が昨晩話してくれた樵のおじいさんだわ——何て名前だったかしら？

エラリー　ガブリエル・ダンだよ。やあ、ガブ！　名場面を見るために早起きしたのかい？（二人の足音が停まる。一人分の足音が近づく）

ガブ　（登場）今さっき、広地を……洞窟の前を見てきたのじゃが。誰かが洞窟の中におるようじゃ！（大勢の足音が近づき、ざわめきが）

ルイス　（いらいらしながら登場）モンターギュがどこにいるか、皆目見当がつかない。早起きしたのじゃなけりゃ——

コリンズ　おはよう、ガブ。今、誰かが洞窟の中にいるようなことを言ってなかったか？（一同、アドリブで驚きの声をあげる）

ガブ　みなで広地の端まで行って、自分の目で見るこった。（全員が再び歩き出す）

スー　モンターギュさんが中にいるのかしら？

ローラ　パパはそんなことはしないわ、コリンズさん。絶対に――

警視　何かまずいことが起こったのか、エラリー？

エラリー　わかりません。でもガブが、誰かが洞窟の中にいると言っています。

ニッキイ　あら、きっとモンターギュさんよ。

ヴェリー　ですが、モンターギュは、ルイスと一緒に行くと言ってましたぜ――

ガブ　（少し離れた位置で）そら、わしが言った意味がわかったじゃろう？（足音が停まる。間）

エラリー　（ゆっくりと）小ぶりな裸足の足跡が残っている――

ニッキイ　洞窟の扉に向かって、広地をまっすぐ一直線に突っ切っているわ――

警視　足跡は一組だけ――入って行くものだけだ……

ルイス　（苦々しげに）あいつは、おれをだましたんだ！　あの――根性《ブレッチェル》まがりが！　人の皮をかぶった外道《げどう》、それがあいつだ！　あいつは誓ったのに――一緒に洞窟に入ると、おれに言ったんだ。――そして今日、あいつがやった事を見てみろ！

ローラ　父に対して、そんな風に言わないでちょうだい、ルイスさん！

コリンズ　だがローラ、きみのお父さんが今朝早くに起きて、一人で洞窟に入ったようにしか見えないが。ルイスを出し抜いて――

ルイス　（かんかんになって）あれは、あいつの足跡なんだ、そうだろう？　あんなに小さい足跡を残せるのは、あいつ以外に誰がいるというんだ。――あの……あのイタチ野郎が！　マムシ野郎が！

ローラ　ルイスさん、あなたって、ひどいわ！
スー　（笑いながら）あらまあ、ルイスさん。これはたぶん、何かの冗談なのよ。（呼びかける）モンターギュさん！（声がこだまする）
ルイス　中に入って、あいつをとっちめてやる――
エラリー　ルイスさん、そんなことをしたら、ぬかるんだ地面のきれいな表面が荒らされて、足跡が台なしになってしまいますよ。昨夜降った雨が、広地の表面を鉄板のように平たくしてくれているのに。
警視　モンターギュの裸足の足跡以外は、何ひとつ残されておらんな。おい、モンターギュ！（声がこだまする）
ルイス　実験器具を一切合財、苦労して森の中を運んだんだぞ……このおれが！　あいつに一人で運ばせてやる。こんなあさましい最低のペテンをやる男なら……
エラリー　（呼びかける）モンターギュ！（こだまする）モンターギュ！（こだまする。間）
ニッキイ　おかしいわ、エラリー。中にいるはずよ。扉も少し開いているし……
警視　（叫ぶ）モンターギュ！（こだまする。間。一同、アドリブでざわめく）
エラリー　（鋭い声で）待ってください！（ざわめきが消える）あそこで何か恐ろしいことが起こったようです――
ローラ　恐ろしいことが――パパの身に？　クイーンさん、ふざけないで！
ニッキイ　（すばやく）たぶん、何も起こってないわ、ローラ。ねえ、あなたは――わたしと一緒にキャビンに戻って――

ローラ　いやよ、ニッキイ！……パパ！（こだまする。ヒステリーを起こしかけて）パパ、パパ！（こだまする）

警視　（小声で）まずいな、ニッキイ。彼女から目を離さんでくれ。

ニッキイ　（小声で）わかっているわ、警視さん。（少し離れて）ねえローラ、強情を張らないで。どうしてあなたは……

エラリー　（きっぱりと）ぼくが一人であの広地を渡りましょう。モンターギュの足跡を避けて、弧を描くように遠回りしていきます。みなさんも、もし後に続きたいのでしたら、泥に残されたぼくの足跡をたどってください。いいですね？（一同、小声で同意する）女性陣はここで待っていてください。

警視　（小声で）エラリー、急いだ方がよさそうだぞ。

ヴェリー　（小声で）クイーンさん、もし何か見つけたら――

エラリー　（遠ざかりながら）わかっているよ、部長。（泥にめり込む足音が遠ざかる。間。重い扉がきしみながら開く音をはさむ。間。続いて広地の反対側からエラリーの声が響く――緊張している）お父さん、ヴェリー、来てくれ！（二人はアドリブで対応）

コリンズ　（呼びかける）そっちで何があったんだ、クイーン君？

ローラ　（悲鳴を上げる）父に何かあったのね！

ニッキイ　ローラ、お願いよ――ローラ――

エラリー　（遠くから──鋭い声で）女性陣をここから離すんだ！　ニッキイ──コリンズ教授──女性陣をキャビンに連れ帰ってください──今すぐ！（一同、ざわめく）ぼくの言う通りにしてください！

警視　行こう、ヴェリー。何があったか見に行くぞ。

ヴェリー　もう行ってますよ。ですが、あたしの両足は喜び勇んで駆け出したがっているわけではなさそうですな。（泥にめり込む足音。ざわめきが小さくなっていく。扉がわずかにきしむ）

エラリー　（マイクに寄って──きびしい声で）お探しのモンターギュ氏がいましたよ──洞窟の地べたに。（警視とヴェリーは息を呑む）

警視　死んでおる！　まわり一面に持ち物が散らばって！

ヴェリー　（荒々しく）見てくださいよ──首を……。こいつは……絞め殺されてますな。絞殺ですぜ、クイーンさん！

エラリー　（むっつりと）そうだ、部長。しかも、ぼくの見た限りでは、彼を絞め殺すことができたのは──〈呪われた洞窟〉の幽霊だけなのだ！

幽霊をテーマとする音楽、高まる。エラリーと警視とヴェリーが、小声のアドリブで話している──まだ洞窟の中にいる。

ヴェリー　（ぶつぶつと）あり得ん。何かのペテンだ。何かの──

警視　ぶつくさ言うのはやめろ、この類人猿が。わしが死体をひっくり返すのを手伝うんだ。

（二人の男が奮闘する音）

ヴェリー　（息を切らしながら）幽霊——だと！　笑ってしまいますな。（弱々しく笑う）（それから乱暴に）幽霊なんぞ、信じませんからな！

警視　わしらは、そいつを信じなければならんように見えるな。

エラリー　（悩ましげに）ぼくにはわからない。ここには何かとてつもない見落としがあるような……

警視　首を絞めた跡だが——おかしいぞ、エラリー。

エラリー　ええ。そう。そうです、お父さん。

警視　絞め跡のほとんどは、喉に——首の前面に残されておる。絞殺者の親指の跡だけは首の後ろ側で、しかも、指先が上を向いておる……。

エラリー　（困惑して）そう……そうです……そう見えます、お父さん。

ヴェリー　（安堵の声）わかりましたぜ！　幽霊など……くだらん、と、あたしなら言わせてもらいますな！　何があったかわかりますかい？　モンターギュのやつは、自分で自分の首を絞めたんでさあ！

警視　たわけた事を、ヴェリー。そもそも、自分の手で自分を絞め殺すことは、不可能に近いのだ——。意識が薄れていくと、自然に手の力がゆるむからな……。

エラリー　それに部長、もし自分で自分を絞め殺すことができたとしたら、当然の結果として、親指の跡は首の後ろではなく、前の喉笛に残るはずだ。いや、モンターギュは自分で自分の首を絞めたのではない……（扉がきしみながら開く）

警視（鋭く）誰だ？

コリンズ（登場して――うわずった声で）コリンズだよ、警視。ガブ老人も一緒だ。おお、哀れなモンターギュ。これは――私は――

エラリー あなた方は、外のモンターギュの足跡を、荒らしていませんね？

コリンズ むろんだ。あの足跡は、彼のものだったのかね？

警視 その点に、疑いの余地はありませんな。測ってみたので。

ヴェリー おい、あんた。ダニエル・ブーンよ。保安官には通報したかい？

ガブ コリンズ教授が家から電話した。あんたらは刑事かそのたぐいのもんだったんじゃな、ええ？

警視（そっけなく）そのたぐいのもんだよ、ガブ。

ガブ ああ、わしは森の中の道を逆にたどってみたんじゃ。すると、あるものを見つけてな。山道には何もなかった。狭い道だし、今朝の六時にあんたらが通ったときの足跡に踏み荒らされてしまっておったからのう。

エラリー（鋭く）何を見つけたんだ、ガブ？

ガブ あんたらが踏み荒らしたんで、足跡は見つからんかった。じゃが、コリンズ教授のキャビンを出て、森に入ってすぐのあたり――キャビンから数ヤードも離れていないあたり――の山道のへりに、石がゴロゴロ転がっておるんじゃが、こいつが、昨夜の雨で滑りやすくなっておったんじゃ。

警視　（じれったくなって）それで？　それで？

ガブ　ああ、この滑りやすい石がある場所のわきには、小さな這松《はいまつ》の茂みがあるのじゃ。それが押しつぶされて平らになっておった。どうやら、お仲間のモンターギュが、今朝がた洞窟に向かう途中で、石で滑って、山道から足を踏みはずした跡に見えるのじゃが。

コリンズ　モンターギュ以外の者ではない。私がみんなに聞いたからな。

ヴェリー　（皮肉っぽく）役に立ちましたな、まったくもって。

ガブ　（静かに）わしはただ、あんたらに本当のことを話しただけじゃ。

コリンズ　（うわずった声で）われわれはどうすればいいのかな？　かわいそうなローラは――ヒステリー状態。ニッキイ・ポーターは彼女をなぐさめるのに手一杯で――妻はショックで具合が悪くなってしまったし――。ルイスはあれが――あれが起こってから、ずっと押し黙ったままだ。彼は――かなり傷ついたみたいだ。すっかり青ざめて、まるで――まるで――

警視　（きびしい声で）なぜ、こう言わないのですかな？　青ざめて、まるで幽霊のように見えると！

エラリー　これは――途方もない難問なのです、コリンズ教授。おわかりでしょうが、幽霊だけが、この哀れなモンターギュを殺すことができたように見えるのですよ。

コリンズ　（驚いて）どういう意味ですかな、クイーン君？

警視　（きびしい声で）教授、せがれが言いたいのは、あなたがすべての可能性を検討したならば、合理的なものはなくなってしまうということなのだ！　モンターギュを絞殺した者は、どうやって洞窟の中に入り、どうやって外に出て行ったのか？　ここにはモンターギュ以外は誰もいなかったというのに、エラリーが入ったときには、モンターギュは死んでおったのだ。

ヴェリー　言わせてもらうと、死後一時間は経過してますな。

エラリー　もうおわかりでしょう、教授。モンターギュは一人きりでこの洞窟に入ったのです――彼の裸足の足跡だけが広地のぬかるみに残されていましたからね。しかし、それならば、彼を殺害した人物は、どうやって中に入ったのでしょうか？　犯人はぬかるんだ広地を渡らなければなりません――それがこの洞窟の中に入る、唯一の方法だからです。

コリンズ　だが……だが、それは不可能だ！

ヴェリー　剽窃《ひょうせつ》はいけませんな、教授。そのセリフは、あたしが先に言ってますぜ。

コリンズ　誰かが中に入ったはずだ！

エラリー　（冷たく）どうやって入ったのですか、教授？　洞窟に出入りできる箇所は、他には湖を見下ろす壁の天然の窓しかありません――しかしこの窓は、湖から五十フィートも上の、切り立った崖のてっぺんとも言える場所にあるのです。

ヴェリー　ドラキュラだって、登れませんな！

コリンズ　洞窟の上からなら――そこからロープを垂らして――

警視　それでは、殺人者はどうやって洞窟の上に登ったのですかな？　外から洞窟の上に登るには、広地を渡って近づくしかないのだ。だが——広地には何の跡もなかった。

ヴェリー　その上、あたしらは上に登ってみたんですぜ。どこも泥におおわれていたんですが、踏み込んだ跡は……人間の足跡は、一つもなかったですな。……おっと、今はあたしの足跡がありますがね！

コリンズ　（意地になって）洞窟の側面から窓に——いや、それも不可能だ。側面は百フィートの断崖絶壁だった……。そうだ、端に鉤爪をつけたロープだ！

エラリー　湖からそれを投げ上げたと言いたいのですか、教授？

コリンズ　そうだ！　何者かが湖に浮かべたボートから、鉤爪のついたロープを投げ上げ、窓に引っかけて——

エラリー　駄目ですよ、コリンズ教授。鉤爪は窓のまわりの岩に、見間違えようのない引っ掻き傷を残すはずです。そして、そういった引っ掻き傷は、どこにもなかったのですよ。

コリンズ　（やけになって）しかし、クイーン君——きみだって……きみだってそれを信じることはできないのだろう！　きみの言う通りだとすると、何者かが洞窟に入って出ていくことは、不可能だと証明されてしまう——

エラリー　事実はそう言っているのですよ、教授——事実なのです。

コリンズ　だったら、きみはその事実に、どういう説明をつけるのかね？

エラリー　説明がつけられるようになるまでは——哀れなモンターギュは幽霊に絞め殺されたと仮定すべきでしょうね！

音楽、高まる……遠方で雷のとどろく音が……玄関ドアが開き……二人分の足音がポーチに響く……。

エラリー （張りつめた声で）ポーチのここに座ろう、ニッキイ。あの精神病院さながらの騒ぎの中にいると、神経がおかしくなりそうだ。

ニッキイ （震え声で）どこにいても——不気味な夜には変わらないわ。（腰を下ろす）ここは真っ暗ね——星も見えないし、月も見えないし——。これじゃあ——幽霊を信じてしまいそうになるわね、エラリー。

エラリー （腹立たしそうに）この謎には、解決が存在するはずなんだ！

ニッキイ あの保安官では、大して解決の手助けになりそうにないわね。わたしの意見を聞きたいなら、保安官は震えているだけって答えるわ。警視さんの方だけど——一日中、こっそりと電話している相手は誰なの？

エラリー 話してくれないんだ。でも、ぼくと同じくらい謎に振り回されているようだし——ぼくと同じように腹を立てているようだ。

ニッキイ （いらいらして）足跡のことだけでも、何とかできたらいいのにね、エラリー——

エラリー どういう意味だい、ニッキイ？

ニッキイ ええと、殺人者の足跡がないから、あの犯罪が、まるで——まるで幽霊の仕業に見えるのでしょう。絞殺者がぬかるんだ広地を歩いて渡り、しかも足跡を残さないで済む方法が、何かあるんじゃなくって?

エラリー　(そっけなく)では——どうやって? あのあたりは注意深く調べたんだ。足跡をつけてから平らにならした痕跡はなかった。渡した板の上を歩き、あとでその板を片づけた痕跡もなかった。ニッキイ、重さを持ち、広地を渡った物体は、たった二つしかないのだ——モンタ—ギュの二本の素足しか。

ニッキイ　エラリー! 殺人者は、そのモンターギュさんの足跡の内側を踏んで歩いたのよ!

エラリー　(やさしく)いい考えだ、ニッキイ。犯人はそうしなかったという点を除けば。

ニッキイ　どうしてそれがわかるの?

エラリー　もし殺人者がモンターギュよりも小さな足を持っていたならば、モンターギュの足跡の内側を踏んで歩けただろうね。だが、殺人者がそんな小さな足を持っていたはずはないのだ。というのも、モンターギュは、ここにいる誰よりも足が小さかったからだよ。男にしては、信じられないくらい小さい——女性陣よりも小さいのだ。もう一つ、もっと小さい足は、モンターギュの足跡の内側に足跡を残すはずなんだ。というわけで、この説は成り立たない。

ニッキイ　それなら、犯人の足は、ぴったり同じサイズだったのよ!

エラリー　モンターギュの足は、ここにいる誰よりも小さいと言っただろう。ぼくは、全員のサイズを測ったんだ。仮に、犯人が同じサイズだったとしても——他人が残した足跡すべてに対して、一歩も踏み外さずに正確に合わせて歩かなければならないことになる。それは無理だよ、

ニッキイ。（雷鳴）

ニッキイ だったら、犯人はモンターギュさんより大きい足の持ち主なのね！

エラリー そういうことだ。しかしニッキイ、そうなると、犯人はモンターギュの足跡を踏みながらぬかるんだ広地を歩いて渡ったという考えは、成り立たなくなってしまう。もし犯人がそうしたならば、モンターギュの足跡を踏みつぶしてしまうからね。

ニッキイ （なげやりに）それなら、モンターギュさんの方が、殺人者の足跡を踏んで歩いたのかも——洞窟に入るときに！

エラリー モンターギュが一番小さい足の持ち主なのに、どうしてそんなことができるのかな、ニッキイ？ モンターギュの足跡のまわりに、殺人犯の足跡が消えずに残るはずだろう。いいや、ニッキイ、明らかに、絞殺者は広地を渡らなかったのだ！（また雷が、さっきより近くで）これは——驚くべきことだ。

ニッキイ でもエラリー、それだと……（間）それだとわたし、寒気がしてくるわ。犯人は広地を渡らなかった——そして、他のルートで洞窟に入ることもできなかった……。エラリー、わたしは幽霊なんか信じないわ！ 信じないんだから！

エラリー （つぶやく）きみの気持ちはよくわかるよ、ニッキイ。だって——（二人とも息を呑む。幽霊のうめき声がまたも聞こえる。二度。三度）

ニッキイ （ささやく）エラリー——またあの——気味悪いうめき声よ！

エラリー 落ち着け、ニッキイ、落ち着いて……（またうめき声、雷鳴のとどろく音、あっという間

に豪雨になる）

ニッキイ　（ささやく）エラリー、わたし――怖い……（またうめき声）

幽霊をテーマとする音楽、高まる……降り続く豪雨の音が遠くで……室内のざわめき……

ローラが泣いている。

ニッキイ　（弱り切った様子で）ローラ――目が真っ赤じゃないの――一晩中、泣いていたのね――

ローラ　（ささやく）パパは昨夜の内に――運び出されて――次の日になって――もう二度とパパに会えないんだわ……ああ、ニッキイ！（抑えた泣き声にニッキイのささやきが重なる。一同、アドリブでローラを慰めようとする。ドアが開いて、閉じる）

ヴェリー　（鋭く）みなさん、どなたもそのまま動かんでもらいましょう。（一同、アドリブを止める）

警視　（ぶっきらぼうに）ヴェリー、おまえのそのうすらでかい背中をドアにつけて――見張っておれ。

ヴェリー　（いかめしく）任せてもらいましょう。（叫ぶ）で、何を見張るんですかい？（ぼそりと）幽霊ですかな、ふふん……。あたしの方がそいつに幽霊のように張り付いてやりますぜ！

ニッキイ　警視さん、これから何が起こるの？　顔つきが――怖いわ。

エラリー　（静かに）袖に何を隠しているのですか、お父さん？

警視　おまえはのんべんだらりとしていたのだろうな！　わしの方は、この二十四時間というもの、袖に隠すものを探して、電話をかけ続けて——そして、充分集まったと確信したわけだ！

コリンズ　（静かに）きみがもし、何かを——われわれに話すだけの意味があるものを持っているなら、警視——

ルイス　（かん高い声で）このうんざりする謎を打ち止めにしてくれ！

警視　（おだやかな口調で）いいでしょう、ルイスさん。お望みのようなので——あなたから始めますかな。さて、あなたとモンターギュは、二十年にわたる敵同士だった——

ルイス　敵——！　おまえさんは頭がおかしいようだな！　おれたちは好敵手というやつさ。そいつがまぎれもない真実だ。それとも——あんたはこのおれをコリン・モンターギュ殺しで告発しているのか？

警視　（おだやかな口調を保って）好敵手が不倶戴天の敵になってしまうケースがいかに多いか知ったら、あなたも驚かれるでしょうな、ルイスさん。その上、モンターギュはあなたが——死ぬほど——欲しがっているものを持っていた。

ルイス　（驚いて）何だと？　あいにくと、モンターギュは貧乏人なんだ——。（立腹して）子供だましだな！　これ以上議論する気はない！（つぶやく）何を持っていたと……

警視　（おだやかな口調を保って）モンターギュは、あなたが喉から手が出るほど欲しがっていたコレクションを持っていたでしょう、ルイスさん。おそらく世界でもっとも充実して、もっとも価値のある心霊現象のコレクションを……。

エラリー　でもお父さん、モンターギュが死んだからといって、ルイスがどうやってそれを手に入れられると――

警視　（いかめしく）モンターギュの遺言状の立会人をつかまえた。遺言では、モンターギュは自分のコレクションを〝好敵手のアレクサンダー・ルイス〟に遺贈することになっておるのだ！

（一同、アドリブで反応する）

コリンズ　だが警視、その動機はあまりにもばかげている――何冊かの本に対する所有欲のために、人ひとりを殺すなんて。とても考えられんよ。

警視　そう思いますかな、コリンズ教授？　では、お次はあなたにタックルするとしますか。

コリンズ　（あえぐ）私に？

スー　（ショックを受けて）あなた、この人は頭がおかしいのよ――

警視　この件に関しては、あなたの出番はないですな、コリンズ夫人。そう、教授、あなたです。モンターギュはかなりの金額をあなたから借りていた――違いますかな？（間）違いますかな！

コリンズ　（静かに）ああ。わかったよ。そうだ、警視。その通りだ。

ローラ　（ゆっくりと）知らなかったわ。知らなかった――

ニッキイ　ローラ、どうして出て行って横にならないの？

エラリー　（たしなめるように）ニッキイ。

警視　（鋭く）教授、モンターギュはこの借金を返せなかったのでしょう。そこで、あなたとある取り決めをした。モンターギュが総額二万千五百ドルの――あなたへの借金と同額の――生命保険に加入するというものだ！

ローラ　（あえぎながら）あなたが――あなたが父を殺したの？

エラリー　お父さん！　モンターギュは、コリンズ教授を保険金の受取人にしたということですか？

警視　さよう！　モンターギュが死んだ今、コリンズは保険金を受け取り、貸した金額が戻って来るというわけだ。……それに教授、ここ最近、あなたはいささかお金に不自由しているそうですな。違いますかな？

スー　（泣きながら）あなた、そんなこと認めないで――この人たちの考えは間違っているって――あなたは誰も殺してないって――やってないって……

コリンズ　（静かに）スー、ダーリン。私はコリン・モンターギュを殺していない。これでいいかね？

スー　おお、あなた。ええ……ええ、それでいいわ。（腹立たしそうに）クイーン警視、よくもまあ、夫が人殺しなどと……

警視　それなら、あなたの方はどうですかな、コリンズ夫人？（間）（鋭く）そう、あなたのことだ！　かつて、あなたとコリン・モンターギュが夫婦だったことを、ご主人は知っておりますかな？　あなたが赤ん坊をモンターギュの元に残したまま逃げ出して、その後コリンズと結婚したことは？（一同、息を呑む。間）

スー　（弱々しく）そう、わかって――わかってしまったのね――
コリンズ　（うろたえて）スー、認めるのか、おまえがモンターギュと――
警視　（勝ち誇ったように）ということは、あなたは知らなかったのですな、コリンズ！
ローラ　（つぶやく）コリンズの奥さんが、あたしの――お母さんなの？（弱々しく）あたし――とても……信じられない……（気絶して倒れ込む音）
ニッキイ　失神したわ！　ローラ！　ねえ、ローラ！
コリンズ　（怒って）警視、たとえそれが事実だとしても――今ここで――それを持ち出すことは――愚かで非道な行為ではないか！
スー　（やけになって）ローラにも、他の誰にも知られたくなかったのに。ローラ！　かわいい子！　ああ、ローラ……（すすり泣く）（愁嘆場《しゅうたんば》が展開される）
ルイス　おいおい、頼むよ。どいつもこいつも大声を張り上げて――
コリンズ　警視、私はきみに――これをやめさせないといかんな――
ヴェリー　（怒鳴りつける）その手の話は控えてもらいましょうか――あんたのことですぜ、教授！
警視　（大声で）コリンズ夫人、あなたがモンターギュから持ちかけられた〝離婚〟の申し立てが成立したことは、まだ確認がとれておらんのですがね！
スー　（あえぐ）何を言いたいの？
コリンズ　きみがほのめかしているのは――？

警視　コリンズ夫人、わしが言いたいのは、調べた限りでは、あなた方はまだ離婚していない、いない、ということなのだ！　わしらはこの事実を知り、モンターギュはあなたを脅迫するために――あなたが重婚者だとばらすと脅すために、ここにやって来たと考えた――

ニッキイ　エラリー、警視さんを止めて！　お願い……

エラリー　（きつい声で）お父さん！　お父さん、頼むから、けんか腰で話をしないで……（狂ったように延々とドアを叩く音。一同、アドリブを止める。間）

ニッキイ　（ささやき声で）あれは……誰なの？

警視　（舌打ちして）ヴェリー、ドアを開けろ。（ドアが開く。雨音が大きくなる）

コリンズ　（もごもごと）ガブリエル・ダンか。何の用だ、ガブ？　こっちは忙しいのだが――

ガブ　（けわしい声で）これを聞き逃していいほど忙しくはないはずじゃ！　おまえさんのとこの使用人――フィンチと言ったな――を、〈呪われた洞窟〉の中で見つけたところだ……絞め殺されておった！（遠くから幽霊のうめき声が）

音楽、高まる……外は大雨で……森の中をつまずきながら進む足音……息を切らして……。

エラリー　（息を切らして）フィンチか……見かけないと思っていたが。コリンズ家の召使いにして執事にして運転手が……絞め殺された――しかもあの洞窟の中で――。

ガブ　（同じように息を切らして）〈絞首人〉の仕業じゃと言わせてもらおうか！　これ以上せんさ

くするなら、身の危険を覚悟するんじゃな――

ヴェリー　（同じように息を切らして）黙ってろ――この〈ノートルダムのせむし男〉が。

警視　（同じように息を切らして）今度、誰かがわしに「幽霊」とぬかしたら、一発くらわさねばならんな！　そこの連中、静かにしたまえ！

エラリー　（息を切らしたまま）この広地は――雨が足跡をすべて洗い流してしまったようだ。いまいましい――（泥をけあげる音）

警視　（大声で）このくそったれ洞窟に入るとするか！　（ドアがきしむ。雨音が少し小さくなる。間）

ヴェリー　（不安げに）誰も――誰もここにはいませんな――

警視　死体を除けば、な！　おいヴェリー、おまえのために山があるようなことを言っておったな。大気に酔うだと？　詩人だなんて、冗談じゃない！

エラリー　（考え込むように）絞め殺されている……

警視　だが、今回は普通のやり方だぞ。親指の跡が首の前面にある。サバみたいに死んでおるな。

ヴェリー　言わせてもらうと、死後十時間ってところですな――夜中の一時あたりに絞め殺されたことになる。

エラリー　（少し離れた位置で）おっ！　（ゆっくりと）ぼくが見つけたものを見てください。（鋭く）ガブ、きみが少し前にフィンチの死体を見つけたときも、これはここにあったのかい？

ガブ　しかり。今あんたが地面から拾い上げた場所にあったな。わしは手を触れておらんからのう。

ヴェリー　クイーンさん、そいつは何ですか？　おや、完全に壊れているじゃないですか！
警視　（乱暴に）見せろ、エラリー。
エラリー　（うわの空で）これですよ、お父さん。
ヴェリー　カメラですな――カメラの残骸だ！
警視　粉々に砕かれておるな。故意にやったものらしい。踏みつけ、ジャンプしたのだ。フィルムは外されておる……（泥水をはね上げる音が近づいてくる）
コリンズ　（息を切らして登場）必死で後を追ってきて……（間。弱々しく）フィンチ。フィ、フィ、フィ、フィンチなのか。哀れなフィンチ。彼は――彼はまるで――
ヴェリー　（かみつく）自分のログキャビンに残ってるように言ったと思うんだがね、コリンズ教授！
警視　（おだやかに）かまわんさ、部長。コリンズ教授、この残骸となったカメラが誰のものか、わかりますかな？
コリンズ　何ですと？　カメラ？……おお、ええ。それはフィンチのだ……哀れな若者フィンチ。信じられん。彼がもう、口をきけないなんて。彼については何も知っていなかったな。いい使用人だった。それが、こんな風に殺されてしまうなんて――たった一人で――洞窟の中で――
ガブ　（重々しく）〈絞首人〉の仕業じゃよ、教授。おぞましい古《いにしえ》の幽霊――恐るべき者の。
警視　（小声で）エラリー、ヴェリー、ちょっと来い。コリンズ――ガブ！　あんたらは外で待っていてくれ。（アドリブで二人は退場）

エラリー　（うわの空で）それで、お父さん？

ヴェリー　（意気込んで）何かわかったんですな、警視？

警視　（おだやかに）これはフィンチのカメラだ。そして、フィンチのカメラが幽霊を退治してくれたのだ。

エラリー　幽霊を退治？　ああ、もちろんそうです。

ヴェリー　何が「もちろん」なんです？　あたしには見当がつかないんですが、警視。

警視　フィンチは、昨日の朝のモンターギュ殺しを目撃したに違いないからだ！　おそらくは、モンターギュとルイスが実験に行くのを見るために、早起きしたのだな。カメラを持って、ルイスを出し抜くために一人で先に出たモンターギュの後を追い、殺人の光景を撮影した……

ヴェリー　そして、写真を使って殺人者を強請《ゆすり》にかかったわけですな！

警視　そうだよ、先生。おそらく、殺人者と洞窟で昨夜に会う約束をしたのだろうな。そして、カメラを一緒に持っていくほどの愚か者だったので――その間抜けぶりと骨折りの報いとして、死への首締めを受け取ったのだ。殺人者はカメラを壊し、粉々に砕いて……

ヴェリー　あのう、ですが、そいつは誰のことなんですか？　殺人者って誰なんです？

警視　わしにはわからん――今のところは。だが、一つだけわかっておる……殺人者は幽霊ではない！

エラリー　（おだやかに）そうです、お父さん、殺人者は幽霊ではありません。幽霊は、自分に不利になる証拠を隠滅することに関心を抱いたりはしません。人間の殺人者だけが、そういったことに関心を抱くのです。モンターギュとフィンチは、生きている人間によって絞殺されたのです。

ヴェリー　(鼻をならす) その程度の推理だったら、あたしでもできますな、クイーンさん！

警視　(ぶつぶつと) 謎なのは――誰がやったのか？　誰が洞窟の中でモンターギュを殺したのか？　彼らの中にいるに違いないのだが――

エラリー　(おだやかに) その謎にも答えることができますよ、お父さん。

ヴェリー　何ができるって？

エラリー　洞窟に向かって森を走り抜けていたときに、この驚くべき出来事を再構成できました。何もかもわかりましたよ！

警視　誰がモンターギュの首を絞めたのか、わかったのか？　だが、それだけでは――

エラリー　わかっています、お父さん！　みんなを広地の端に集めてくれれば、犯行手段もご覧に入れますよ！

音楽、高まる……続いてゲスト解答者のコーナーに。

聴取者への挑戦

この事件の解答者たちに向けたエラリーの前ふり部分の脚本を、われわれは持っていない。

だが、二〇〇五年の読者が、挑戦に対する正解を出せるであろうことを望む。

もう雨はやんでいる……何人もの足が小枝を踏み分けながら森を進んでいる……背後では森をテーマとする普通の曲を流す……一同はアドリブで。

ニッキイ　（気にかかるように）でもエラリー、これから何をするつもりなの？

エラリー　独創的な犯罪——コリン・モンターギュ絞殺事件——における殺人方法《モダス・オペランディ》の再演だよ、ニッキイ。

ニッキイ　あなたが演出者をつとめるわけね？　なんでそんなことをするの？

エラリー　百聞は一見にしかず、と言うじゃないか、ニッキイ。頭は目よりも早いのだけど、説得力には欠けるのでね……。ああ、広地に着いたぞ。（二人の足音が停まる。背後の足音が近づく）

ニッキイ　あら、あなたは非の打ち所がない舞台が手に入ったわね、ミスター・クイーン。もう雨は上がって、洞窟の前のぬかるみは、貴婦人の顔のようにきれいですべすべしているわ……。

警視　（登場）よろしいかな、みなさん！　ここで止まってください。

ヴェリー　（登場）ぬかるみに足を踏み入れちゃなりませんぜ！（足音。すぐに停まる）

ルイス　（不快そうに）目立ちたがり屋の演出というわけか！

ガブ　フィンチのやつの死に関しては、足跡は関係ないと思うがのう——

ローラ　（ヒステリックに）なぜ誰も、積極的に協力しようとしないの？

スー　ねえローラ――お母さんのそばに来て――

ローラ　（ヒステリックに）「お母さん」だなんて言わないで！　何年もほったらかしにしておいたくせに、あたしが腕の中に飛び込むのを期待してるの？　あたしは絶対に許さないわ――絶対に！

ニッキイ　そんなことを言っては駄目よ、ローラ――

スー　（すすり泣きながら）悪いのはわたしなのよ……（ローラも泣き出す）

ニッキイ　二人とも、赤ん坊みたいなことをして――似たもの母子ね！

コリンズ　スー――ローラ……ああ、何ということだ！

エラリー　お静かに。（沈黙）みなさん全員に、ここに――ええと――〈呪われた洞窟〉前の広地の端に集まってもらったのは、幽霊にまつわるすべてのナンセンスをあばき、現実世界に戻ってくるときが来たからです。

ローラ　（ヒステリックに）あたしの父は戻ってこないわ！

エラリー　（やさしく）きみは、お父さんの殺人者がつかまらないままでもかまわないのかい？　違うだろう、モンターギュさん？

ローラ　（熱っぽく）かまうわよ！　あたしは犯人がどんなひどい目にあおうと――これっぽちも気にしないわ。あたし自身の手で、責めたてて、引き裂いて、殺して――

警視　（ぴしゃりと）ガキみたいにわめくのは、そこまでにしてもらおう。これから、ここで行われた殺人のすべてを明らかにするのだからな！

ヴェリー　どうしてわかったんですかい、警視？　フィンチが犯人を知ってたとしても――

エラリー　ヴェリー、すでに説明したように、昨夜のフィンチ殺しは、モンターギュ殺しの必然的な帰結だったのだ。明らかに、同一人物による犯行なのだよ。従って、モンターギュ殺しの犯人を特定すれば、両方の犯罪を解決できることになるわけだ。

ヴェリー　（さめた口調で）〝まとめ売り〟みたいなもんですかい……おっと失礼、クイーンさん。

エラリー　モンターギュ殺しの中心となる謎は――〝いかなる方法でそれがなされたか？〟にあります。今、われわれは殺人の行われた朝と同じ状況のもとにいます――雨が降り、雨がやみ、洞窟前の広地のぬかるみは、なめらかで何の跡も残されていません。言い換えれば、今みなさんが見ている光景は、モンターギュが広地に足を踏み入れる直前に見ていたものと同じなのです――モンターギュが広地を渡り、洞窟に入り、狡猾きわまりない犯罪者の手によって死をもたらされる前に見ていたものと。（ローラが背後で泣いている）すまない、モンターギュさん。だが、これはやらねばならないことなのです。

ニッキイ　（離れた位置で）ローラ――わたしに寄りかかって。かわいそうに……。

エラリー　紳士淑女のみなさん、モンターギュは、幽霊ならざる者によって絞殺されました。絞殺者の手は人間の手であり――モンターギュの喉と首に人間の指の跡を残しました。いかに空想の翼を広げようとも、絞殺者が人間の手を持っていたならば、人間の足も持っていたことになり、人間の足はまた、ぬかるみに足跡を残さなければなりません。

コリンズ　後ろの森で首を絞められたモンターギュが、よろよろと広地を渡って、洞窟の中で絶命した可能性はないかな?

エラリー　ないですね、コリンズ教授。ぬかるみを渡ったモンターギュの裸足の跡が、まっすぐ一直線だったことを、忘れていませんか?

ニッキイ　(離れた位置で)最初に足跡を見たときに、わたしがそれを指摘したことを覚えているわ、エラリー!

エラリー　そうだったね、ニッキイ。そして、瀕死の人間は、一直線に歩いたりはしません。いいえ、広地を渡って洞窟に入ったとき、モンターギュはぴんぴんしていた上に、自らに迫り来る運命に気づいてもいなかったのです。言い換えると、殺人は洞窟の中でなされ、殺人者が洞窟の中でモンターギュを絞め殺すためには、自身も洞窟に入らなければならなかったことになるわけです。かくしてわれわれは、殺人者は広地を渡ったという仮定をしなければならなくなりました。というのも——われわれがすでに明らかにしたように——洞窟に近づくには、他のルートはないからです。よって、設問は〝どのようにして殺人者は足跡を残さずにぬかるみを渡ることができたのか?〟となります。これからその方法をお目にかけましょう。ヴェリー部長!

ヴェリー　(びっくりして)へ?

エラリー　部長、きみにはコリン・モンターギュの役を演じてほしい。

ヴェリー　あたしが死体の役ですかい、クイーンさん? 心臓によくないですな。

警視　ぶつくさ言うな、ヴェリー。エラリーの言う通りにするのだ。

ヴェリー　（ぶつくさと）あの人が望めば何でもやるのか――死体にだって。「部長、死体になれ」と彼は言いましたとさ。たとえ山の中だって、あたしは死体になって……

エラリー　そしてぼくは――きみを殺す役だ、部長。（一同、ざわめく）今は犯罪の行われた――朝の五時頃ということにする。部長、きみはルイスとの実験開始時刻より、たっぷり一時間も早く起きて――

ヴェリー　あたしが早く起きる？　おお、モンターギュが、ですな。

ルイス　モンターギュは、おれを出し抜こうとしたんだ！　もし、あいつが殺されていなかったら――

エラリー　しかし、殺されてしまったのです、ルイスさん……。いずれにせよ、モンターギュは一人ではありませんでした。（一同、アドリブで）そうです。彼を殺した人物が一緒だったのです。さて、モンターギュとその同行者は森に入り、山道を通り抜けて、この地点――洞窟の前の広地の端まで来ました。部長、ぼくと一緒に少しだけ森へ入ってくれ。そして、哀れなフィンチがカメラで写した光景を――この証拠写真のために、彼は昨晩殺されたのですが――再現してみせようじゃないか。では、今からご覧に入れましょう――（離れていく）モンターギュとその殺人者が、どうやって広地のぬかるみを渡ったのかを。

ヴェリー　（離れていく）はいはい。やりますよ、やれば……（残りの者は数秒間アドリブを）

エラリー　（離れた位置で）そう、そういうことだ、部長！

ヴェリー　（離れた位置で――驚いて）いやあ、たまげましたな！

エラリー　（離れた位置で）さあさあ、部長。（ヴェリーの息を切らす音）よしよし、そうだ――その茂みの後ろから出て、ぬかるみを渡ってくれ！（ざくざくという足音が一つだけ近づく。一同、突然、驚きのあまり息を呑む）

ニッキイ　警視さん！　ヴェリー部長が――エラリーを背負って運んでいるわ！

警視　おんぶとは、思いも寄らなかったな！

コリンズ　（興奮して）そうだったのか。こうやって二人がぬかるみを渡れば――足跡が残るのは一人分――ヴェリー部長の分だけだ……。

エラリー　（離れた位置で）もういいぞ、部長。降ろしてくれ！

ヴェリー　（息を切らして）さっさと降りてくださいよ！　ガチョウの羽とは桁違いの重さですな！（ぬかるみの上に降りる音。ぬかるみを歩く音が近づく）

スー　そう、これが実際にあったことなのね！

エラリー　（登場）ええ、コリンズ夫人。これが実際にあったことなのです。モンターギュがただ単に、殺人者を背負って、ぬかるみを渡っただけに過ぎません。こうやって洞窟に入ったのです！　ぼくは、どうしてそれがわかったのでしょうか？　一つめの理由としては、これが、足跡を残さずに殺人者が広地を横切ることができる、唯一の方法だったからです！

警視　わしもわかったぞ！　もう一つの理由は、モンターギュの首に残された、絞殺者の親指の位置だな。……うかつだった！

エラリー　その通りです、お父さん。親指の跡は、モンターギュの首の後ろ側に、上向きに残されていました。こういった跡が残るのは、犯行時に絞殺者がモンターギュの背後にいた場合しかありません。この点からも、ぼくの先ほどの推理が裏付けられたわけです。

ニッキイ　でもエラリー、一体全体、犯人はどうやって、モンターギュさんに自分を運ばせたのかしら？　どんな口実で――

エラリー　重要な疑問点だよ、ニッキイ。さて、当然のことながら、ぼくもすぐにその疑問に突き当たりました。いい歳をした男は、アディロンダック山脈で朝の五時に、おんぶごっこをしたりはしません。ある人物が別の人物を運んだという事実が示していることは――運ばれる側の人物が、運ばれなければならなかったということです。

コリンズ　クイーン君、「運ばれなければならなかった」というのは？

エラリー　ケガですよ、教授！　これを裏付ける重要な手がかりがあります。この場所でご友人のガブ老人が、森の向こうで見つけた痕跡について話してくれたことがあったでしょう。誰かが濡れた石の上で足を滑らし、這松の茂みの中に落ちた跡があったと。そのときガブは、モンターギュがつけた跡だと言っていました。なぜならガブは、モンターギュは一人きりだったと思っていたからです。しかし、モンターギュが何者かを運んだという事実が明らかになった今では、モンターギュではなく、彼の同行者が落ちたことによって生じた跡だったと考えられないでしょうか？

警視　確かにそうだ！　わざと落ちたんだな！　その同行者とやらは、わざと転落したわけだ。そして、足首をひねったとか、何かそのたぐいの演技をして、もう歩けないと言った――。それでモンターギュは、そいつを背負って、森を抜けて洞窟まで運んだのだ！

エラリー　そうです、お父さん。そして、ぬかるみの上に残された足跡を一組だけに――モンターギュのものだけに――した理由は、殺人に関するすべてを――いわゆる〈呪われた洞窟〉の便利な幽霊の仕業だと、われわれに信じさせるためだったのです。

ニッキイ　絞め殺したのも、そのためだったのね！　洞窟にまつわる言い伝えに合わせたのだわ！　伝説では、洞窟の幽霊は犠牲者を絞め殺したことになっているのでしょう？

スー　でもクイーンさん、あなた方が演じてくれたやり方では――恐ろしい犯人は洞窟の中にはいい入れますけど――

ガブ　さよう。洞窟から出るときはどうしたんじゃ？　空を飛んだのかのう？

エラリー　（くすくす笑いながら）実は、そうだったのだよ、ガブ――ある意味では。犯人はもっとも容易な手段によって、空を飛んだのです――下に向かって。もうおわかりでしょう。犯人は、足跡を残さずに洞窟から脱出することができる唯一の――被害者が死んだ今となっては唯一の――ルートを用いたのです。洞窟の天然の窓を通って！

ヴェリー　（うめく）そうだ、そうだ。なぜ、あたしは考えつかなかったんでしょうなあ？

エラリー　ぼくには理解できないよ、部長。明白この上ないことじゃないか。湖からこの洞窟の壁に空いた穴までは五十フィートもあるため、誰も湖から洞窟に入ることはできません。しかし、誰でも洞窟を出ることはできるのです――湖水の中に飛び込むことによって。みなさんは飛び上がることはできませんが、飛び降りることはできるのです。（間。鳥が飛び立つ音など）

ニッキイ　（小声で）でもエラリー——誰なの……その人は？（間）

コリンズ　（せくように）そうだ、クイーン君。きみは言ったな——わかっている、と。

エラリー　（重々しく）わかっています、コリンズ教授。殺人者が上演した、ちょっとした〝事故〟の場所は——ぼくが言いたいのは、殺人者が転落して足首をひねったふりをした地点のことですよ——どこだったでしょうか？

ガブ　わしがあんたに直接話したぞ。コリンズ教授のキャビンを出て、森に入ってすぐの場所じゃと。

エラリー　そうだ、ガブ。間違いなくそう言った。確か、教授のキャビンから「数ヤードも離れていない」場所だとも言ったね。

警視　だがエラリー——わしにはついていけないのだが。

エラリー　わかりませんか、お父さん？　モンターギュの同行者が、教授のキャビンから数ヤードの場所でケガをしたと偽ったことは明白です。——それなのに、モンターギュは森の山道を通り抜け、わざわざ洞窟まで同行者を運んだのです。なぜです？　なぜモンターギュは同行者を洞窟まで運んだのですか？　彼は、事故の現場から数ヤードも離れていないキャビンに、同行者を連れて戻るべきではなかったのでしょうか？　もしモンターギュの同行者が、コリンズ教授やコリンズ夫人や自分の娘だったら——たった一人の人物以外ならば誰でも——必ずやそうしたはずではないでしょうか？（一同、ざわめく）（きっぱりと）モンターギュが、同行者をキャビンに連れて帰る代わりに洞窟に運び込んだ理由は、たった一つしかあり得ません。そしてその理由とは——モンターギュと同行者は洞窟に向かう途中だったというものであり——二人は共に、それからの二十四時間を洞窟で過ごすことになっていた、というものです！（一同、息を呑む。早口で）そうです！　モンターギュの同行者は——どたん場で実験時刻の変更をでっちあげて、被害者を一時間早く起こした人物は——モンターギュを憎んでいて、彼の価値ある珍しい心霊研究のコレクションが自分に遺贈されるのを知っていたため、自らがその所有者となり、名声と富を得るために、殺人を企んだ人物は——（取っ組み合いの音）そいつを捕まえろ、ヴェリー！

警視　そうだ、逃がすなよ！

ヴェリー　観念しな！

ニッキイ　（金切り声で）ルイスさん！　ルイスさんだったのね！

音楽、高まる。

殺された蛾の冒険

The Adventure of the Murdered Moths

「殺された蛾の冒険」は一九四五年五月九日に放送された。戦場から帰還したばかりの若者は結婚を望み——ニッキイ・ポーターは結婚式が二組になればいいと思っている。あいにくとエラリーは、死んだ蛾の手がかりの方に夢中なのだが。

登場人物

探偵の　エラリー・クイーン
その秘書の　ニッキイ・ポーター
ニューヨーク市警の　リチャード・クイーン警視
ニューヨーク市警の　トマス・ヴェリー部長刑事
レストランの店主の　セス・ブラウン
花婿になりたがっている　ジェス・ペンドルトン
花嫁になりたがっている　バージニア・ウェンダー
その父親の　ウェンダー氏
婦人服の卸売業者の　モートン・ピングル

舞台　ニューヨークに向かう途上。一九四五年

音楽、高まる……そこに車の走る音が。車中で会話が交わされている。

警視　（いやみっぽく）わしらがどこにいるか、わかっておるのか、エラリー？
エラリー　ええと、お父さん、たぶん……向かっているのは……
警視　（うなる）どこかからどこかへ向かっているわけだ！
ニッキイ　名探偵のくせに、家に帰る道を見つけ出すことができないのね。
ヴェリー　さしあたり、あたしは飢え死にしかかってるんですが。あれはロードハウス（道路沿いの簡易ホテル）じゃないですか？　スピードを落としてください、大先生《マエストロ》！（車の速度が落ちる）
エラリー　（読み上げる）「セス・ブラウンの宿泊用キャビン」。
ヴェリー　「食事あり。ステーキ・ディナー一ドル五十セント――南部風フライドチキン一ドル」。停めてください！（車が停まる。ブレーキ音）
ニッキイ　ここに行くべきかしら？（車のドアが開く）
警視　わしは疑問だな、ニッキイ。

ヴェリー　何を言ってるんです？（車のドアが次々にバタンと閉まる。歩きながら）今のあたしはステーキを食べたいの？　それとも、あたしはチキンを食べたいの？　あたしはステーキが食べたいようだ。おっかさん《マンマミーア》！（チリンという音と共にドアが開く）おっと、締めにはブルーベリー・パイを食べなくちゃ。

警視　（しぶしぶ）みすぼらしい店だな。（呼び鈴と共にドアが閉まる）

ニッキイ　それでも、ここで食事をしている人は、い、い、いるみたいよ。あそこに若いカップルがいるわ。

ヴェリー　確かにそうですな。（気どって）椅子をどうぞ、ポーターお嬢さま。（椅子が床をこする音と、ニッキイのアドリブの笑い声）殿方もお座りください！（椅子の音。テーブルをバンバン叩く）注文だ、給仕！

警視　その元気はステーキのために残しておいてくれんか、ヴェリー。（ピシャリ）見てみろ、蛾《が》がいっぱいだ！（スイングドアがキーキーという大きな音を立てて開き、元に戻る）

ニッキイ　大声を出さないでくださる、警視さん。店主が来たわよ。

ブラウン　（登場）こんばんは、お客様。何にいたしましょうか？

ヴェリー　あたしが「みんなそろってステーキ・ディナーだ」と決めつけても、不平は出ませんや、ご主人。

ブラウン　ステーキですか？　ステーキはありません。

ヴェリー　おっと、品切れになるほど人気があったのか？　よし、南部風フライド・チキンだ。

ブラウン　チキンですか？　チキンはありません。（間）

警視　ブルーベリー・パイも聞いてみたらどうだ、ヴェリー。
ブラウン　ブルーベリーはありません。トマトか野菜のスープ、ビーンズかスパゲッティ、ライス・プディングかアップルパイ、ミルクかコーヒー。この中からお選びください。どれになさいますか？
ヴェリー　（怒って）それなら、あの看板に書いてあることは、何なんだ？
ブラウン　かみさんには、あんなことは書くべきではないと言ったんですがね。でも、「あれが客を引き寄せてくれるはずだ」と言われてしまって。
エラリー　客を遠ざける効果もありそうだけどね、ブラウンさん。ニッキイ、きみは何にする？
ニッキイ　（ため息をついて）コーヒーだけでいいわ、エラリー。
エラリー　コーヒーを二つ。
警視　三つだ。（やさしく）おまえはどうする、ヴェリー？
ヴェリー　うぐぐ、そうですな……（かみつくように）トマトスープ――ビーンズ――ライス・プディング。それにコーヒーと――ミルクもだ。（ぶっくさと）ブラウンさん、あんたの奥方の顔をぜひ見たいものだな。
ブラウン　妻ですか？　妻はいません。二週間前にあたしを捨てて出て行きました。怒り狂ってね。今頃は、この商売をつぶすべく、あれこれふれまわっているはずです。（退場しながら）トマトスープ――ビーンズ（離れた位置でスイングドアの音が。間。それから警視とエラリーとニッキイは爆笑する）

ヴェリー　（かっとして）いくらでも笑ってください！　みんなだって、あの看板を見たでしょう！

ジェス　（登場）失礼します――（笑い声がやむ）おれたちは、あそこに座っていたんですが――

警視　うん？　何かな、お若いの。

ジェス　その……おれの名前はジェス・ペンドルトンといいます。おれたちは、その……おれたちは問題を抱えてまして。おれと、おれのガールフレンドのことです。それで……（呼びかける）バージニア、こっちに来てくれ。さあ、おいで。

バージニア　（離れた位置ではずかしそうに）でもジェス……（近づいて）あなた、もしかして……？

ジェス　ああ、そうだよ、ダーリン。この人たちは、いい人みたいだからね。きみに紹介したいんだけど、ええと……？

警視　わしはクイーン警視――こちらはニッキイ・ポーター、せがれのエラリー、それにヴェリー部長刑事だ。

ジェス　こちらはおれの――こちらはバージニア・ウェンダー。（アドリブで挨拶を交わす）

エラリー　（親切そうに）きみは、問題を抱えていると言ったね？

ジェス　ええと、その……おれたちは今夜、結婚したいと思ってるんだけど――

ニッキイ　そんな問題なら、わたしも抱えたいものだわ。

ジェス　でも、この道を下ったところの治安判事は、立会人を連れてこなくちゃいけない、って言うんです。

バージニア　（すがるように）あたしたちは、正式なやり方をしたいのです。わかってもらいたいのですが――

ニッキイ　（あたたかく）あら、それなら何の問題もないわ！

警視　ニッキイ、待ちたまえ。きみたち二人は、若すぎるように見えるのだが――

バージニア　（すばやく）おお、あたしは十八歳を超えてますわ、警視さん――

ジェス　警視さん、おれが二十二歳の若造だっていうのは間違いないけど――これでも除隊したばかりなんだ。十八ヶ月も海外にいたんだよ。

バージニア　ジェスは〈名誉戦傷章《パープル・ハート》〉も受けてます。それに――

ジェス　もういいよ、ジニー！（バージニアの愛称）どうやらおれたちの望みは、もう充分伝わったみたいだ。

バージニア　（期待を込めて）それで、あたしたちの立会人を務めていただけないでしょうか？お願いできませんか？

ニッキイ　ジニー、立会人の二人はわたしに任せてちょうだい。

バージニア　ありがとう、ポーターさん！

エラリー　ぼくも入っているのか。花を探しに行かなくてはならないな――。

バージニア　そんな、いいですよ、クイーンさん。どうか気にしないで――

ニッキイ　ナンセンスだわ、ジニー。花のない結婚式なんて、考えられる？　それに、他に女の人がいないとなれば、花嫁のブーケは間違いなく、わたしが受け取れることになるわけだし。

（一同、笑う）

ヴェリー　（大声で歌う）「花嫁がやーって来て……（「結婚行進曲」）」（離れた位置でスイングドアが——いつもと同じくキーキーという音が往復の二回分）

ブラウン　（やって来て）あたしを呼びましたか？

ヴェリー　踊らん哉《かな》、ブラウン！　結婚式に参ろうではないか。ワインはないかな？

ブラウン　ワインですか？（一同「ワインは——ありません」）その通りです。（一同、笑う）ソーダ水ならば用意できます。（退場しながら）他には、クリーム、砂糖煮、オレンジ——

ニッキイ　あら、オレンジがあるなら都合がいいわ、ブラウンさん！　オレンジの花なら、ぴったりじゃないの！

エラリー　そうだな——では、花嫁に乾杯といこうか。

ブラウン　（離れた位置で）オレンジは万能です——

バージニア　ああ、ジェス……！

ジェス　おいジニー、泣き出すんじゃないだろうな——（一同、笑う。離れた位置で、呼び鈴の音と共に、ドアがすごい勢いで開く）

ウェンダー　（離れた位置でほえる）ここにいたのか、バージニア！　入って来い、モートン！（離れた位置でドアがバタンと閉まる）（一同の笑い声が消える）

バージニア　（弱々しく）お父さん。（重々しい足音が近づく）

ヴェリー　（足音にかぶせて小声で）ははーん。頑固親父の登場ですな。

ニッキイ　（同じように）一緒にいるのが捨てられた求婚者だということは、わざわざ言わなくてもいいわよ。（足音が停まる）

ウェンダー　（近寄って）モートン・ピングルとわしに、しんどい追っかけっこをさせてくれたな、バージニア。来い、モートン！

ピングル　（離れた位置で）はい、ウェンダーさん。（近寄る）バージニア——きみがそんな——そんなやつと駆け落ちしたせいで、私がどんな立場に置かれてしまったか、わかっているのかね？

ニッキイ　思った通りだわ。

エラリー　（おだやかに）もう少し聞いてみよう、ニッキイ。

ジェス　（礼儀正しく）わかってもらえないでしょうか、ウェンダーさん——

ウェンダー　ペンドルトン、おまえは最低のゴロツキだ！

ジェス　おれに対してそんな口をきかないでください、ウェンダーさん——

バージニア　ジェス、お願い、ジェス——

ピングル　私は——きみの鼻面にくらわせなければならないな！　私の婚約者を盗んだのだからら！

ジェス　（くいしばった歯の隙間から）くらわせてみたらどうだ、ピングル——

警視　（おだやかに）ジェス、ちょっと待ちたまえ。ウェンダーさん、この大騒ぎは、何事ですかな？

ウェンダー　（そっけなく）それで、きみは何者ですかな？

警視　ニューヨーク市警のリチャード・クイーン警視です。

ウェンダー　ほう、そうだったのか？　では警視、こいつを逮捕したまえ！

警視　ジェス青年を？　何の罪ですかな、ウェンダーさん？

ウェンダー　娘のバージニアを誘拐した罪だ！

バージニア　（かっとなって）警視さん、ジェスはそんなことはしていません！　あたしは自分の意志で出たんです！　あたしの考えなんです、これは！

ウェンダー　黙っておれ、バージニア！　警視、これは罪になるはずだ。ニューヨーク州では、十七歳の少女と駆け落ちした男は、法を犯したことになるのだろう？

ジェス　バージニアは十八歳ですよ、ウェンダーさん。

ウェンダー　わしに自分の子供の歳を教えようとしとるのかね？　娘はあと六ヶ月たつまでは、十八歳ではないのだ！（間）

ジェス　（あえぐ）ジニー。本当なのか？

バージニア　（すすり泣きをはじめる）ジェス、あたし――あたし、あなたに嘘をついていたの。だって、もし本当のことを知ったら、あなたは――

ピングル　二人は、ごまかして結婚するつもりだったのか。

警視　ちょっと待ってくれ。きみは誰かな？

ピングル　名前はモートン・ピングルだ。ウェンダー氏と共に、〈婦人服卸売　ウェンダー＆ピングル社〉を経営している。そして、ミス・ウェンダーと結婚の約束をしている。

バージニア　あたしはそんなこと望んでないわ！　パパ、あなたが約束したんじゃないの！

ウェンダー　わしは、自分の娘にとって何が一番良いのか、わかっておるからな。

ジェス　ねえ、ウェンダーさん。あなたは一八九〇年より後の時代を生きているんでしょう？（一八九〇年は全米婦人参政権協会が設立された年）（今では、誰もが熱くなって言葉を交わしている）

ウェンダー　まだそこにいたのか、この金目当ての結婚詐欺師が！

ジェス　へえ、そうですか？　だったらあんたはくそじじいだ！

バージニア　（泣きながら）ジェス――パパ――

ピングル　バージニア、きみは口をはさまない方がいい――。

バージニア　あたしに指示しないでよ、モートン！

警視　静かに、静かに！（言い争いはやむ）ウェンダーさん、あなたはこのジェス・ペンドルトンについて、どの程度知っておるのかな？

ウェンダー　こいつは娘のことを大して知っておらんかっただろう。わしらもこいつのことは大して知っておらん――過去も交友関係も――何も知らんのだ！　こいつは海外から戻って来ると――自分でそう言っておった――金持ちの父親を持っているバージニアに目をつけて、無知なところにつけ込み――連れ出したのだ！

ジェス　（静かに）おれたちは愛し合っているんです、警視さん。それに、たとえ餓死しかかっても、彼の金は、銅貨一枚だってもらいたいとは思いませんね。

バージニア　あたしだって、そうよ！（すすり泣く）

ウェンダー　（怒鳴りつける）そのうち、一文無しにしてやってもかまわんのだぞ、お嬢さん――！

エラリー　（おだやかに）ウェンダーさん。（ウェンダー「うん？」）ご存じのように、男の子と女の子というものは、数日もあれば、驚くような成長をするものです。ぼくには、あなたがジェスを誤解しているように思われます。だがジェス、もしバージニアがまだ十八歳になっていないのなら、きみには手の出しようがないことになるのだ。

警視　せがれの言う通りだな、ジェス。バージニアが十八歳になるまで待った方がいい。

ヴェリー　たった六ヶ月だろう、坊や――。それに、そこの偏屈じいさんだって、彼女を無理矢理にピングルと結婚させることなんて、できっこないさ。

バージニア　あたしは六ヶ月も待てないの！（泣きながら）今すぐ――今夜、ジェスと結婚したいの――

ウェンダー　あいにくと、それはできんな、バージニア。明日の朝、わしらはここから引き返して、五、六週間ほど休暇をとるつもりだからな。（バージニア「いやよ！」）この若造から離れた場所に移れば――

ピングル　それにバージニア、家に帰る頃には、きみの私に対する気持ちが変わっているに違いないさ。

バージニア　いいえ、変わらないわ、モートン！

ウェンダー　もういい、バージニア！　ここの経営者は誰かな？

ブラウン　あたしです。
ウェンダー　わしらはここに泊まらなければならん。宿泊施設はあるかね？
ブラウン　上等なキャビンが一つ。かみさんとあたしが使っていたやつですが、あいつはあたしから逃げ出して――
ウェンダー　そいつを使おう。娘とピングル氏の分は？
ブラウン　シングルルームのキャビンがあります。どれもバスルームにガスストーブ、その他にもいろいろ付いていますよ。何か用があるときは、ベッドのそばのボタンを押してください。ちゃんとしたホテル並でしょう。
ウェンダー　娘のキャビンは、わしの隣りだ。それから、こいつのキャビンの鍵は、わしに渡してくれ。
バージニア　（悲痛な叫びをあげる）あたし、パパを絶対に許さないわ。絶対に！　絶対に！
ジェス　くそっ、このまま指をくわえて見ていられるか――
警視　がまんしたまえ、ジェス。
ウェンダー　バージニア、すぐベッドに入りなさい。わしの睡眠薬を二錠ほど分けてやるから、ぐっすり眠れるだろう。では、わしらのキャビンに案内してくれ、所有者《プロプリエータ》君。
ブラウン　はあ？　あたしの名前はブラウンですが。（離れていく）こちらです――
ピングル　（離れていく）これはきみのためなんだよ、バージニア――
バージニア　（離れていく）ほっといてちょうだい、モートン・ピングル――！（離れた位置で呼び

鈴と共にドアが開く）

ウェンダー　（離れた位置で）宿泊料はいくらかな、ブラウン？

ブラウン　（離れた位置で）一泊一ドルです。あなたのキャビンは二ドルになります。

ウェンダー　（離れた位置で）何と！　二ドル——（ドアがバタンと閉まって声が途切れる。間）

ジェス　おいぼれの間抜けが。そのうち必ず——

警視　まあ、聞きたまえ、坊や。きみが考えていることが何であれ——やめておくことだな。

ジェス　そうでしょうね。（退場しながら）でも……

エラリー　どこに行くんだ、ジェス？

ジェス　（離れた位置で、今思いついたような口調で）どこにも。このあたりにいますよ。（離れた位置で呼び鈴と共にドアが開く）またお会いできるかも——

警視　ジェス——！（離れた位置でドアが閉じる。間）

ニッキイ　わたしたちの結婚式が行ってしまったわ。それに部長さん、あなたもディナーを食べ損ねたわね。

ヴェリー　空腹なんて、どっかに行ってしまいましたよ、ポーター嬢さん。警視、どうしますか？　家に帰りましょうや。

警視　（気にかかるように）だがヴェリー、わしは……。おまえはどう思う、せがれよ。わしにはどうも気になるのだが。

エラリー　（ゆっくりと）ぼくもですよ、お父さん。ぼくたちも泊まった方がいいと思いますね。

音楽、高まる。

アナウンサー　その晩遅く。クイーン一行はブラウンのロードハウスで味気ない食事を終えたところです……。（皿やナイフのカチャカチャという音。会話はなし。離れた位置で呼び鈴と共にドアが開いて閉じる）

ブラウン　（登場）食事はいかがでしたか、みなさん？

ヴェリー　（ぶつくさと）これで胃袋がふくれると思っているのかい？

エラリー　勘定書を頼むよ、ブラウン。

ブラウン　まだ結構です、旦那。朝、まとめていただきます。あたしは食器の片づけに来ました。

ニッキイ　キャビンの近くで、例の若者を見かけなかったかしら、ブラウンさん？　ジェス・ペンドルトンのことだけど。

ブラウン　影も形も。重荷を放りだしたんじゃないですかね。幸運な若者ですよ。結婚とはトラブルですから。もしあたしがブラウン夫人と結婚しなかったのなら、あいつはあたしを捨てることはできなかった――ねえ、そうでしょう？　それに、もしあいつがあたしを捨てることができなかったのなら、あたしの仕事場をつぶすための算段を毎晩練ることもできなかった。ねえ、そうでしょう？

警視　ほう？　そうかもしれんな、ブラウン。ところで、外のキャビンはどれも明かりが消えたままだな――どうやら何事もなかったようだ。それに、そろそろ真夜中だしな。(あくびをする) わしらのキャビンの用意はできておるかな、ブラウン?

ブラウン　みなさんの分を用意しておきました。

ヴェリー　警視、あたしもベッドにもぐり込むことにしますぜ。

警視　そうだな、ヴェリー。おまえたち若い衆はどうする?

ニッキイ　あまり眠たくないわ。(誘うように) エラリー、あなたは?

エラリー　眠くないな。ぼくたちはもう少し起きていますよ、お父さん。

警視　ではおやすみ。わしのキャビンはどれかな、ブラウン?

ブラウン　九番です。部長さんは十番。(離れた位置で呼び鈴と共にドアが開いて閉じる)(閉じたドアごしに) あなた方お二人は、厨房に来ませんか。あたしにつきあってください。皿洗いの最中なんで。

エラリー　いいとも、ブラウン。(スイングドアが開く)

ニッキイ　でもエラリー――外はとってもロマンチックな雰囲気で……

エラリー　(くすくす笑いながら) ぼくがきみと二人っきりになるのを期待しているのかい? (スイングドアが閉じる。まじめな口調で) 今夜はきみといると、何をしでかすかわからないんだ。豹変しそうでね。

ニッキイ　結婚の話を目の当たりにしたからでしょう。あの二人があなたを駆り立てたというわけね、違うかしら? (食器を載せたトレイがドンと置かれ、カチャカチャ音を立てる)

エラリー　まあ、いつの日か、きみをびっくりさせることになると思うよ、ニッキイ。（蛇口を開く。開いたまま。皿に水が当たってカチャカチャ音を立てる）

ブラウン　そんなにあせらなくてもいいですよ、旦那。あたしは十五歳の女と結婚したんですけどね。非の打ち所のない結婚生活で――かみさんに対しては何の不満もありませんでした。そして二週間前、あいつはパン切りナイフを取り上げると、あたしに向かって投げつけたんです。あたしの耳を切り落とさんばかりに。それから出て行きました。そして、生活費を請求。あたしは言いましたね。「何もしてやらない！」と。それで今、あいつはあたしを破産させようと企んでいるんですよ。あなたにとっても結婚は同じです。おっと。（蛇口を締める。皿の音がやむ）三番キャビンの呼び出しがありました。真夜中だというのに！　いまいましい。

ニッキイ　ブラウンさん、なんで？　どうしてわかったの？

ブラウン　あなたの後ろにある電気仕掛けの信号盤ですよ、お嬢さん。

エラリー　ああ、ぼくたちの頭の後ろにあるやつか。へーえ。三番キャビンと言ったね。ウェンダー老人のキャビンじゃなかったかな？

ブラウン　ええ、豪華なやつです。その機械はセールスマンが売り込みに来たんですよ。キャビンのボタンを押すと、ここでその番号が点滅するんです。（退場しながら）失礼しますよ。（離れた位置で呼び鈴が付いていないドアが開く）あのひねくれじいさんが何を欲しがっているのか聞いてきますから。（離れた位置でドアが閉まる）

エラリー　何も起きていなければいいのだが……。

ニッキイ　（憤慨して）ひどい話ね。彼女はかわいい女の子だし、ジェスはすてきな男の子だというのに。

エラリー　六ヶ月待ったからといって、あの二人の仲に亀裂が入ることはないさ、ニッキイ。

ニッキイ　父親の味方をするというのね！　あなたは結婚を、まるで――ブラウンさんと同じように話すんだから！　わたしはブラウン夫人の方の話を聞いてみたいわ。ブラウンさんの奥さんって、どんな人だったのかしらね。

エラリー　（ぼんやりと）ブラウン夫人かい？　彼女はやせてとがった顔とがっしりしたあごの持ち主で、鼻の先には茶色いイボがある。それに、金縁眼鏡をかけている。

ニッキイ　何を言ってるの!?!?　でたらめでしょう。

エラリー　信じていないね。

ニッキイ　どうすれば、そんなことがわかるっていうのよ――？

エラリー　ブラウンが戻ってきたら、すぐ証明してみせるよ――（離れた位置で呼び鈴が付いていないドアが開く）ああ、ブラウンさん！

ブラウン　（離れた位置で、かっかとして）あのウェンダーのやつが、何を頼んできたか、わかりますか？（離れた位置でドアが閉まる。近寄りながら）あたしにこう言ったんです。「眠れないのだ。それでベッドの明かりをつけて、睡眠薬を飲もうとしたのだが、水を入れるコップが見当たらなくてな。どこにあるのだ、ご主人？」と。あたしは彼にこう言いましたよ。「旦那、ここはリッツ・ホテルではありません。でも、あなたのひじの近くにあるものは何に見えますか？

豆の缶詰ですか?」と。コップはナイトテーブルの上にあったんですよ! まったく、あの間抜けは。(蛇口を開け、再び皿が音を立てる)

ニッキイ さっきの続きよ、エラリー。ブラウンさんに聞いてちょうだい。

エラリー ブラウンさん、あなたの奥さんはどんな外見でしたか?

ブラウン あたしのかみさんですか? やせてとげとげしい顔つきで——眼鏡をかけていて——あごは寝ている雌鳥《めんどり》もおびえるくらいがっちりして——

ニッキイ 何ですって!(エラリーはくすくす笑う) まさか、彼女の鼻には……

ブラウン 鼻ですか? 大きなイボがありました。それが何か?

ニッキイ (息を呑む) エラリー・クイーン、あなたって魔術師だわ。

エラリー (くすくす笑いながら) 今回は違うよ、ニッキイ——。きみをからかっただけさ。(真面目な口調になって) 数分前に——ブラウン、きみが出て行く前のことだよ——厨房の窓ごしに見えた女性の顔を描写してみせただけさ。その女性は、ブラウン、きみのことを悪意のこもった目でにらみつけていたので、ブラウン夫人だとわかったわけだよ。(皿が割れる音)

ブラウン (驚いて) あいつがここに? あたしを探りに来たのか! あいつはやるつもりだ——生活費の支払いを断られたときに、あたしに向かって言ったことを! お二方、そばにいてくれませんか——あたしを一人にしないでください!

ニッキイ でもブラウンさん、まわりに何人も人がいるところで、何かしたりはしないでしょう。

ブラウン あなたは、かみさんを知らないんだ!(うろたえて) どこに行くのですか?

ブラウン　ねえ――待ってください。あたしを置いていかないで！
ニッキイ　やっとその気になったのね！
エラリー　外の空気を吸ってきますよ。きみはどうする、ニッキイ？

少々ユーモラスな音楽、高まる……そこに外をぶらぶら歩く音が。

ニッキイ　（やさしく）きれいな夜空だわ……ねえ、エラリー？
ブラウン　（神経質に）でも、雨になりそうな雲ですよ、お嬢さん――。
ニッキイ　あなた、まだいたの？（歯がみしながら）ブラウンさん、あなたの奥さんは影も形も見えないし、もう一時間も散歩しているのよ。いいかげん、疲れたでしょう？
ブラウン　（神経質に）そ、そんなことはありませんよ、お嬢さん。これっぽっちも疲れていません。
エラリー　見たところ、ウェンダー老人も同じらしいな。彼のキャビンには、まだ明かりがついているから――真夜中から、ずっと。あれが三番キャビンなんだろう、ブラウン？
ブラウン　はい、そうです。それで、話を続けますと――
ニッキイ　結構よ、ブラウンさん。（やさしく）エラリー、見あげてみて。
エラリー　うん？　何を見あげるんだ、ニッキイ？
ニッキイ　（やさしく）空を見あげてちょうだい。（足音が停まる）

ブラウン　月の他には何も見えないですが。

ニッキイ　ブラウンさん、もしこれ以上――！（言葉を切る。それからやさしく）美しい月じゃなくって、エラリー？

エラリー　形は半円よりふくらんでいる。半月と満月の間だ。

ニッキイ　（やけ気味に）そして、わたしは十八歳を超えているのよ、エラリー……。

ブラウン　（いぶかしそうに）それが何の関係があるんですか？

ニッキイ　（逆上して）ブラウンさん、あなたに言ったはずよ――（離れた場所で争う音と叫び声が）

エラリー　ちょっと待った。（間。叫び声と争う音が大きくなる）何かあったらしい。ウェンダーのキャビンの近くだ！（駆け出す）

ブラウン　（少し離れた位置で）待ってください――あたしを置いていかないで！

ニッキイ　（走りながら）ジェス・ペンドルトンが叫んでいるんじゃないの……？

ジェス　（離れた位置で、争っている感じで）思い知らせてやる、ピングル――（怒って争っている声が近くなる）――これ以上の迷惑をかけるのなら――！

バージニア　（悲鳴を上げる）ジェス！　やめて！　無茶しないで！

ピングル　バージニア、こいつは……私を殺そうと……！（殴る音。うめき声などなど）

エラリー　おい！　ジェス、やめたまえ。やめるんだ！（争いは徐々におさまる）

ジェス　（息を切らしながら）こいつを殺してやるんだ、クイーンさん。こののぞき屋の密告屋を！

ピングル　これでおまえを牢屋にぶち込んでやれるな、ペンドルトン。私は——（駆け足が近づいてくる）

ヴェリー　（登場）へい、ここで何があったんです？

警視　（同じく）きみたちは、死者も目を覚ますくらい騒いでおったぞ！　バージニア、何が起きたのかな？

バージニア　（腹立たしそうに）パパがあたしのキャビンのドアに鍵をかけてしまったんです、警視さん、でも、ジェスがなんとか入って来てくれて、二人で話し合っていたんです、そのとき、外で物音がするのに気づいたんです、それで、ジェスが窓からのぞいていたモートン・ピングルをつかまえたんです——

ジェス　（苦々しげに）すると、ピングルがウェンダーさんに告げ口するって言ったんです——おれたちが不潔なカップルだと！——それに、こいつは他にもいろいろ言いました——バージニアについて——

ピングル　警視、こいつは私を襲ったんだ！　バージニア、きみのお父さんは、この話を聞くことになるぞ——今すぐに！

エラリー　（静かに）彼はもうとっくに聞きつけていると思うよ、ピングル。お父さん、この騒ぎの間中、ウェンダーが寝たままだというのは、おかしいと思いませんか？　お父さんとヴェリーは目を覚ましたというのに——しかも、二人のキャビンはここからもっと遠いのに。（間）

警視　（腑に落ちないように）そうだな……それに、明かりがついたままだ。

ヴェリー　真夜中の少し前に、警視とあたしが寝に行くために前を通ったときには、このキャビンは暗かったですな。
ブラウン　夜中にコップが欲しくてあたしを呼んだんですよ、部長さん。睡眠薬が飲みたかったそうで。
ニッキイ　だったら、そのせいだわ。あっという間に寝てしまったのよ。
エラリー　（不意に）様子を見てみよう。（数名の足音）
ヴェリー　カーテンが引かれていて――中が見えませんな。（足音が停まる）なんで窓を全部閉めているんでしょうなあ？
警視　（呼びかける）ウェンダーさん！（間）ウェンダーさん？
ヴェリー　（大声で）ウェンダーさん！（激しくノックする）ねえ、中にいるんでしょう！（間）
バージニア　（おろおろして）パパ！　起きて！（間）
ニッキイ　バージニア、そんなに心配しないで。お父さんは睡眠薬を飲んだんでしょう――あれはよく効くし――
エラリー　（鋭く）待ってくれ。臭いを嗅いでみてくれ――強く。（一同、思い思いに臭いを嗅ぐ）
ニッキイ　ガスだわ！
警視　なんてことだ。ドアに鍵がかかってなければいいが。（ドアを開けようとする）開くぞ！
（キャビンのドアが開く。全員がむせる）
エラリー　（叫ぶ）女性陣を向こうに！　部屋にはガスが充満している！（咳き込みながら声が遠ざ

かっていく）お父さん――そのガスストーブを――

警視　（やはり咳き込みながら声が遠ざかっていく）わかった、せがれ――（離れた位置で咳き込む）ヴェリー、窓を全部開けろ！

ヴェリー　（離れた位置で……咳き込みながら）よっしゃ。（三人の咳と合わせて窓が開く音が聞こえる）

バージニア　ねえ、パパはどこなの？（ヒステリックに）中にいるの？

ニッキイ　バージニア、やめなさい――

ジェス　ジニー、いけない！　中に入っては！

ピングル　バージニア、馬鹿なことはやめるんだ！

エラリー　（登場。喉が苦しそうに）お父さん、ゆっくりと。ゆっくり彼を……こっちの地面の上に横にしてください――

バージニア　パパ！

警視　（どなる）ヴェリー、ベッドの明かりを消せ！　もしショートでもしたら、わしらは空高く吹っ飛ぶことになるぞ！　消したら、とっとと外に出て来い――ガスが消えるまで、外で待っておらねばな！

バージニア　（おびえて）どうして動かないの？　パパ、起きて！

ニッキイ　気をしっかり持つのよ、バージニア。

ジェス　おれが彼女を見るよ――

警視　（重々しく）手遅れか、エラリー？

ヴェリー　（登場）無駄でしょう——ねえ、大先生《マエストロ》？
エラリー　彼は死んでいる。何もかも手遅れです。
ピングル　な、なんということだ。薬を飲んで熟睡していたのだな。そこにストーブのガスが漏れて、やられてしまったわけだ。なんという事故だ……！
警視　（冷たく）ウェンダー氏が睡眠薬が効いている間にガスにやられたのは確かですな、ピングルさん。——だが、ガスは漏れたのではない。ストーブに付いている四つのガスの元栓は、すべて全開になっておった。これは「事故」ではないのだ、ピングルさん——殺人なのだ。

音楽、高まる。

警視　キャビンの中はどうだ、ヴェリー？
ヴェリー　（登場）空気はすっかりきれいになりましたぜ、警視。
エラリー　では、中をじっくり調べるとしましょう。みなさんはこのまま外にいてください！
（足音）部長、またベッドの明かりを点けてくれ。
ヴェリー　（あちこちにつまずきながら）ちょっと待ってくださいよ。あった！（スイッチをひねる。間）
警視　（重々しく）ニッキイ、ドアを閉めてくれ。（キャビンのドアが閉まる）大したものは見つからんようだな、せがれよ。

エラリー　開封された――錠剤の箱――水の入ったコップ――椅子にかけられた服。本当に大したものはないですね。
ヴェリー　起こったことから考えると、この汚れ仕事は真夜中すぎにやられたようですな。みんなは真夜中すぎには、どこにいましたっけ？
警視　おまえとわしは、自分のキャビンで寝ていたではないか、ヴェリー。
エラリー　ニッキイとブラウン、それにぼくは、このあたりを散歩していました――
ニッキイ　ブラウン夫人を捜していたんです……。
ヴェリー　ピングルにはアリバイはなし。それに、二人のガキたちも同じだ。
ニッキイ　どうしてそうなるの、部長？　バージニアもジェスも、二人ともずっと一緒に――キャビンにいたはずよ！
警視　ニッキイ、それはバージニアがそう証言しているにすぎん。わしらが死体を見つける少し前にはキャビンにいたが、それより前にはいなかったかもしれんのだ。どうやらあの若者は、かなり苦しい立場にいると言わざるを得んな。なんてことだ！
ヴェリー　あいつには動機もありますな。
ニッキイ　わたしは信じないわ！　ジェスじゃない――違うわ。あんなにいい子なんだから。
エラリー　ぼくたちは堂々巡りをしているようですね。（鋭く）おや。これは何だ？
警視　何が「何だ」なんだ、せがれ？
ヴェリー　どうしてベッドの足側をじろじろ見てるんですかい、大先生《マエストロ》？

ニッキイ　わ、た、し、に見えるのは、死んだ二匹の蛾だけよ。

エラリー　（没頭して）そうだ、ニッキイ——二匹の死んだ蛾だ。ガスの毒にやられたことに、疑いの余地はない。

警視　（そっけなく）もしおまえが死んだ蛾を捜しているのなら——部屋の中央にももう二匹おるぞ、エラリー。

ヴェリー　（離れた位置で）それに、こっちの窓の近くにも別の一匹がいますぜ、大先生《マエストロ》。（げらげら笑う）

エラリー　（大真面目に）五匹の死んだ蛾。もう他にはいませんか？

警視　生きているやつなら、今しがた飛び込んで来たのが何匹かここにおるぞ。

ヴェリー　ですが、死んだ蛾はもういませんな、大先生《マエストロ》。逮捕しますかい？

エラリー　（静かに）そうしてくれ、ヴェリー。（一同、笑う）あいにくと、ぼくは真剣です。（一同、笑いをひっこめる）

ニッキイ　それはどういうことなの、エラリー？　またあなたの魔術のような推論なの？　死んだ蛾が、その推論に役立つとでも言うのかしら？

エラリー　死んだ蛾が教えてくれたのさ、ニッキイ。誰がウェンダー氏を殺したのかを。

音楽、高まる……続いてゲスト解答者のコーナーに。

聴取者への挑戦

再びアナウンサーが登場し——この時期はドン・ハンコック——コマーシャルを流す。「〈ヘアナシン〉は医師の処方薬と変わりません……手間いらず、調合いらず」。その間に、スタジオの解答者は、どうすれば死んだ蛾で殺人者を特定できるのかを見抜こうとする。

音楽、高まる。

ヴェリー　ようし、中に入ってくれ。（チリンという音と共にドアが閉まる）座って。

警視　（冷たく）クイーン氏が一席ぶちたいようなのでな。いいぞ、せがれ。

エラリー　ぼくたちがウェンダーの死体を見つけたとき、キャビンのベッドの明かりは点いていました——お父さん、あなたはヴェリーに明かりを消すように言いましたね。覚えてますか？　そして、ぼく自身も散歩の最中に、「ウェンダーのキャビンはまだ明かりがついている。真夜中から、ずっと」とニッキイに指摘しました。言い換えると、真夜中頃には、次のことが起こったように見えます。寝付けなかったウェンダーは、ベッドの明かりを点け、睡眠薬を飲み、深い眠りについた——そのあとで、殺人者が忍び込み、ガスの元栓を開け、眠っている男が中毒死するようにしてから出て行った、と。ウェンダーは真夜中よりあとに——ベッドの明かりが点いている時間帯に——殺されたように見えます。

警視　だがせがれ、まさにその通りだったのではないか。それがどうしたのだ……？

エラリー　蛾ですよ、お父さん！　同じようにガス中毒死した五匹の蛾です！　ぼくたちは、あり得ない場所で蛾を見つけたではないですか！

ヴェリー　どこで蛾が見つかると思っていたんですかい、大先生《マエストロ》──ウェンダーの札入れですか？（鼻を鳴らす）

エラリー　（平然と）まあね、ヴェリー。ぼくは、普段、明かりの点いた部屋で蛾が見つかるところで見つかると思っていたんだ！

ニッキイ　（はっとして）明かりのそばね。蛾はいつも、明かりのまわりを飛び回っているから！

エラリー　ベッドの明かりは常に頭の側にあります──それなのに、ウェンダーのベッドの頭側で死んだ蛾を見つけましたか？　いいえ！　二匹はベッドの足側で、二匹は部屋の中央で、一匹は窓の近くで！　そして、これで全部でした！

警視　（ゆっくりと）つまり、蛾がガスで死んだときには、ベッドの明かりは消えていたということになるな。

エラリー　そうです！　ならば、ウェンダーが死んだときも、明かりは消えていたことになります！　言い換えると、ウェンダーがキャビンで死んだのは、明かりが点いていたときではなく、消えていたときなのです！　では、ウェンダーのキャビンの明かりが消えていたのは、いつだったでしょうか？

警視　わし自身が、真夜中の少し前に言ったな。外のキャビンはずっと、どれも明かりが消えたままだった、と。

ヴェリー それに、あたしの方はこう言いましたぜ。その少しあとに、警視とあたしが寝に行くために前を通ったときには、ウェンダーのキャビンは暗かった、と。

エラリー 結論――ウェンダーは真夜中には既に死んでいた。――彼は、真夜中にベッドの明かりが灯される前に死んだのです！ ニッキイ、真夜中には何があったかな？

ニッキイ ええと、厨房にある電気仕掛けの呼び出し盤が、三番キャビンからの信号で点滅したわね。それでブラウンさんが、ウェンダーさんの要望を聞きに出て行ったわ。

エラリー そして、戻ってきたブラウンはこう言いました。ウェンダーはコップがどこにあるか尋ねただけだった、と。あり得ません！ ウェンダーは真夜中すぎには、それが何であろうと、尋ねることなどできなかったはずです――死んでいたのですから！

警視 ブラウンは嘘をついたことになるわけだ。ブラウン、おまえは嘘をついたな。

ブラウン い、いいえ。あたしは――あたしが言ったのは――

エラリー きみが言ったのは嘘だった。そうだろう、ブラウン。なぜだ？ なぜきみはミス・ポーターとぼくに、ウェンダーは生きていると――そのときはとっくに殺されていたのに――言ったのだ？ では、きみの嘘によって、何がもたらされただろうか？ きみが三番キャビンから戻って来たあともウェンダーは生きていたように思わせることに成功したのだ。そして、そのあと一時間以上も――死体が発見されるときまで――ぼくたちにくっついていたことによって、鉄壁のアリバイを作りあげることに成功したのだ！ (狂ったように走り出す足音)

警視　ヴェリー、やつを止めろ。（離れた位置で取っ組み合う音）

ヴェリー　（離れた位置で）おっと、そうはいかんぜ、ブラウン！（ボカリ。ウーン。ドタン）（近づいて）続けてください、大先生《マエストロ》。ブラウン氏はただいまの非礼をおわびしておりますので。

エラリー　あとは単に再構成するだけです。ブラウンは真夜中より前のいつか――おそらく、ぼくたちが泊まるキャビンの準備のためだと言って出て行ったときでしょう――に、ウェンダーのキャビンに行きました。明かりを消したキャビンの中で、彼は睡眠薬を飲んで熟睡しているウェンダーを見つけました。そこでブラウンは、ウェンダーの服を探ったのです。

ニッキイ　（いぶかしげに）エラリー、何のためなの？

エラリー　わかりきったことだよ、ニッキイ。お金のためさ！　ウェンダーは自分が金持ちだと言っていただろう。それに、ぼくたちみんなの前で、明日の朝一番に、バージニアを連れて五、六週間の休暇をとるつもりだとも言っていた。――それでブラウンは、彼が大金を所持しているに違いないとふんだのだ。

警視　そして、ブラウンは金を見つけ、ウェンダーを殺す決意を固めた――。ジェス・ペンドルトンが最重要容疑者になることがわかっていたし、ジェスがらみのゴタゴタにまぎれて、消えた金のことは見逃されると思ったのだな！

エラリー　そうです。そしてブラウンはガスの元栓を全開にすると、窓を閉め、眠っているウェンダーが中毒死するように細工したのです。しかし、ここでブラウンはアリバイ工作を行う必要に迫られました。そこで、お父さん、あなたとヴェリーが寝に行ったあと、ブラウンはニッキイとぼくを厨房に招き――突然、電気仕掛けの信号盤に呼び出しが入ったかのように、注意を向けたのです。彼はこう言いました。「三番キャビンの呼び出しがありました」と。ですが、ぼくたちは、盤上で三番が点滅を始めた瞬間を見たわけではありません――ぼくたちの頭の後ろの上の方にありましたからね。彼がそれよりも前に〝三番〟を点けていたことに疑いの余地はありません。それからブラウンは三番キャビンに再び向かうと、中に駆け込んでウェンダーのベッドの明かりを点けてから――ぼくたちの元に戻って、ウェンダーは薬を飲むためにコップを欲しがっていたと話したのです。かくして偽装は完璧になりました。キャビンの明かりが煌々《こうこう》としているのを見たぼくたちは、ウェンダーはまだ生きていると思い込んでしまいました。そのため、そのあとに死体を発見したときには、ウェンダーが殺されたのは、真夜中にブラウンがキャビンを訪れた後しかあり得ないと考えてしまったのです――。

ニッキイ　すべては、ブラウンさんが容疑をかけられないようにするためだったのね。厨房を出てからも、あなたとわたしに蛭《ひる》みたいにくっついていたのも、アリバイを作るためだったんだわ！　なんて――卑劣な人なの！

ブラウン　（うなる）嘘八百だ。何もかも！　死んだ蛾なんて――！

警視　地元の警察に連絡してくれ、ヴェリー。（ヴェリーはアドリブで離れていく）（やさしく）どうかな、バージニア？　きみはこれからどうするのかね？

バージニア　（ささやくように）結婚は十八歳になるまで待つことにします、警視さん。

ジェス　そうします。

エラリー　けっこう！　それでは、きみたち若者二人に、そのときには極上の結婚式にしてあげることを約束しよう！　ねえ、ニッキイ？

ニッキイ　極上の結婚式にするのは二組にできないかしら、ミスター・クイーン？

エラリー　ううん……。それよりも、キャビンに戻ろう——揃いも揃って、寝不足のようだからね！

音楽、高まる。

ブラック・シークレットの冒険

The Adventure of the Black Secret

マンフレッド・B・リーとフレデリック・ダネイは、本を愛していた――「ブラック・シークレットの冒険」の言葉を借りるならば、「魅惑的な古書の香り」を。かくしてエラリーは、書店をめぐる一つの謎を――実のところ三つの謎を――解くことを期待されるのだ。加えて彼は、ダイイング・メッセージを解読するだけに留まらず、ライバル探偵マイク・キャラハン――初期のEQラジオ・ミステリの数本に登場している――との功名争いもする羽目になるのである。その「ブラック・シークレットの冒険」は、一九三九年十二月十日に放送された。

登場人物

ニューヨーク市警の　リチャード・クイーン警視
ニューヨーク市警の　トマス・ヴェリー部長刑事
〈ワールドワイド保険〉の調査員の　マイク・キャラハン
素人調査員の　エラリー・クイーン
その秘書の　ニッキイ・ポーター
〈C・D・ブラック社〉の社長の　エドマンド・ブラック
その共同経営者の　アブナー・ワトスン
帳簿係の　バーベッジ氏
〈ブラック社〉の従業員の　キャスパー・リデル
〈ブラック社〉の従業員の　ミス・フランダース
警官、書店の客、あごひげの男

舞台　ニューヨーク市。一九三九年

このシーンは、人物の登場時点から、笑い声が絶えない。

警視　（くつくつ笑いながら）マイク、おまえとヴェリーが駆け出しの刑事で、わしが警部だった頃のことを——狭くてゴタゴタしていたウェスト・サイド地区に勤めていたときのことを、覚えておるかな？

ヴェリー　そうだ、マイク。あの事件のことは忘れちゃいないよな——金髪の可愛い子ちゃんが、「夫が、怪しげなやつらを家に泊めている」という苦情を申し立ててきたことを——

キャラハン　（笑いながら）だが、調べてみると、宿泊客は全員が夫の親類だった——

警視　（笑いながら）なぜそんなことをしたかというと、かみさんの方に、寝ぼけて旦那を爪やすりで襲う癖があったからだった。それで、哀れな間抜けは、身の危険を感じて、彼女と二人きりで寝るのを避けていたわけだったな？（全員が明るく笑う）

エラリー　（くすくす笑いながら）その親類連中は、そのうち遺影を用意することになったのでしょうね。

ニッキイ　キャラハンさんは、今でもまだ、警察官なんですか？
キャラハン　（クールに）そうだとも言えるし、違うとも言えるな。
ヴェリー　今のマイクは、〈ワールドワイド保険〉の腕利き調査員なんですよ。それで、あたしに会いに――
警視　なんでおまえに会わにゃならんのだ、ヴェリー？　おいエラリー、おまえなら、マイク・キャラハンのやり方を気に入ると思うぞ。おまえがするみたいな、鮮やかな推理をやってのけるからな――。
ヴェリー　そうですな。それにマイクも、いつだってお目当てのやつを捕まえますからな！
ニッキイ　それなら、エラリーより上だわね。
エラリー　（笑いながら）ニッキイ……。ところでキャラハン、訪問の目的は何かな？　旧交を温めるためかい？
キャラハン　いいや、クイーン。おれは、ワールドワイド社のために、〈C・D・ブラック社〉に関する事件を内偵しているのだが――
ニッキイ　（びっくりして）エラリー！　その会社って――
エラリー　わが子が安らかに眠っているところだよ。
警視　ブラック社だと？　この市では最古参の稀覯本《きこうぼん》売買業者だな。そこがどうしたのだ？
キャラハン　おなじみのやつです。資産の消失。ただし巧妙になされています。というわけでクイーン、きみの助力を仰ぎたいのだ。

エラリー 光栄だな、キャラハン。だけど、まだ何のことやら――

キャラハン 今朝がた、ブラック社を嗅ぎ回っていると、従業員の一人が電話をしているところを立ち聞きしてね。その男は、きみと午後の約束を取り付けていたんだ。

ニッキイ 本当に探偵さんね！ 盗み聞きだなんて――あなたみたいね、ミスター・クイーン。

エラリー （くすくす笑いながら）その通りだ、キャラハン――。バーベッジという老人と約束している。ブラック社の帳簿係だと言っていた。それがどうしたのかな？

キャラハン ブラック社の下の連中は、おれが誰なのかは知らないんだ。バーベッジじいさんが気にかかっていることが何か、聞いてみたいのだが、そのときには、おれが保険会社の探偵だということは、伏せておきたいと思っている。おれを、きみの同僚として紹介して、相談の席に加わらせてくれないか？（呼び鈴が離れた位置で鳴る）バーベッジが来たに違いない。どうだろう、クイーン？

ヴェリー イエスと言いなさいな、クイーンさん。マイク・キャラハンは、あたしらのかつての同僚なんですからな。（呼び鈴がまた鳴る）

警視 気にする必要はないぞ、エラリー。マイクは信用してよい。呼び鈴に出てくれ、ニッキイ。

ニッキイ （離れながら）トラブルがやって来た――わたしにはわかっているの……

エラリー もちろん、同席してかまわないとも、キャラハン！（離れた位置でドアが開く。何やら話している声が）

警視 （小声で）ヴェリー、おまえとわしは、隣の部屋に隠れよう。大勢でおいぼれ鳥を怯えさせん方がいい。

ヴェリー　（離れながら）あなたなら、南米の大鷲だって、怯えてしまうでしょうな……。（隣室のドアが開いて閉じるのと同時に、ニッキイとバーベッジがアドリブを交わしながら登場。バーベッジは紳士的な老人の声。好人物風）

ニッキイ　（登場）こちらです、バーベッジさん。

バーベッジ　（登場——神経質に）ありがとう、ありがとう、お嬢さん。あなたがクイーンさんですか？

エラリー　ぼくがクイーンです。電話をくれた方ですね？（同意する声）こちらはぼくの助手のキャラハンさんです。（アドリブを交わす）お座りください、バーベッジさん。お困りの様子ですね。

バーベッジ　ありがとう。おお、私のことですか。手のほどこしようのない状態でして……！クイーンさん、電話で話したように、私は、合衆国では老舗中の老舗の稀覯本古書店で、クーパー広場にある〈C・D・ブラック社〉で働いています……

エラリー　メモをとってくれ、ニッキイ。

ニッキイ　（ため息をついて）はい、ミスター・クイーン。

キャラハン　あなたはそこの帳簿係なのですね、バーベッジさん？

バーベッジ　そうです、キャラハンさん。（誇らしげに）ブラック社の社員では最古参でして。六十九歳になります。創業者のサイラス・ブラック氏の下で働き始めたのが一八八六年で——

ニッキイ　五十三年間も同じ会社で？　すごいわ。
バーベッジ　そうなのです、お嬢さん。十五歳の少年の頃に、働き始めたのです。ブラック家の三代にわたって仕えてきました――サイラス、ダリエン――二人とも故人です――それに、今はダリエンの息子のエドマンド・ブラック青年に。（ため息をつく）昔のようにはいかなくて……
エラリー　それだけ長いのは珍しいですね、バーベッジさん。それで、どんな厄介事で、ぼくを訪ねて来たのですか？
バーベッジ　そのう……ブラック若社長は、稀覯本の商売についてはあまり詳しくなくて――そのう、会社の業績が悪化して――そのう、しばらく前に、ブラック氏は共同経営者を入れさせられてしまって――ワトスン氏、アブナー・ワトスンという人物で――
キャラハン　アブナー・ワトスンは、この国の稀覯本専門家の中でもトップクラスの人物だよ、クイーン。きみも聞いたことがあるだろう。
エラリー　確かに聞いたことがある。バーベッジさん、エドマンド・ブラック青年は、自分に欠けている専門的知識を補うためにワトスン氏を会社に入れた、と考えていいですか？
バーベッジ　ええ、クイーンさん。知識と、それに新たな収入源も。そのう、ここしばらく、会社は上向きになりました。大きな理由は、ワトスン氏が新しいタイプのビジネスを始めたからです――古典名作の愛蔵版を、一部限定で刷るという。もちろん、金持ちの蒐集家向けに――
ニッキイ　一部だけの限定本ですって！　本当に、開いた口がふさがらないわ！

バーベッジ　美麗な本なのですよ、お嬢さん。ワトスン氏はこの仕事を手ずからやっています――ウェストチェスターの自宅には、印刷と製本の設備があって、彼自身もその専門技術を持ってますから。

エラリー　ワトスン氏は、共同経営者として、ブラック氏にかなりの幸運をもたらしたと言っていいようですね！

バーベッジ　ええ。しばらくの間だけは、ね。しかし、すぐに不振になり――高価な本の注文が減ってきて――ついには……。

キャラハン　（鋭く）それで、どうなったのですか、バーベッジさん？

バーベッジ　そのう……これだけでは、まだ最悪の事態にはならなかったはずなのですが、別のあることが起こってしまって。高価な古書が、次々に紛失したのです――在庫の中でも、最上級の初版本が。ブラック氏はあらゆる手を打ちましたが――盗みは相変わらず続きました。そのせいで、社長は気も狂わんばかりです。

エラリー　ブラック社は盗難保険には入っていないのですか？

バーベッジ　ああ、入っていますよ、クイーンさん――〈ワールドワイド保険〉に。この業界の最大手です。でも、彼らは調査していると言ってますが、まだ何も見つけていません。

キャラハン　（とぼけて）担当の保険調査員は誰なのですか、バーベッジさん？　心当たりは？

バーベッジ　本当に知らないのです、キャラハンさん。最近までこの事件を担当していた探偵は、解任されました。ブラック氏は、新しい担当者に期待しているのですが……。クイーンさん、私は年寄りです――生涯のすべてをブラック社に捧げてきて――自分の評判と同じくらい、会社の評判にも誇りを持っています……。どうか、泥棒を見つけ出してください！

エラリー　ふーむ。盗難がどうやって行われたかについて、何か考えはお持ちですか？

バーベッジ　いいえ。ですが……（神経質に）あることを見つけ出しまして……

キャラハン　（鋭く）見つけた？　何をです、バーベッジさん？

バーベッジ　（苦悩するように）あなた方に対してさえも、話せないのです――絶対に！　どうしても、今は……まだ……秘密なのです。（ゆっくりと）たまたま見つけてしまったのです。途方もなく、恐ろしい秘密を。

ニッキイ　秘密ですって？　わくわくする響きね、エラリー！

エラリー　（そっけなく）秘密というのは、みんなそうだよ――解き明かされるまではね。ではバーベッジさん、その秘密が何であるかは、われわれに話すことはできないと言われるわけですね？

バーベッジ　（苦悩するように）ああ、できないのです！　これはブラック社のみならず――おそらくは、稀覯本業界全体の評判を地に落としてしまうかもしれないからです！　おお、みなさんには、私が秘密めかした間抜けに見えることは、百も承知です。それでも――

キャラハン　（むっつりと）バーベッジさん、もし、その秘密がそんなに重大なものならば、あなたが一人で抱え込んでおくことは、会社のためにならないはずです！

バーベッジ　あなたはわかっていないのです、キャラハンさん――どうしたらわかってもらえるのでしょうか？　ああ、これは理解を超えた状況なのです！　ですが、あなた方にお話しすることはできない──単純に、話すことができないのです──今は。クイーンさん、泥棒が誰なのかを突き止めてください──そのためなら、私は自分ができるあらゆる助力を惜しみません──お願いします！

エラリー　あなたの上司の──ブラック氏かワトスン氏の──どちらかでも、あなたがぼくの助けを求めに来たことを知っていますか、バーベッジさん？

バーベッジ　いいえ。ワトスン氏は──彼は他人の助けを求めるような人ではありません。それと、ブラック青年は──私は、彼を自分の息子のように愛しているのですが、いかんせん、浮ついた性格で──自分が楽しむことばかり考えているのです──いつもパーティを開いたり、手品の練習をしたり──

ニッキイ　手品の練習ですって！（忍び笑い）失礼、バーベッジさん。

バーベッジ　（苦々しげに）私もいつも笑っていますよ。それでも、彼は子供みたいに──手品の種を仕込んだり──それで人をからかって遊んだり──

エラリー　（不意に）バーベッジさん、その事件を調べさせてもらいますよ。

バーベッジ　（感謝して）おお、ありがとう、クイーンさん！　どうか信じてほしいのですが──いずれ、お話しできるようになれば──

エラリー　バーベッジさんを送ってくれ、ニッキイ。さようなら。こちらから連絡しますので。

ニッキイ　（離れながら）こちらです、バーベッジさん。（バーベッジは退場しながら別れの言葉《アデュー》をア

ドリブで――。続いて、離れた位置でドアが開いて閉じる音）

エラリー　さてと、キャラハン。バーベッジ老がたった今、ぼくたちに話したこと以外に、何か知っていることは？（離れた位置で、別のドアが開く音）

キャラハン　（くすくす笑いながら）もしそれを話したら、きみはおれと同じくらい知ってしまうことになるわけだ。

警視　（登場）ヴェリーとわしも、一部始終を聞かせてもらったよ。あのじいさんは何なのだ――頭がおかしいのか？　秘密だと！　手品だと！

ヴェリー　（登場）彼は精神病院に行くべきでしたな！　クイーンさんは、あの偏屈じいさんが何を言っているのか、わかったんですかい？

エラリー　もちろんわかってないよ、部長。謎めいたヒント――とてつもない謎……。ああ、ごくろう、ニッキイ。きみは今の訪問者がお気に召したかい？

ニッキイ　（登場）とてもすてきなお年寄りじゃなくって？

キャラハン　（きびきびと）きみのすてきなお年寄りは、ぼくにすばらしいアイデアをくれたよ、ポーターさん。心から感謝するよ、クイーン――収穫があった。（退場）強面《こわもて》のお二人さんも、さようなら――。やらなくちゃいけないことが、できたんでね！

警視　（離れた位置でドアが開くのと同時に――くつくつ笑いながら）昔どおりのマイクだな！

ヴェリー　（離れた位置でドアが閉じるのと同時に）マイクは、あなたをライバルとみなしたようですな、クイーンさん。（笑う）

エラリー　（むっつりと）そう思うかい、部長？　ニッキイ、ぼくの新作原稿は、出版社に持って行けるようになっているかな？

ニッキイ　清書は午前中に済ませておいたわ、エラリー。

エラリー　それなら、そいつをぼくの黒いカバンに詰めてくれ。そうしたら、出かけるとしよう。

ニッキイ　出かける？　どこに出かけるの？

エラリー　ぼくの出版社さ、もちろん。

ヴェリー　（くすくす笑いながら）その途中で、〈C・D・ブラック社〉に寄るんですな。そうでしょう、クイーンさん？

警視　（くっくつ笑いながら）マイク・キャラハンが、おまえの逆鱗《げきりん》に触れてしまったようだな、せがれよ。

エラリー　あなたのご贔屓のマイク・キャラハンが勝負を望むなら、思い知らせてあげますよ！　行こう、ニッキイ！

音楽、高まる……アドリブで大勢のざわめき……。

リデル　（登場）おい、オフィスの中でどんなもめごとが起きてるんだ？　おれは在庫整理をしていたんで――

女性　い、い、わたしもわからないんです、リデルさん。ワトスンさんとブラック社長が、何やら話しているのは耳にしましたけど。何が問題なのか、誰か知らないかしら？
男　ぼくが知っているのは、老いたるワトスンと若きブラックが、ワトスンの私室に一時間ほどいたことだけですね。そうでしたよね、フランダースさん？
ミス・フランダース　確かにそうだったわ！　でも、どうしてあの人たちは、わたしたちみんなに、店の裏手に集まるように言ったのかしら？
　アドリブで口々に「わからない」という意味のことを。
リデル　気をつけな！　偏屈じいさんのお出ましだ。（離れた位置でドアが開く）
ワトスン　（登場――気むずかしく怒りっぽい老人の声）ブラック！　わしと一緒に出て来ないのか、ええ？
ブラック　（登場――若々しい声。冷ややかに）出ているところじゃないか、ワトスン。
ワトスン　ふん、だったら、こっちに来い！（間……ざわめきが高まる）ええい、黙りたまえ！
ブラック　（静かに）みんな、ワトスン氏から話がある。（ざわめきが小さくなる）
ワトスン　ブラック社長は仕事でフィラデルフィアに招かれていて――
ブラック　（ぶっきらぼうに）とっとと告知して、片づけてくれ、ワトスン。
ワトスン　よろしい！　さて、諸君も知っての通り、過去六ヶ月にわたって、〈C・D・ブラック社〉は立て続けに盗難の被害にあっている。（ざわめきは大きくなり、すぐに小さくなる）盗まれた本のほとんどが稀覯本だった。しかも、古書価の値上がりを待つために目録に載せていない初版本用の倉庫からさえも盗まれているのだ。（語気を荒げて）だから、わしは確信した。盗

難は内部の者の仕業だと！（怒声の混じったざわめきが小さく）きみたちの一人が泥棒なのだ！（怒声が大きくなる）

ブラック　落ち着いて――頼むから！（怒声はおさまる）この件についてのワトスン氏とぼくの意見は、まったく異なっていることをわかってほしい。きみたちの中に、不正に手を染めるような者はいないと信じている！

ワトスン　（冷たく）そいつは個人的意見だな。それはともかく、保険会社も行き詰まってしまったので、わしは荒療治を施すことに決めた！（ざわめきが高まる）

ミス・フランダース　（小声で）キャスパー……あの声の調子、わたしは嫌いだわ。

リデル　（小声で）おいぼれの――魔法使いめ！　もっと青くなればいいんだ！　息を詰まらせてもらいたいもんだな！

ミス・フランダース　（小声で）かわいそうなブラック社長。だいぶ落ち込んでいるみたい……。

ワトスン　静かに！（ざわめきが小さくなる）微々たる額の保険金を受け取ってはいるが、この盗難は、わが社の財務状況に深刻な打撃を与えているのだ。もし盗難がこのまま続けば、わが社は倒産の憂き目にあうことになる。そこで、全社員を――きみたち全員を――今夜の終業時刻をもって、解雇する！

　　間。無数のあえぎ声。

ブラック　（ためらいがちに）すまない、みんな。でも、ぼくにできることは何もないんだ。ワトスン氏は今では株の五十一パーセントを持っているので、会社の方針を決める力があるんだよ。

ざわめきが高まる。

リデル　（大声で叫ぶ）でも、おれたちの一人が泥棒だったとしても、なぜ、他の社員まで処罰されなきゃならないんだ？（大声で「フェアじゃない！」などなど）

ブラック　（小声で）ぼくは手も足も出ないのだよ、リデル。ワトスン氏は明日から二人の新しい店員が来るように手配しているところだ。それに、速記ができる秘書も新たに一人。ぼくたちは削減した人員でやっていくことになっている。それで、バーベッジじいさんはどこかな？

ミス・フランダース　しばらく前に出て行きました、ブラック社長。用事があるとかで。

ブラック　ぼくは……彼がここにいないことを感謝しなければならないな。（口ごもる。それからきびしい声で）ともかく、ここしばらくは、ぼくがバーベッジの帳簿づけを引き継ぐことになる。きみたちの誰か――フランダースさん――バーベッジに伝えてくれないか？　ぼくには……ぼくにはできないので。

ミス・フランダース　（涙ぐみながら）は、はい、ブラック社長。あの方が戻り次第……

ワトスン　（きびしい声で）きみたちには、はっきりと言っておいた方がいいな。ブラック氏は、わしにある約束を――感傷的でナンセンスな約束を――するように説き伏せることはできた。ただし、このアブナー・ワトスンに対して、不公正だと非難することは、誰にもできんのだ。（一同、悲痛なアドリブ。「ああ、何てことだ」「神様、お慈悲を……」などなど）その約束というのは、この盗難にまつわる謎がすべて明らかになったあかつきには――もしそうなったのなら――かつての社員は全員、再雇用する、というものだ。以上！　仕事に戻りたまえ！（ざわめきが遠ざかっていく）ブラック！　さっさとどこへ行くのだ？

ブラック　（吐きすてる）フィラデルフィアだよ。（退場しながら）行き先が南極だったらよかったと、心の底から思っているけどね！

音楽、高まる……そこに道路の騒音が流れ込む。

ニッキイ　（読み上げる）「C・D・ブラック社。古書・稀覯本……」

エラリー　ここだよ。いいかいニッキイ、ぼくたちは買い物に来たということを、忘れないでくれよ。（ドアが開く。呼び鈴がチリンチリンと鳴る）鐘をならせ、すべての民よ……（「自由の鐘」にかけている）

ニッキイ　まるで『骨董屋』（C・ディケンズの長編）ね！（ドアが閉じる……騒音が遮断される）

エラリー　あの店を一ダース合わせたよりも広いことを除けばね。魅惑的な古書の香りだろう、ニッキイ？（小声で）バーベッジはどこにいるかな？

ニッキイ　（小声で）彼は――店の奥にいるわ。見えない？

エラリー　（小声で）ふーむ。わが家からまっすぐ戻ったらしいな……。

ニッキイ　（小声で）見て！　店員がこっちに来るわ。

リデル　（登場）お客さまですね？　何をお探しですか？

エラリー　なんで――ああ――そうだ。ぼくと――ええと――ぼくのフィアンセは、イギリスの詩集のとびきりの初版本を探しているんだ。（間の抜けた声で）何がいいかな――婚約の贈り物には——

ニッキイ　（忍び笑いをしながら——小声で）もしわたしたちが婚約しているなら、賭けてもいいわ、あなたは本のたぐいをわたしに贈ってくれるに違いないって！

リデル　イギリスの詩集……とびきりのものですか。ふーむ……少々お待ちいただいて、ワトスン氏を呼んできた方がいいようですね。

エラリー　（すかさず）ブラック社長はいないのかい？

リデル　おられません。ブラック社長は、先ほどフィラデルフィアに向かったところです。もしお待ちいただけるなら……

エラリー　かまわないさ。ところで、きみの名前は？

リデル　リデルです、お客さま。キャスパー・リデル。（退場しながら）すぐにワトスン氏を連れてまいります……。

エラリー　（小声で）ニッキイ……まだ気を抜かないで。そのまま、隣りのコーナーにいる男を、ちょっと見てくれないか……あそこの本を眺めているやつだ——

ニッキイ　（間）コートを着込んだ、おかしな風体の人——ふさふさのあごひげを伸ばして、黒眼鏡をかけている男の人のことね？

エラリー　（小声で）そうだ……気づかれないように見てくれ、ニッキイ。あの紳士はうさんくさい気がするのだ。

ニッキイ　わたし好みの人とは言いがたいわね。でも、どこがそうなの？

エラリー　あのあごひげは本物じゃないんだ、ニッキイ。変装しているのさ。

ニッキイ　あら、そう。いつもそんなとこばかり目を付けて……もう。あら、あの人がワトスンさんに違いないわね。意地悪そうな顔をしたお年寄りだわ。

ワトスン　（登場）こちらの紳士かね、リデル？

リデル　はい、ワトスンさん。

ワトスン　こんにちは。リデル君から聞きましたが、イギリスの初版本でとびきりのものをお探しとか。どんな詩人がよろしいですか？

エラリー　ええと……ジョン・キーツがいいんじゃないかと思うんですが。どうかな、スイートハート？

ニッキイ　（いたずらっぽく）キーツはさぞや愛に満ちているでしょうね、ダーリン……（キーツはロマン派）。

ワトスン　キーツですか？　お客さまは実に幸運ですな。リデル！　そこのキーツを取ってくれ――そうそう、それだ。わしに渡してくれ、リデル。

リデル　（近寄って）これです、ワトスンさん。

ワトスン　こちらがそうです、お客さま。最上級で格別な本。オリジナルの装幀のままで、題ラベル（題名や作者名を記載した紙を本に貼り付けたもの）も付いた、キーツの初版本です。

エラリー　うーん。きみはどう思う、愛しい人？（パラパラめくる）

ニッキイ　（意地悪く）甘い恋のブッキウッキ（「ブック」と音楽の「ブギウギ」をかけている）ではないわね！

エラリー　（あわてて）うん――とてもすばらしいね。とてもすばらしいよ。いくらかな？

ワトスン　最近のオークションでは、これよりかなり状態の悪い版が、九百ドルで売れました。もちろん、こちらの方が状態が良いことは、指摘するまでもないことでして……千百ドルです。

ニッキイ　（すばやく）おお、ハニー……高すぎるわ……考え直してちょうだい――。わかっているはずよ、これから家具を――そのう……（はにかんで）赤ちゃんの部屋のために、買わなくちゃならないし……。わたしが言っているのは、結婚したあとのことだけど。

エラリー　（あわてて）もちろんだよ、愛しい人！　ええと、考え直すことにします。高い気がするし……。あらためて検討させてください。（退場しながら）さあおいで、かわいい人――他をあたって――

ワトスン　（吐き捨てるように）これが稀覯本業界が衰退している理由なのだ！　無教養な阿呆どもが、どいつもこいつも初版本を欲しがって――おいおい、リデル。どうして気むずかしい顔をしているのだ？

リデル　（気にかかっているように）黒いカバンを持っていた今の人のことなんです、ワトスンさん。どうしてかはわかりませんが……疑わしく思えるんです。

ワトスン　疑わしいだと？　ナンセンスだ、リデル。仕事に戻りたまえ……（間……少し離れた位置で大声を出す）待て！　消えている。

リデル　（どもりながら）な――何が消えたのですか、ワトスンさん？

ワトスン　（叫ぶ）キーツだ！　キーツの初版本だ！　リデル、あの黒いカバンを持った男を追っかけて、捕まえろ！

リデル　（去りながら）は――はい、わかりました！（走る足音……チリンという呼び鈴の音と共に、ドアが乱暴に開けられる……道路の騒音が高まる）あなた！　そこのあなた！　止まってください！（歩道を走る音）

エラリー　（離れた位置で）ぼくたちを呼んでいるのかな、リデル？

リデル　（近づく……息を切らして）店に戻ってもらえませんか、お願いします！　今すぐに！

ニッキイ　（近寄って）一体、どうしたっていうの！　何があったの？

リデル　お願いします――私と一緒に戻ってください――（歩道を歩く三人の足音）ワトスン氏が説明しますので――（ドアが呼び鈴の音と共に閉じて、店の床を歩く足音がする）連れてきました、ワトスンさん――男性と――女性の方も――

ワトスン　（怒り出す）リデル！　この間抜けめ！　おまえは、間違った男を連れてきたぞ！

リデル　（息を呑む）「間違った」って――でもワトスンさん、この紳士はキーツを手に取ったし――黒いカバンも持っていますよ――あなたは、黒いカバンを持った男だって言ったじゃないですか――

ワトスン　（怒ったまま）わしが言ったのは、別の男だ。あごひげと黒眼鏡で――そいつも黒いカバンを持っていたのだ！

リデル　（情けなさそうに）ああ、なんて――

エラリー　トラブルがあったようですね、ワトスンさん？

ワトスン　キーツが消えたのです！　あなたにお見せしたやつが。あの本を手に取ったあと、どうしましたか？

エラリー　確か、そこのカウンターの上に置いて――

ニッキイ　それから、二人ともそこを離れて……（かっとして）何てこと！　わたしたちが泥棒だと言いたいのかしら？

エラリー　（すらすらと）まあまあ、かわいい人。堂々とふるまおうじゃないか。この紳士を責めるわけにはいかないよ……。ワトスンさん、ぼくを調べてもかまいませんよ。

ニッキイ　（憤慨して）エラリー！　そんなことを言ってはだめよ！

ワトスン　（同意を示して）二人を調べたまえ、リデル……。さあ！　やるんだ！

リデル　（当惑して）しかし、ワトスンさん……。あの、お客さま、どうか――

ニッキイ　（いかめしく）キャスパー・ミルクトースト（「キャスパー・ミルクトースト」はW・T・ウエブスターの漫画に登場する意志薄弱な人物）・リデルさん、もしわたしを調べようとしたら、あなたは、女性から鼻にパンチをくらうということの意味を思い知るでしょうね。

エラリー　（楽しそうに）気をつけて調べた方がいいな、キャスパー殿。まずは、ぼくのカバンを調べたらどうかな。

ワトスン　黒いカバンか！　もちろんです！（カバンを開ける）

エラリー　ぼくのカバンの中で見つかるのは、新作探偵小説の原稿だけだということは、保証しますよ。――二束三文の原稿ですが、ぼく自らの……

リデル　（びっくりして）探偵小説家ですか？（忍び笑う）

ワトスン　（息を呑む）この黒いカバンの中で見つかるのは、くだらない探偵小説だけだと言ったな、おい！　さてと、おまえは現行犯で逮捕されるわけだ――泥棒野郎め。このカバンの中を見てみろ――盗まれた本が、口まで詰め込まれているじゃないか。

ニッキイ　（困惑して）エラリー……本当だわ。あなたがやったの？――いえ、わたしが言いたいのは――

エラリー　（ゆっくりと）さあてと、ぼくはしっぽを巻いた卑劣漢になったようだね……。

リデル　（あえぎながら）アップルゲートの『ナポレオンの戦い』――全六巻の揃い！　うちの本です、ワトスンさん！

ワトスン　それにキーツもある。リデル、警察を呼べ。

リデル　（離れながら）わかりました。見張っていてください――二人は危険な性格の持ち主でしょうから……。

ワトスン　（叫ぶ）マーカス！　ジョーンズ！　ベラミー！　こっちに来い――二人組の泥棒を捕まえたぞ……（ざわめきが近づいて来る）

エラリー　あわてなさんな、紳士諸君……。ワトスンさん、何をするつもりなのか、尋ねてもいいですか？

ワトスン　こいつはいい度胸をしてるじゃないか！「何をするつもりなのか」だと？　もちろん、警察につき出すつもりなのさ。

エラリー　（あえぎながら）ぼくを警察に？（一同、アドリブで。ニッキイは大声で笑い続けている）

音楽、高まる……そこにニッキイの笑い声が流れ込む。

エラリー （わめく）笑いたいなら笑うがいいさ――ぼくはここを出たい。そこのきみ――おまわりさん――親父はどこにいるんだ？　ヴェリー部長は？　一時間も前に呼んだのに。

警察官 （うんざりして）騒ぎなさんな、若造。あんたが自分で言ってるようなやつだったら、（退場しながら）あっという間に出られるさ……。

ニッキイ （忍び笑いをしながら）こんなことが我慢できないなんて、どうしたのかしら、ミスター・クイーン？　あなたは今、犯した罪の報いを受けているのよ。

エラリー 警察署の拘置所に押し込められたんだぞ。このままマイク・キャラハンの解決を聞くなんて、耐えられないな。（離れた位置でドアが開く――笑い声が大きくなる）

ニッキイ 救いの神の声が聞こえるわ。（何人かの足音が近づいてくる）

エラリー お父さん！　ヴェリー！　ニッキイとぼくを、ここから出してくれ！（ヴェリーと警視が笑いながら登場）

ヴェリー 囚人たちに祝福あれ！　いやはや、お二人とも冴えない様子ですな、警視？　クイーンさん、恥を知りなさい――人の物を盗むなんて！

警視 （くつくつ笑いながら）かくして、最後には司法の手がおまえを捕らえたというわけか、せがれよ。さてと、もういいだろう。（そっけなく）いいぞ、警官くん。わしが二人の身元を保証する。

警察官　（近寄りながら）（遠くで足音がする）はい。わかりました、クイーン警視。

ニッキイ　こっちに来る人がいるわ。エラリー・クイーン氏をブタ箱送りにした性悪おじいさんだわ。こんにちは、ワトスンさん。

ワトスン　クイーン君――まことに申しわけない――当方の愚かな過ちでした。

エラリー　次に警官を求めて叫び声を上げるときは、何よりもまず、正しい相手を捕まえてからにすることですね、ワトスンさん。

ニッキイ　エラリー、わたしたちは盗品を持っていたので捕まったことを、認めなければいけないわよ。

ワトスン　（神経質に）どうか、許してくれたまえ。あの状況では、どう見ても……

警視　ワトスン氏はあらためて考えてみて、今では、泥棒はあごひげと黒眼鏡の怪しげな外見の男に違いないと認めておる。

ヴェリー　まあ、そいつがナポレオンのひと揃いと、ええと、キーツの本――ねえ、キーツって誰です？――をかっぱらうと、自分のカバンに放り込んで……

ワトスン　覚えているだろう、クイーン君。きみは、自分のカバンを下ろしていた……

警視　それで、変装をした泥棒鳥は、間違えておまえのカバンを手にして外に出たのだ、エラリー。盗んだ本が入った自分のカバンをあとに残して。

ニッキイ　エラリー、それが実際に起こったことだという側に、賭けさせてもらうわ！

エラリー　（むっつりと）そんなところだろうな。とにかく、本泥棒のやつは、今、ぼくの新作の原稿が入っているカバンを持っているわけだ――そして、キーツがどうであれ、ぼくは原稿を取り戻さなければ！

ニッキイ　ワトスンさん、この人の原稿が稀覯本になることはないでしょうけど、ご存じのように、作家というものは――作品を失うことに耐えられないのよ。

ヴェリー　右目を失った方がましだと思っているでしょうな。（くすくす笑う）

警視　おいエラリー、どうして自分であごひげの犯人を追おうとせんのだ？　やつはブラック書店に戻ってくるかもしれんぞ……

ワトスン　（遠慮気味に）いいアイデアがある。クイーン君、きみは探偵だと聞いた。うちはちょうど、最近の盗難のせいで、全社員を解雇したところなのだ。――そんなこんなで、新しい店員が必要なのだが……。

ニッキイ　わたしたちに、あなたの書店の店員になるように勧めているの？　あら、エラリー――やりましょうよ！

エラリー　（ぶっきらぼうに）ばかばかしい。

ヴェリー　気分転換にもなりますぜ、クイーンさん――

エラリー　（ぶっきらぼうのまま）幼稚なアイデアだ。

警視　泥棒が舞い戻って来たときに、おまえがその場に居合わせることができるかもしれんぞ、エラリー！

エラリー　ナンセンスだ、お父さん。（一同がエラリーに考え直させようとするアドリブが入る）だめだめ、言わせてもらうが、役に立ちっこないね――。もうこれ以上は聞きたくない……

ぺちゃくちゃ喋るような音楽、高まる……食器のカチャカチャという音……前のシーンの最後を引き継いだようなアドリブ……。

警視　コーヒーをもう一杯くれないか、ニッキイ。おいエラリー、片意地を張らんでこっちに来たらどうだ。

ニッキイ　いいかげんにしなさいよ！（コーヒーを注ぐ）エラリー、いつまでもむくれていないで。面白そうじゃないの！

ヴェリー　それに、マイク・キャラハンを出し抜けるかもしれないですぜ。どう見ても、あんたはマイクに一泡吹かせたがってますぜ！

エラリー　（いらいらして）午後の間ずっと、それに夕食の間もずっと、ぺちゃくちゃぺちゃくちゃと……！　みんなに言わせてもらおう、くだらない、と。（離れた位置で呼び鈴が鳴る）

ニッキイ　（離れながら）こんな時刻に、一体誰かしら？

警視　（くつくつ笑いながら）たぶん、わしの逮捕状を持ってきたのだろうな！（離れた位置でドアが開き、話し声がして、ドアが閉じる）

ヴェリー　息子さんは、情けない目にあって、頭が混乱してしまったようですな……。

エラリー　誰だい？　驚いたな、キャスパー・リデル君じゃないか！

ニッキイ　（戻ってくる）エラリー、こちらのリデルさんがお会いしたいって。それに、ブラック書店の人が、もう一人一緒だわ。フランダースさんよ。

リデル　（途方にくれて）あなたが誰なのか聞きました、クイーンさん。それで、おわびがしたいと思って――今日は、泥棒扱いしてしまって……

エラリー　ナンセンスだよ、リデル！　ぼくはもう、犯罪者だと立証されてしまったからね。こちらはヴェリー部長、それにクイーン警視……（アドリブで挨拶を交わす）

警視　わしが聞いたところによると、きみたちは本日限りで職を失ったそうだな。

ヴェリー　そうでしたな。ワトスンが全員まとめてクビにしたとか言ってましたな。

ニッキイ　お気の毒に。フェアじゃないわ！

ミス・フランダース　わたしたちもそう思います。それで、キャスパーとわたしは――わたしたちは――（泣き出す）ああ、何てひどい！

リデル　ダーリン――どうか――（腹立たしそうに）あの卑劣なじいさんの細っこい首をねじ切ってやる！

ミス・フランダース　（鼻をすすりあげて）失礼しました。でも、キャスパーとわたしは――わたしたちは、今度のクリスマスに結婚するつもりだったので――

ヴェリー　ほう。だとしたら、汚いやり口ですな。

ニッキイ　（義憤を感じて）あの人は、自分が老スクルージ（C・ディケンズ『クリスマス・キャロル』に登場する守銭奴）だと思っているのに違いないわ！

エラリー　確かにひどすぎるな、リデル。でも、どうしてぼくを訪ねてきたのかな？

リデル　（すがるように）おれたちは、どうしていいかわからないんです。それで、あなたが探偵だと聞いて……

ミス・フランダース　今日の閉店直後に、店の従業員がみんな集まって話し合ったんです、クイーンさん――わたしたちの最後の日に……

リデル　クリスマスが来るというのに、みんなに待っているのは……悪いことばかりです。

警視　ワトスンは、ベテランの帳簿係であるバーベッジまでクビにしたのかな？

ミス・フランダース　はい。そんなことをして、何の意味があるのかしら？　五十三年もブラック書店に勤めたあとに！　バーベッジさんの歳で、新しい職に就ける機会があるのかしら？

リデル　それに、エドマンド社長の秘書を務めていたマーカスさん――あの人は赤ちゃんが入院中で、借金がかさんで首が回らないというのに！

ミス・フランダース　ピーターズさんだってそうよ。彼女はお母さんも養っていて――

ヴェリー　そのエドマンド・ブラックとやらは、どうして何もしないんですかい？　書店は彼のものだと思ってましたがね！

リデル　ブラック社長は紳士的な方だけど、仕事上の権限はワトスンが握っているんですよ。これで、ブラック社長に何ができるというのですか？

ミス・フランダース　クイーンさん、わたしたちを助けてください！　ブラック社長は、ワトスンに約束させたんです。犯人が捕まったなら、全社員を元の仕事に戻すと……。わたしたちには仕事が必要なんです、クイーンさん。どうか……

リデル 引き受けてくれたら、最高にすてきなクリスマス・プレゼントになるんですが……。

ニッキイ （静かに）いかが、ミスター・クイーン？〈C・D・ブラック社〉の書店員になりますか、なりませんか？

エラリー （むすっとして）なるよ、ミス・ポーター。部長、ワトスンに電話をして、彼は明日の朝には二人の新しい店員を得ることになる、と伝えてくれ！

音楽、高まる……そこに、

エラリー （店員らしくふるまっている）はい、お客さま。ありがとうございました。もし他に、当ブラック書店にできることがありましたら——

客 （不愉快そうに）おれがいらない本を売りつけようとしないことだな！　その本をよこして、ここから失せろ！

エラリー （へりくだって）承知しました……本と……おつりです……

客 （不愉快なまま……退場しながら）間抜けで……馬鹿で……のべつまくなし蘊蓄《うんちく》を傾けて、客をうんざりさせて……

エラリー （かちんときて）だったら、そっちも短気で、意固地で、頭がすっかり固くなって……

ニッキイ （登場）ふふん、ミスター・クイーン……そんな下品な言葉を使ってはいけないわ……。肝に銘じておきなさい、お客さまは常に正しいのよ。

エラリー ニッキイか……忠告はありがたいが……。ようやくわかったよ。ぼくはこんなことをやるんじゃなかったって……。（声をひそめて）ブラック若社長は、まだフィラデルフィアから帰って来ないのかい？

ニッキイ （小声で）まだよ……。今朝、ワトスンさんを見かけた？

エラリー （小声で）ワトスンは元気のない様子で、電話をかけていたな……もうすぐ出て来るだろう。（離れた位置で呼び鈴がチリンと鳴る）ニッキイ……見ろ。

ニッキイ マイク・キャラハンだわ……。あの人、わたしたちのことを知っているのかしら……。

エラリー おはようございます、キャラハンさん……初版本をお探しですか？

キャラハン （近づきながら……楽しげに）やあやあクイーン……きみの親父さんが、きみは生活のために働くことになったと教えてくれたよ。……まあ、率直に言って、そんなことは信じちゃいないけどね。……おはよう、ポーターさん。（ニッキイは彼に挨拶する）ところで、おれが誰だか知ってるかい？

ニッキイ あら、その質問の意味は何なの？　まるでエラリーみたいな話し方をするのね。

エラリー キャラハン、きみもブラック書店に就職したなんて言うなよ。

キャラハン （小声で）声が大きいぞ、クイーン。おれはエドマンド・ブラック付きの新しい速記秘書なんだ。聞いてないのか？　まあ、聞いているはずはないな……おれの新しい上司だって、

まだ知らないのだから……（笑う）

ニッキイ　多才だわ……タイプと速記ができるのね？

キャラハン　ああ、そうさ……。この仕事をやってて、速記秘書になりすましたことが、何十回もあるからな。

エラリー　でもキャラハン、きみが保険会社の新しい調査担当だということを、ブラックは知らないのか？

キャラハン　知る機会はなかったはずだ……。昨夜、ワトスンの仕事上のつきあいを利用して、おれがでっちあげた架空の身元で職を得ることができたんだが……そのワトスンにさえ、まだ名前すら教えていないのでね……。あんたの親父さんに、何もかもお膳立てを整えてもらったからだよ。

エラリー　親父の裏切り者め……。それで、ワトスンもきみの正体を知らないのか？

キャラハン　知らないよ……ワトスンにもまだ会ったこともない……（くすくす笑う）

ニッキイ　キャラハンさん……その笑いは……わたしたちの知らない何かをつかんだのね。

キャラハン　（くすくす笑いながら）バーベッジじいさんが何のことを言っていたのか、わかったよ。

エラリー　バーベッジが言っていた驚天動地の秘密を……ブラック書店を破滅に追いやるであろう秘密を、突き止めたということか？

キャラハン　そうだよ、先生――。なんと、信じがたいことなのだが、バーベッジの言ったことはすべて本当だった……。

エラリー　きみはいつ、それを見つけたんだ、キャラハン？　それに、どうやって見つけたんだ？

キャラハン　「いつ」かといえば、昨晩だ……。店に来て、雇われることに成功したんで、あたりを偵察したときに。「どうやって」といえば、観察と……事実に基づく推論だね。

ニッキイ　あなたがここを見てまわったということは……秘密は店の中にあるのね？

キャラハン　（笑いながら）その通りだよ、ポーター嬢さん。

エラリー　（がっくりして）ぼくは信じないぞ。

ニッキイ　エラリー・クイーン……本当に顔が赤くなっているわよ。あなただって今朝、このあたりを一時間くらいかけて調べたのでしょう……。それで何も見つからなかったということは……キャラハンさんがそれを持ち出したことになるわね。

キャラハン　いいや……それはまだ、ここにある。（くすくす笑う）

エラリー　（むっつりと）キャラハン……きみはぼくに一杯くわせるつもりなのか、それとも……こっちだと認めるのは癪《しゃく》だが……きみはぼくより優れているか、だ。

キャラハン　わかったよ、クイーン。その秘密が何なのか、教えてやろう……。それは――

エラリー　（すばやく）むむむ。教えてもらわなくていいよ……。それがこの鼻先にあるのだったら、自力で嗅ぎつけたいのでね……。たぶん、この事件が終わる前に、きみに追いつけるさ、キャラハン。

キャラハン　その機会はないさ……。この稀覯本業界は、きみの手に余るからな、クイーン。
エラリー　（くすくす笑いながら）そのうちにわかるさ。
ニッキイ　（きびきびと）マイク・キャラハン氏、一点先取。

音楽、高まる……ドアが開く音……チリンという呼び鈴の音と共にドアが閉まる。

ニッキイ　（ささやく）エラリー、あの人が来たわ……。キャラハンさん……あの人が泥棒よ……今、店の中に入って来た人。
エラリー　（ささやき声で。興奮している）黒いカバンを持っている、あごひげに黒っぽい眼鏡の男だ……。ニッキイ、気づかないふりをしろ。キャラハン、やつの応対に行ってくれ――店員のふりをして。
キャラハン　（小声で）わかった、クイーン……（足音）……あの――いらっしゃいませ、お客さま……。何かお探しでしょうか？　初版本ですか？
あごひげの男　（しゃがれた……作り声で）今、選んでいるところだ。
キャラハン　はい、かしこまりました、お客さま……。（足音……小声で）選んでいる、だとさ……獲物を選んでいるわけだ……。（以降の会話はすべてささやき声で）
エラリー　ニッキイ、きみはここにある本の手入れを続けてくれ。キャラハン、あいつに見覚えがあるか？

キャラハン　いや……見た限りでは。それに、あのあごひげと眼鏡が……。もしやつが、おれたちが並べた商品に目をつけて盗もうとしたら、とっ捕まえてやる。
ニッキイ　声に聞き覚えはないの、キャラハンさん?
キャラハン　あごひげと同じ、ごまかしだよ……作り声だ……。よし、おれはあいつに背を向けるから――きみたち二人が顔を向けるようにして……やつが何をしているか、おれに教えてくれ――。おれたちは油を売っているように思わせるんだ――
エラリー　やつは今、キーツが置いてあるカウンターに向かった――ぼくたちが陳列した本のと、い、い、い、い、い、い、ころに。
ニッキイ　そこで……黒いカバンをカウンターに下ろしたわ。
キャラハン　やつの手から、一秒たりとも目を離すなよ。
エラリー　手袋を外して……右手でそれをコートのポケットにしまった――
ニッキイ　左手の方は、カバンの上に置いたまま……よく見えるわ――
キャラハン　本にさわってないか?　どうだ?
エラリー　いや……今、やつは本の前にいるので、見ることはできない……だが、左手はカバンの上に置いたままで、右手はポケットの中なので……
ニッキイ　カバンを取り上げて――歩いて行って……がっかり。
キャラハン　おれたちが陳列したキーツは、まだカウンターの上にあるか?
ニッキイ　ええ、あるわ……。あの人、手も触れなかったわね……一度も。

エラリー　じりじりさせられたな。たぶん、まわりに人が少なかったからだろう……おっと、店の外に出て行くぞ。（離れた位置で……ドアが開いて……閉じて……呼び鈴の音が）

キャラハン　残念だったな……（早足で歩いて……止まる）キーツをあとに残して……この本はやつの心をとらえなかったわけだ……（あわてて）……揃いも揃って、何というドジだ……（駆け足で離れていく）お客さま――お戻りください。

ニッキイ　エラリー、何があったの？

エラリー　ぼくたちはだまされたんだよ、ニッキイ。（離れた位置でドアが開き、呼び鈴が）キーツの本と同じサイズで同じ色の替え玉とすり替えたのさ。（駆け足の音……アドリブをまじえて通りの騒音が大きくなり……キャラハンが外でアドリブで叫んでいる）キャラハン、やつは見つかったか？

キャラハン　（近寄って来る）逃がしたよ。待たせていたタクシーに……乗って……（歩道を歩く三人の足音）やつに敬意を表さなくてはな。あっぱれだったよ、クイーン。（ドアが閉まる）

エラリー　あっぱれすぎて、ぼくにはついていけない。

ニッキイ　有能な探偵が二人もいたのに。

エラリー　耳の痛いことを言うなよ、ニッキイ……。疑問なのは……〝どうやってやってのけたのか〟だ……。やつがキーツに手を触れてもいないことは、誓ってもいい。

ニッキイ　それに、カバンは開けられていないわ……一度だって。

キャラハン　（笑い出す）そうかな？　まったく、おれは間抜けだったよ……（心の底から笑う）なぜもっと早く、思いつかなかったのだろう?
ニッキイ　何を思いついたの、キャラハンさん?
キャラハン　サンフランシスコにあるバーバーという大書店で、これと同じ妙技を味わったことがある……一九二九年の六月に。
エラリー　(驚いて)やつがどうやってやってのけたのか、きみにはわかったと言いたいのか、キャラハン?
キャラハン　ああ。いいかい、あの偽あごひげの男は——
エラリー　(すばやく)いや、教えてもらわなくていいよ。キャラハン……きみの手助けなしに、自分で探り当ててみせるさ。そうしないと、これまでの苦労が水の泡だ。
ニッキイ　(笑いながら)キャラハン氏、一点獲得。

音楽、高まる……そこにドアが開き、バタンと閉じる音が。

エラリー　(登場)わかった……わかったぞ。
警視　何がわかったのだ、せがれ?
ニッキイ　警視さん、見たところ彼は……だいぶ熱くなっているわね。
エラリー　(上機嫌で)マイク・キャラハンがぼくを出し抜いたって?　これで……これからは……

ニッキイ　エラリー・クイーン、わけのわからないお喋りはやめて、説明してちょうだい。閉店したらすぐ、わたしをアパートに追い返して、あなたは店の奥で何やらやっていたでしょう。どうしてそんなことをしたの？

エラリー　ありていに言うと、自分が間抜けだったことを思い出したからだよ、ニッキイ……。昨日、あごひげの男が残していった黒いカバンを、ぼくは調べていなかったのだ……。（重いカバンをどしんと置く）そして、これがそのカバンだ……。ワトスンが間違えてぼくたちを逮捕したときからずっと、店内の彼の私室に置いてあった。

警視　ううむ。わしもこいつは調べなかったな。泥棒がおまえのカバンと間違えたのは、こいつなんだな、ええ？　中には盗まれた本が入っておるのだな？

エラリー　そうです……本も一緒に持って来ました……（カバンを開けると、本がテーブルにどさりと落ちる）

ニッキイ　そうだわ……アップルゲートの『ナポレオンの戦い』六巻セット、それに――エラリー、どうして、泥棒が今日、残していったキーツの本の替え玉まで持ってきたの？

エラリー　言うまでもないだろう。キーツの本は盗られたからさ。それでは、みなさま方に、ちょっとした実演をお目にかけましょう。替え玉の本を、カバンの底に入れます……こうやって……（本がカバンに落とされる小さな音）よろしいですか？

警視　よろしい。だが、何の意味があるのか、わしには皆目わからんな。

エラリー　それはこれから……。さて、アップルゲートの六巻本を取り上げまして……こうやって……（また本がカバンに落とされる音）……こちらの方は、キーツの替え玉の上に置かれています……では、何が見えますか？

ニッキイ　カバンの中にある七冊の本……これが見えるということでいいの？

エラリー　さてさてニッキイ。昨日、ワトスンがぼくの提案を受け入れて、黒いカバンを開き、中に同じ本を――同じ七冊の本を見つけたときは、どうなっていたかな？

ニッキイ　（ゆっくりと）カバンがどうなっていたかって……なんでそんなことを……エラリー……いっぱいだったじゃないの。

エラリー　そうだ。口のところまで詰まっていた……本があふれそうなくらい。

警視　だが、今のこのカバンは、かなり空きがあるぞ……まだ入りそうだ。

エラリー　そうです、お父さん……。結論……これは泥棒が残していったカバンではあり得ない……替え玉のカバンなのです……。泥棒は、昨日から今夜までの間に、ワトスンの私室に忍び込み、この何の変哲もない黒いカバンを残して、自らの愚かさによって置きざりにした方を持ち出したのです。

警視　（ゆっくりと）そんなことをやったということは、本来のカバン……やつが置き忘れた方のカバンには、持ち出さなければならん何かがあったということになるな。

エラリー　そうです。そして、ぼくにはそれが何かわかっています。こちらのカバンは、泥棒が置き忘れたものと同じ大きさです。にもかかわらず、中にはもっと多くの本が入ります。つまり、泥棒のカバンの方がずっと内側が小さいのです……。これが意味することは――あちらは二重底になっている、ということです。
ニッキイ　二重底ですって？　でも、それが何の役に立つのかしら？
エラリー　（いかめしく）何って、本を盗むときに役に立つのさ。
警視　（考え込むように）二重底のカバンか、ふうむ……舞台奇術師が使うようなカバンなのかな？
エラリー　そうです、手品を演じるときに使うやつです。さて、われらがあごひげの泥棒は、このカバンを使って本の手品を演じて見せました。カバンの底には、〝バネばさみ〟と呼ばれる装置が組み込んであります。盗みたい品物の上にこのカバンをまっすぐ置くと、バネばさみの仕掛けがネズミ獲りのように動いて、下の品物をくわえ込むのです。しかも、カバンは微動だにしません。
ニッキイ　そうやって今日、キーツを盗んだのね。
エラリー　そうだ……おそらく替え玉の方は、手袋をポケットにしまったときに、ポケットの切れ込みを使ってカウンターに置いたのだろうね。
警視　この手口は、わしも覚えておかねばならんな。さてと、ダウンタウンの警察本部に行く予定があったな。（呼び鈴が鳴る）ニッキイ、ついでだから、わしが出よう。（退場しながら）さよなら。
ニッキイ　さようなら、警視さん。（ドアが離れた位置で開く――アドリブの話し声）こんな時間に来るなんて、一体、誰なのかしら？

エラリー　ヴェリー部長の声だな。もう一人は——そうだ、バーベッジ老だ！

ヴェリー　（登場——大声を張り上げながら）やあ警視、デスクの上のマッコイ事件の報告書、見といてくださいよ！（警視のアドリブ。ドアがバタンと閉まる）おお、こんばんは！　ここに着いたら、この殿方とばったり出くわしたんですよ。あたしと同じ事を考えたらしいですな。

ニッキイ　こんばんは、バーベッジさん。おかけください。お疲れのようですわね。

バーベッジ　（近寄る）ありがとう、お嬢さん、ありがとう。（エラリーと挨拶を交わす）クイーンさん、私は……止めることができませんでした——昨日、私たち全員が解雇されてから、一睡もしていないのです。——何か捜査に進展はありましたか？　ほんの少しでも？

エラリー　少なからぬ進展がありましたよ、バーベッジさん。実は、たった今、ブラック書店の在庫がどうやって消えたかを実演していたのです。

バーベッジ　本当ですか？　本がどうやって盗まれたかを？　驚くべき人ですね、あなたは！

ヴェリー　あたしは、そんなことはとっくの昔にわかってましたがね。

エラリー　まだあります。ぼくは、誰が泥棒なのかを——あごひげの男の正体を突き止めたのです！

ニッキイ　エラリー、そんなことは、ひと言も言ってなかったじゃないの！　ねえ、誰なの？

エラリー　今はまだ聞かないでくれ。こいつはキャラハン氏のために取っておきたいのでね。

バーベッジ　ああ！　もちろん私にとっては嬉しいことです。しかし——とどのつまりは——私が言いたいのは、盗難などは取るに足らないことで——

ヴェリー　バーベッジ、警察関係者の前で、そんなことは言わない方がいいですな！

バーベッジ　（うろたえて）いえ、私が言いたいのは——例の秘密については、突き止めましたか？　そちらの方が重要なのです！

エラリー　先日、あなたが言っておられた秘密のことですね？　いいえ、バーベッジさん。あなたがそうやって口をつぐんでいる限り、ぼくは何を探していいのかわからないわけですから。

ニッキイ　バーベッジさん、その秘密が何なのか、どうして教えてくださらないの？

ヴェリー　ねえ、あんたはアメリカ国民なんですぜ、違いますかな？　国民というやつは、その務めを果たさねばならんのですよ、違いますかな？　吐いてしまった方がいいですぜ、バーベッジ。

バーベッジ　（神経質に）わかりました……やはり、遅かれ早かれ、明らかになってしまうでしょうからね……。しかし、会社の社長に話す前に明かしてしまうのは、正しいとは言えない気がします——。あいにくと、ブラック社長はまだフィラデルフィアで——

エラリー　ワトスン氏の方なら、まだ店にいますよ、バーベッジさん。徹夜で仕事をするつもりだと言ってましたから。

バーベッジ　彼が店に？……それならば……。クイーンさん、もし私と来ていただけるならば、あなたとワトスンさんにお話ししましょう！

音楽、高まる……車がカーブできしみをあげる……。

ヴェリー　店に着きましたぜ。（急ブレーキ、エンジンが停まる）
ニッキイ　（老人に）ドアはわたしが開けますわ、バーベッジさん……。（車のドアが開く。バーベッジは礼を言う）
エラリー　（鋭く）店の正面ドアの前に、誰かいるぞ！
バーベッジ　こんな夜中に？　心当たりはありませんが――
ヴェリー　あの男、ドアの前でがさごそやっていますぜ！　おい、あんた！
バーベッジ　あれは、エドマンド・ブラック社長です！（呼びかける）ブラック社長！（車のドアが閉まり、歩道を横切る足音が）
ブラック　（近寄って）バーベッジか！（ばつが悪そうに）やあ、バーベッジ。ここで何をしているのかな？　それに、そちらの人たちは誰だい？
バーベッジ　戻って来てくれて嬉しいですよ、社長！　そうでした。こちらはポーター嬢、クイーン氏、それに、この紳士は――私は名前を知らないのですが――
ヴェリー　ヴェリー部長刑事です。ていねいなご紹介、痛み入ります。（一同、アドリブで）
エラリー　ぼくたちは、かなり重要な問題のために、バーベッジさんとここに来たのです、ブラックさん。ある秘密が……
ブラック　秘密？　どんな秘密だというのだ？　まあ、中に入ろうじゃないか。ここで立ち話も何だから。（鍵が回る。ドアが開き、呼び鈴が鳴り、ドアが閉まる）

ニッキイ　ここは暗すぎるわ――（どしん）きゃっ！（足音）
エラリー　ニッキイ、手をぼくに。ブラックさん、てっきり、あなたはまだフィラデルフィアにいると思ってましたよ。ぼくたちは、ワトスン氏に会いに来たんです。
ブラック　一体全体、何の用で？　バーベッジ、秘密というのは、仕事に関係があるのか？
バーベッジ（神経質に）これは――ひどく恐ろしいことなのです、ブラック社長……。
ブラック　これ以上のゴタゴタがあるのか？　うん、ワトスンはいるな。彼の部屋の明かり取りから光が漏れている。（呼びかける）ワトスン！（間）ワトスン！
ニッキイ　あの人はお年寄りなんでしょう？　たぶん、聞こえていないのよ――（足音が停まる）
ブラック　ワトスン！（間。ドアノブをがちゃがちゃさせる）おそらく、居眠りしてるのだろう。（ドアが開く）ワトスン――（息を呑む。ニッキイはうめき声をあげる。他の者も反応する）
エラリー（動きながら――ぴしりと）部長、ニッキイをここから連れ出してくれ！
ヴェリー　わかりました、クイーンさん。外にでましょうや、ポーター嬢さん――さあ、こっちに――
ニッキイ（退場しながら）そうさせてもらうわ――ありがたく。
バーベッジ（マイクに寄ってささやく）ワトスンさんを見てください――ワトスンさんを見てください――
ブラック（うわずった声で）クイーン！　彼は――ぴくりともしない――ワトスンは――
エラリー（少し離れた位置で）殺されています！

音楽、高まる……背後でアドリブのざわめき……。

エラリー　まぎれもなく殺人です。――ワトスンは胸を――心臓の近くを撃たれています。銃は見当たらない――殺人者が持ち去ったに違いありません。部長、きみはどう思う？

ヴェリー　そうですな。ワトスンはこのデスクの後ろに座ってますが、ここで撃たれたわけではありません。部屋のあっちの壁際――小卓のそばでやられたんです――。不規則な血の跡が残ってますから――。どうやら、重傷を負った偏屈じいさんが、よろめきながら歩いて来たのに違いありませんな。

エラリー　ううむ。血の跡は、小卓のところからはじまって、死体が座っていたデスクの後ろで終わっている……。

ヴェリー　でかい手がかりは、やっぱり、書き込みのある紙片ですな。デスクの上の、ワトスンが座っていた真ん前にある。

エラリー　（考え込むように）ワトスンがよろめきながら部屋を横切って、何かを書き出したことに、疑いの余地はない。紙には彼の血が付いているし、書くのに使われたデスクのペンは、彼の右手にしっかり握られている。

ヴェリー　何を書き残したんでしょうな？　字が震えてないですかい？　でも、何とか読み取ることができそうですぜ。（ゆっくりと）Ｂ－Ｌ－Ａ－Ｃ－Ｋ、アポストロフィー、Ｓ、それからこの語は——見てくださいよ——「secret」だ。「ブラックの秘密（Black's secret）」。へい！ワトスンじいさんも、バーベッジが吹いていた秘密を知っていたんですな！

エラリー おかげで思い出したよ。（呼びかける）ブラックさん！

ブラック （登場——うわずった小声で）クイーン君——せめて——せめて、死体をおおってくれないか——

エラリー 部長、おおいをかけてくれ。（ヴェリーはアドリブで対応）ブラックさん、あなたの共同経営者は、死ぬ前に二つの語を書き残しました。「ブラックの秘密」です。バーベッジさんも、あなたの会社にまつわる大きな秘密について、しつこくほのめかしていました。これは何のことですか？

ブラック 「ブラックの秘密……」。ああ、そうだ。バーベッジがついさっき、そう言っていたっけ……。ぼくには見当もつかないな、クイーン君。どんな秘密についても、ぼくは知らないんだ。ぼくが知っていることといえば——店の在庫の中でも選りすぐりの本が消え続けていることだけだ。（呼びかける）バーベッジ！

バーベッジ （登場——がっくりきている）は、はい、ブラック社長。なんて災難なんでしょう！泥棒に続いて、ワトスンさんが、こ、殺されて……

ブラック バーベッジ、きみがほのめかしていた秘密とは何だ？

エラリー さあさあ、バーベッジ——話してくれ！

バーベッジ （悩ましげに）ブラック社長、私はどうしていいのかわからないのです——これは……

あまりにも恐ろしく、途方もなくひどく……
ブラック　後生だ、バーベッジ――話してくれ！
バーベッジ　（ささやくように）わかりました……。どうか、私と一緒に来てください。（足音）
ヴェリー　（声が遠くなっていく）あたしの方は、仏さんにつき合って、ここにいますよ！　それはそうと、警視はどこにいるんでしょうなあ？
バーベッジ　（足音にかぶせて）みなさん、私は人生の五十年以上を費やして、稀覯本について学んできました。――おわかりでしょうが、あくまでも趣味としてです。周囲の方々が……ブラック社長、あなたならご存じでしょう――あなたの父上と、おじいさまが、教えてくれたのです……私を気に入ってくれていましたので。
ブラック　（やさしく）そうだったな、バーベッジ。覚えているよ。
バーベッジ　着きました。（足音が停まる）クイーンさん、ここは稀覯本コーナーの一つです。（本を何冊も持ち上げているかのように息を弾ませて）どうぞ――これをご覧くだされば……私の言いたいことがわかります。四冊の高価な本がありますが……
エラリー　ふーむ。ブラウニングの初版本――テニスン――チョーサーのケルムスコット版（芸術的な装幀で知られる）――シェークスピアの一六八五年ロンドンの第四版……すばらしい本ばかりだ！
バーベッジ　（苦々しげに）あなたはそう思うのですか！
ブラック　（不安げに）バーベッジ！　おい、バーベッジ！　きみは何を言おうとしているんだ？
バーベッジ　この本は、どれも贋作なのです！（一同、アドリブで反応）そう、贋作なのです！

一流の蒐集家でさえも欺くほどの！　見抜くことができるのは、合衆国には、私の他に六人とはいないはずです。――それでも、言わねばなりません。これは贋作、しかも、私がこれまで見た中で、もっとも巧みな贋作です！

エラリー　（ゆっくりと）とてもじゃないが、信じられない。この本が本物ではないって？

ブラック　（困惑して）だがバーベッジ、たとえこの四冊が偽物だったとしても――

バーベッジ　（苦悩して）あなたはわかっていないのです、ブラック社長！　この四冊だけではなく――この店のほとんどすべての稀覯本が贋作なのです！　棚には、本物の古本や稀覯本は、ほとんどありません！

エラリー　（口笛を吹く）確かに隠しておきたい秘密だな、バーベッジ！　もし、この国の稀覯本市場に贋作があふれかえっていることが明るみに出たら……

ブラック　（うろたえて）だが、こんなことは――信じられない……。バーベッジ、きみは、われわれが気づかずに贋作を仕入れていたと言いたいのか？

バーベッジ　そうではありません、社長。少し前までは、これらの本は本物だったのです。そして、今は偽物です。私にはわかります。偽物なのです！　そして、私たちは、この偽物を売っていたのです！

エラリー　ということは、何者かが、本物を少しずつ巧妙な贋作とすり替え続けてきたということとか……。しかも、時を同じくして、別の何者かが、贋作を本物と思い込んで、盗み続けてきたわけだ！（アドリブの声が近づく）お父さん！　ようやく来てくれましたね。おお、キャラ

ハンさんも。(アドリブで挨拶を交わす)

警視 マイクとわしは、警察本部から車を飛ばして、今しがた着いたところだ。フリント――ヘイグストローム――ピゴット！　ワトスンの部屋に行って、ヴェリーの仕事を引き継げ！(三人はアドリブをしながら退場)

エラリー かわいそうな娘さんはショックを受けたのですよ。もうこっちに戻ったはずだけど。ニッキイはどこかな、エラリー？

ブラック (遠ざかりながら) バーベッジ、ぼくの部屋に行こう。じっくり話し合おうじゃないか――この驚くべき贋作事件を。

バーベッジ (遠ざかりながら) はい、ブラック社長――かしこまりました。

ニッキイ (登場――やつれた声で) こんばんは。今まで、ひと気のないところで座っていたんです――。少し――心を落ち着かせようとして。

キャラハン 死んだ男は若い女に色目を使ったりはしないよ。ところでクイーン、今回の事件から手を引いたらどうかな？　今夜はもう、何もできることはないんじゃないかな。

エラリー (皮肉っぽく) まあ……できることがないというのは事実だね、キャラハン。もちろん、とっくにこの事件を解決してしまったからだが……(一同、アドリブで対応)

ニッキイ エラリー！　もう？　いつもより、ずっと早いじゃないの！

警視 (くっくつ笑いながら) きみはどう思うかな、マイク・キャラハン？

キャラハン (やはり笑いながら) 興味深いな……もし本当ならば、だが。

エラリー　ああ、本当だよ、キャラハン。（笑う）勝ち誇ってもいいだろう。きみは二回もぼくを出し抜いたわけだし、それはぼくにとって楽しいことではなかったからね。

ニッキイ　みんな、わかったでしょう？　最後の最後に笑うのは、彼だったんだわ！

エラリー　（笑う）この事件には犯罪三角形とも呼ぶべきものが含まれていました――三つの頂点は、贋作、盗難、そして殺人です。きみは気づいていたんだろう、キャラハン？　ブラック書店の在庫の大部分が贋作だったことを。

キャラハン　そうだ、クイーン。おれが話そうとしてきみに止められたのが、まさにそのことだった。

エラリー　さて、この事件でもっとも興味深い点は、ある人物が本の偽物を作り、別の人物がそれらの本を盗み、さらに三人目の人物がワトスンを殺したということです。三つの別々の犯罪――三人の別々の犯人です！（警視はくつくつ笑う）

ニッキイ　（息を呑む）なんてファンタスティックなの！

エラリー　そうでもないさ、ニッキイ。キャラハン、きみは、ぼくより先に、贋作の秘密を解いた……そして、黒いカバンの秘密も……二点先取というわけだ。でも、殺人については？　今夜ワトスンを殺したのが誰かということも、わかったのかい？

キャラハン　もちろん、わかっているよ。おれは半時間ばかり前に、警察本部のきみの親父さんのオフィスに出向いて、誰が殺人犯か教えてやったんだ。そうだろう、警視？

警視　その通りだ、マイク。

エラリー　それなら、ぼくは……いや、きみが話した解決は間違いだよ、キャラハン！　よし、ひとつ提案がある！　きみは殺人者の名前を紙に書いて、ニッキイに渡してくれ。ぼくも同じことをする。彼女にその二枚を比べてもらおうじゃないか！

キャラハン　受けてやるよ、若造。（間。ペンを走らす音）これがおれのだ、ポーター嬢さん。

エラリー　こっちはぼくのだ、ニッキイ。

警視　（くつくつ笑いながら）二枚とも読んでくれ、ニッキイ。

ニッキイ　（間をおいてから息を呑む）わたし、そのう――二人とも、同じ名前を書いているわ！　でも――

警視　（笑いながら）わしの見たところ、引き分けのようだな、せがれよ。

エラリー　（びっくりして）お父さん、キャラハンはぼくと同じ名前を書いたのですか？　ニッキイ、本当か？（ニッキイはアドリブで返事を）ぼくには信じられない！

キャラハン　（くすくす笑いながら）いつまで意地を張ってるんだ、クイーン？　自分がしてやられたことに気づいてないのかな？（間）

エラリー　（笑いながら）キャラハン、きみに敬意を表するよ！　きみは、まさにぼくが思っていた通りの人物だったんだね。確かに引き分けだよ。握手をしようじゃないか！

音楽、高まる……続いてゲスト解答者のコーナーに。

聴取者への挑戦

挑戦の中で、エラリーはスタジオの解答者と家庭の聴取者に向かって、三つの質問に答えるように言った。誰が贋の稀覯本を作ったか。誰がその本を盗んだか。そして、誰がワトスンを殺したか。

音楽、高まる……ホテルの大食堂でディナー・パーティを開いている雰囲気。背後では弦楽器の合奏……アドリブで陶製やガラス製の食器が立てるカチャカチャという音が近づいてくる。などなど。

ヴェリー　（大声で）給仕、ワインのおかわりだ！

給仕　（登場）承知しました、お客さま。（酒を注ぐ音）

ヴェリー　満腹ですな、けっこうけっこうけっこう。雰囲気も、何もかもが！

ニッキイ　お祝いみたいね。

エラリー　いいお祝いなのさ。

ヴェリー　でも、何のお祝いなんです？

警視　（くつくつ笑いながら）わが息子がしてやられたことに対してだよ。マイク、このお祝いは、わしがきみに手渡そう。きみは、わしが何年にもわたってやりたかったことを――そして、やれなかったことを――成し遂げたのだからな！

キャラハン　（笑いながら）警視、あなたができなかったのは、おそらく、どのようにすればいいか知らなかっただけですよ。〔冗談はさておき、やはり、勝利の冠はきみに与えられるべきだな、クイーン。ぼくは特別な知識を持っていたから解決できたに過ぎない。

エラリー　おお、そうは思わないな、キャラハン。手段は重要ではないんだ。ぼくたちの競争は引き分けに終わった――それが事実だよ。

ニッキイ　〈仲間ぼめ協会《ミューチュアル・アドミレーション・ソサエティ》〉ね！

ヴェリー　次のときも、この二人は手を握るでしょうな。

エラリー　ぼくたちは、ここにいる善良なる人々に対して、説明の義務があると思わないか、キャラハン？

キャラハン　（くすくす笑いながら）おれにはそんな義務はないね。だが、きみはやれよ。おれはきみの話を聞いている方がいいな。

警視　ヴェリー、ドアを閉めてくれないか？　これからの話は、あまり聞かれたくないのでな。

ヴェリー　（遠ざかりながら）それで食堂の個室を頼んだんですな？（離れた位置でドアが閉まる。食堂の雑音と演奏が遮断される。ヴェリーが戻ってくる）どうぞ、クイーンさん。全身を耳にしてますぜ。

ニッキイ　わかるわ、部長さん。エラリー、わたしだって、わけがわからないのよ。誰かが高価な本の贋作を作って――別の誰かがその贋作を盗んで――また別の誰かが共同経営者の片割れを殺して……

ヴェリー　その上、その真相を全部知ってる二人の男は、競争したあげくにお祝いをしてるときたもんだ！

警視　（くつくつ笑いながら）おまけに、言うまでもないが、とある現職の警視が、二人の競争とお祝いに荷担しておる。

ニッキイ　わたしの頭ではついていけないわ。エラリー、ひとつ、答えを教えてちょうだい。

エラリー　ニッキイ、今夜早くに言ったように、正確には、答えは三つあるのだ。なぜならば、謎が三つあるからね。

キャラハン　最初の謎は、「誰が稀覯本の贋作を作ったのか？」。これは簡単だ。

エラリー　実に簡単だ。バーベッジ老がこう言ったのを覚えているだろう。贋作は極めて巧妙で――見抜くことができるのは、彼自身を除くとアメリカでは六人しかいない、と。

警視　そして、ここにいるマイクは、その六人の中の一人だ。まあ、そうでなければならんのだが。長年にわたって、保険会社の稀覯本業界担当部門におったからな！

エラリー　重要なのは、「贋作者は誰か？」です。一握りの専門家しか見抜けないほど見事な贋作を作ることができる人物ならば、稀覯本業界では名前が知られているはずです。事件の関係者に、そういった人物はいたでしょうか？　いました。必要な知識を持っている人物が一人――実のところ、キャラハン、きみ自身が、「この国の稀覯本専門家の中でもトップクラス」だと評した人物が。

キャラハン　その通りだ。確かにそう言ったよ。
エラリー　つまり、この人物は知識を持っていたのです。ですが、贋作を製作するためには、技能も持っていなければなりません。そして、この人物はそれも持っていたのです。というのもこの人物は、一部限定の古典名作の愛蔵版を、自らの手で作っているということがわかっているからです！　バーベッジがそれを教えてくれましたね。
ヴェリー　覚えてますぜ。でも、それが誰についての話だったか、くり返してもらえませんか？
エラリー　第三点。その人物は、贋作を製作する設備と仕事場も持っていなければなりません。そして、同じ人物が、これもまた持っていたのです！　というのもバーベッジは、この人物がウェストチェスターの自宅で、印刷と製本をしていると教えてくれましたから！
ニッキイ　アブナー・ワトスン！
警視　さよう、ニッキイ。ワトスンが贋作者であることに、疑いの余地はない。
ヴェリー　ですが……ワトスンは本の持ち主なんですぜ。どうして自分の本の贋作を作ったりするんですかい？　つじつまが合いませんな。
キャラハン　彼は本の持ち主ではないんだ、ヴェリー。経営権の半分を握っているだけに過ぎない。ブラック書店の株の五十一パーセントを所有していたことを思い出してくれ。
エラリー　実際はキャラハンの言う通りなのです。というわけで、ワトスン老が若き共同経営者のエドマンド・ブラックを裏切っていたことが――私欲のために本物の本を盗み、精巧だが、会社にとっては何の価値もない贋作を代わりに置いておいたことが――明らかになったわけです。

警視　いずれにせよ、会社はぐらついておった。わしが思うに、ワトスンは会社が倒産する前に、自分の巣に卵を移しておこうとしたのだな。

エラリー　さて、これで贋作の件は解決しました。第二の謎は、「誰が贋作を盗んだのか？」。（間）では、泥棒が持っていなくてはならない資格は何でしょうか？

ニッキイ　泥棒は、書店の人とある程度は面識のある人物ね。そうでなければ、あそこまで徹底的な変装はしなかったでしょうから――コートの襟を耳まで立てて、黒眼鏡をして、ふさふさのつけひげをして……

キャラハン　見事だよ、ポーター嬢さん。

エラリー　すばらしいよ、ニッキイ。でも、それ以外に、もっと重要な点が二つある。第一点、泥棒は舞台奇術に精通した人物でなければならない……。

ヴェリー　そうでした――本をかっさらうときに、奇術用のカバンを使ってましたな！

エラリー　その通り。――そして、第二の、もっとも重要な点。書店に関係するたった一人の人物だけが、キーツ盗難未遂事件のときに、店の〝中〟には〝いなかった〟ということだ。――ワトスンがぼくたちを泥棒と間違えた日に最初の盗難未遂があって、ぼくたちは泥棒を目撃しただろう、ニッキイ？

ニッキイ　わたしたち、店の人はみんな見かけたわよ。バーベッジさん、ワトスンさん……ブラック社長……あら、ブラック社長がいなかったわ！

警視　そうだ、ブラック青年こそが泥棒で、「フィラデルフィア行き」は作り話だったのだ。

キャラハン　それに、バーベッジはおれたちに、エドマンド・ブラックがアマチュア奇術師だとも教えてくれた。

ヴェリー　ブラックが？　もう一人の共同経営者が？　ワトスンが会社の在庫を贋作とすり替え、ブラックがそれを盗んだんですかい？　なんでそんなことを？

エラリー　明白だよ、部長。どちらも同じ理由――倒産が目の前に迫ったので、共同経営者を裏切ったのさ。もちろんブラック青年は、自分が盗んだ本が贋作だとは気づいていませんでした。バーベッジがぼくたちに、ブラックは稀覯本商売については詳しくなかったと教えてくれましたね。ですから、ぼくは気になっているのですよ――贋作のことを知ったとき、ブラックはさぞや不愉快な驚きを味わったのではなかろうか、と。

警視　（いかめしく）「不愉快」では済まんはずだな。

ニッキイ　でもエラリー、ワトスンさんの殺人についてはどうなの？　どうやって犯人を突き止めたの？　いまだに信じられないわ。

ヴェリー　あたしもお手上げですな。警視、あなたは本当に手助けしてないんですかねえ――

警視　（皮肉っぽく）ヴェリー、わしは本当に手助けしとらんよ。だから、黙って聞いておれ。そうすれば、おまえにもわかるだろうて。

キャラハン　そうだ、説明してくれ、クイーン。当たり前の話だが、おれは、自分がどうしてわかったかはわかっている。だが、きみがどうして犯人を突き止められたのかは理解できないんだ。

エラリー　子供にもわかるほど単純だよ、キャラハン。ワトスンが死ぬ前に書き残した二つの語によって、すべて解けたのさ。では、その場面を再構成してみましょう。ワトスンは部屋の中、小卓のある隅で撃たれました。殺人者はワトスンが死んだと信じて立ち去りました。しかし、ワトスンは死んではいなかったのです。これは、撃たれた場所からはじまった血痕が、部屋を横切って、彼が座ってメッセージを書き始めたデスクまで続いていることからわかります。さて、被害者が瀕死の体にむち打ってまで、メッセージを書き残すために、よろめきながら部屋を横切る理由としては、二つしか考えられません。一つ目。「自分自身の罪を告白するため」——これは、死を悟った者が、良心の呵責から逃れたいと願った場合です……。

ニッキイ　でもエラリー、それこそが、ワトスンさんのやろうとしたことじゃなかったの？

ヴェリー　そうですな。「ブラックの秘密」と書いたんですから——

警視　わからんな、エラリー。ブラックの秘密というのが、ブラック書店の稀覯本の在庫が軒並み贋作だったという事実を指すことは間違いないし、ワトスンは贋作者だった。そのことを説明するために、ワトスンは書き始めたのだろう——自分が贋作者だということを告白するために。

エラリー　おお！　では、ワトスンが贋作者だということは、誰の秘密なのですか？

キャラハン　（ゆっくりと）それはどういう意味なんだ、クイーン？

エラリー　それは、ワトスンの秘密ではないのでしょうか？

ヴェリー　うーん、確かにそうですなあ……。

エラリー　ならば、なぜワトスンは「〝ブラックの〟秘密」と書いたのでしょうか？　つじつまが合いません！　現実問題として、ワトスンが告白を意図していたのならば、単刀直入に書いたはずです。死を目の前にした者は婉曲表現を使ったきらびやかな文などを書いたりはしません。しかも、ワトスンは弱っていたために、絶命するまでに十二文字しか書くことができなかったというのに、ですよ。いいえ、もし彼が、死にゆく中で、自らが贋作者であることを告白したかったのならば、「私は店の本を贋作に替えた――アブナー・ワトスン」といったたぐいの簡潔な文を書いたに違いありません。彼が告白文を、「ブラックの秘密」で始めることは――この文を無理に続けるならば、「ブラック書店の秘密とは、以下のものである。私、アブナー・ワトスンが贋作を作り……」とか何とかになるはずですが――まず、あり得ません。ぼくは即座に、贋作告白説は、どう考えても成り立たないとわかりました！　彼が言いたかったことは、ブラック書店の秘密ではなかったのです。

警視　（興味津々で）だがエラリー、ワトスンが告白したのではなかったのなら、この二語を書き残すことによって、何を示そうとしたのだ？

キャラハン　正直に言うと、きみの親父さん同様、おれもその点で頭を悩ませているんだ、クイーン。

ニッキイ　今のを聞いたかしら、ミスター・クイーン！　自尊心が復活したんじゃなくって？

エラリー　（くすくす笑いながら）おかげさんでね。ニッキイ、おかげさんで復活したよ。

ヴェリー　それで、死にかけの男がしんどい思いをしてまで書き残す、二番目の理由ってのは何ですかい、クイーンさん？

エラリー　二番目の理由はだね、部長――もう一つの可能性は――それは……殺人者の正体を示す手がかりを残すためだよ。ワトスンは夜中に、閉店後の店内で殺されました。弱った体で助けを求めて大声を出しても、誰の耳にも届かない状態にあったことになります……。そうです、ワトスン氏は殺人者の名前を伝えようとしたのです。

警視　だがエラリー、どう考えても、そっちもつじつまが合わんぞ！　被害者が、自分を殺した犯人の名前を伝えたいのならば――名前を書けばいいではないか。それなのにワトスンは、名前を書き残さずに――「ブラックの秘密」と書いたのだぞ！

キャラハン　その通りだ、クイーン。きみの言っていることが正しいのならば、なぜワトスンは殺人者の名前を書き残さなかったのかな？

エラリー　もっともな質問だよ、キャラハン。その答えは「明らかに、彼は殺人者の名前を知らなかったからである」！

ニッキイ　殺人者の名前を知らなかった、ですって？　そんな――

警視　ああ、わしにはわかった。そうだ――その通りだな、マイク！

キャラハン　（感心して）あれは、そうだったのか。思いもよらなかったな。

ヴェリー　（ほえる）おやおや、何がその通りなんです？

エラリー　ぼくたちは知っているじゃないか、部長。この事件の関係者の中に、ワトスンと面識のない人物が、たった一人だけいることを。そしてその人物とは……（間）ミスター・マイク・キャラハンだ。（ニッキイとヴェリーは息を呑む）マイク・キャラハンは自らの口で、ぼくたちに教えてくれました。ワトスンと彼は会ったことがない――「まだ名前すら教えていない」ということを！

ヴェリー　おまえさんが――マイクが？　おまえさんがじいさんを殺したって？　まさか――

エラリー　ああ部長、きみには思いがけない事態だったね――うっかりしていたよ。だが、最後まで話をさせてくれないか。さて、ワトスンはキャラハンに殺されました。そして、ワトスンはキャラハンの名前を知りませんでした。が、キャラハンが就いていた仕事は知っていました――エドマンド・ブラックの新しい秘書という！　これまた、だましの達人キャラハンが、ぼくたちに――自分が書店の従業員になりすましていると――教えてくれましたね。ブラック氏の〝秘書〟（secretary）として。（間）ブラックの……秘（secret）……書（ary）……。

ニッキイ　「ブラックの秘密（secret）」だわ！　彼は「ブラックの秘書（secretary）」と書くつもりだったけど、s-e-c-r-e-tまでしか書けなかった、そう言いたいのでしょう、エラリー？

エラリー　正解だ。彼は単語を書き終える前に死んでしまったのです。そしてこれが、キャラハンが殺人者であるという確証になります。ワトスンが、ブラック氏の前の秘書を――確か、マーカスという名の人物だったはずです――示したかったということは、あり得ませんからね。なぜならば、間違いなく、ワトスンは元従業員の名前を知っていたからです。従って、彼は新しい秘書の方を示したかったということになります――われらが友、キャラハンを。

ヴェリー　それは……だって……あんたらはみんな、何事もなかったかのように、ここに座っているじゃないですか！　警視、あなたはなぜマイクを——あたしが言いたいのは……

警視　（おだやかに）わけがわからんようだな、ヴェリー。教えてやりたまえ、マイク。

キャラハン　（おだやかに）厄介な出来事だったんだ、ヴェリー。おれの警察官と私立探偵としての二十年のキャリアの中でも、こんな立場になったことは、一度もなかった。おれは今夜、書店にもぐり込んだんだが、おいぼれ鳥が自室にいたのには驚いたね。彼には、自分がブラックの新しい秘書だと説明したんだが、それでもおれをスパイ呼ばわりして——それでおれは、やつが贋作者であることを示す証拠を探していることを、ぶちまけてやった。やつは怒り狂って、出て行けとわめきだした。おれはさらに、脅そうったって、無理だと——おれはやつが贋作者であることを確信しているし、たとえ殺されたって、やつの犯罪をあばいてやると——言ってやった。するとやつは逆上して、引き出しから拳銃を取り出したので——おれはそいつをひっつかんだ。やつは筋金入りのおいぼれ鳥だったし、死にもの狂いで抵抗したために、互角の取っ組み合いになった。おれは、自分の命を守るために戦わなければならなくなったんだ。最後には、銃を取り上げることができた。だが、やつがおれに突進してきて、銃が暴発してしまったんだ。その次におれが理解できたことは、おれは手に銃を持って立ちつくし、やつは床に倒れて死んでいる——少なくとも、おれはそう思った——ということだった。

警視　典型的な正当防衛だ。マイクはその足で警察本部のわしのオフィスを訪れ、自首をした。洗いざらい話してくれたのだ。ワトスンの銃も渡してくれた。もちろん、法的な面からは、彼を拘留せねばならん。だが、特に問題にはならんと、わしは考えておる。そうだろう、マイク？

キャラハン　（くすくす笑いながら）そう願いたいね。クリスマスは家族と過ごしたいもんで。

ヴェリー　なんと、あたしはだまされていたんですな！

エラリー　部長、ぼくもだまされたよ。マイクがニッキイに渡す紙に自分の名を書いたとき、ぼくは心底たまげました。殺人者がそんな告白をするとは、思いも寄らなかったからです！まあ、何はともあれ、すべてがあるべきところに戻ったのは、嬉しいことですね。世界はアブナー・ワトスン氏の損失に直面しても、大したものは失わない。贋作者にして最低の卑劣漢、おまけに人を殺そうとした人物ですからね。

ニッキイ　あの……クイーンさん。

エラリー　何だい、ニッキイ。

ニッキイ　晴れやかな夜会に一片の悲観論を持ち込むのは、好きではないのだけど――。でも、あなたはやたらはしゃいでいるけど、何か忘れているのじゃなくて？

エラリー　何もかも解決したと思っているけど。何を忘れているんだい、ニッキイ？

ニッキイ　（笑いながら）ご自分の探偵小説の原稿を、エドマンド・ブラックから取り戻すのを、忘れているのよ！　覚えていないの？　彼が間違えて、あなたの小説が入ったカバンを持って行ってしまったことを？

エラリー　ぼくの原稿か！　なんてこった……ど――泥棒！（去りながら）失礼！（一同の笑い声

が高まる）

音楽、高まる。

三人マクリンの事件

The Case of the Three Macklins

一九三七年から一九四五年にかけて、CBSラジオで最も人気のあった番組は、「ケイト・スミス・アワー」だった。出演者は、ケイト・スミスとテッド・コリンズ——彼女を〝発見した〟人物にして、コロンビア・レコードの副社長——の二人。互いの人気向上のため、スミスとコリンズは「エラリー・クイーンの冒険」にゲスト安楽椅子探偵として出演し、フレデリック・ダネイとマンフレッド・B・リーは、「ケイト・スミス・アワー」のために、少なくとも二本のミニ・ミステリを書きあげた。

「三人マクリンの事件」は、この時期のEQのラジオドラマに見られる特徴を兼ね備えている——三人の容疑者、一つの重要な手がかり、そして聴取者への挑戦状を。

テッド・コリンズ　紳士淑女のみなさん、テッド・コリンズです。先週日曜日の夜、ケイトと私は「エラリー・クイーンの冒険」のゲストとして招かれ、おそまつで行き当たりばったりの安楽椅子探偵をつとめてきました。今週はわれわれが招く側です。エラリー・クイーンと、彼の秘書のニッキイ・ポーターと、お父さんのリチャード・クイーン警視を。そして、この番組で、彼らが解いた〈推理の一問題〉を提供してもらうつもりです。そういったわけで、どうやって解決したかを話してくれるために、今ここにエラリー・クイーンその人が来てくれました。

エラリー　ありがとう、テッド。もちろん、今夜はいつもの長さの事件をお話しすることはできない。でも、推理を要する本物の問題の中でも、コンパクトサイズの事件を話すことはできると思うし、きみが興味をそそられることは請け合うよ。ぼくが、きみをわがオフィスに連れて行ったと想像してくれるかな。そこでぼくたちは事件簿を眺めることができるんだ。

音楽、高まる……スチール製のキャビネットが開く音。

ニッキイ　クイーンさん！　このファイル・キャビネットの青いカード、これまで気に留めていなかったのだけど。何なの？

警視　（くつくつ笑いながら）エラリーの〝駆けつけ一杯〟の記録さ。
エラリー　ぼくが犯行現場を調べはじめてから、五分で解決した事件の数々を記録したものだよ、ニッキイ。
ニッキイ　五分で？　五分で解決できる犯罪なんて、聞いたことがないけど？
警視　（そっけなく）わしの方は逆に、聞き飽きておるんだよ、ニッキイ。エラリーが何十回となくやってのけたのを見とるからな。
エラリー　（くすくす笑いながら）じゃあ、きみにも見せてあげよう。どれでもいいからカードを一枚、抜き出してごらん、ニッキイ……さあ！
ニッキイ　これでいい？
エラリー　どれでもかまわないさ。よし、それだね。何て書いてある？
ニッキイ　（読み上げる）カードの上にはこう書いてあるわ。「三人マクリンの事件。犯罪——殺人。被害者——ジェニー・ガイ、ナイトクラブの歌手。犯行現場——駅馬車街道を外れたところにあるあばら家……」。わくわくする感じね、クイーン警視。
警視　わくわくするし、そそられもする。確か、彼女を殺したやつは、犯行現場にコートを捨てざるを得なかったのではなかったかな。
エラリー　いいかい、ニッキイ。このジェニー・ガイはある一家——マクリン家——の三人を強請っていたんだ。
警視　上流階級のさらに上流——〝ニューヨークの富豪四百人〟（著名な社交家ワード・マカリスターの言葉より）に属する一

家だ。（くつくつ笑う）マクリン夫人には会ってみるべきだな！　准将のごとき声を持つ——かつては女優だった——堂々たる老貴婦人だ。だが、亭主のマクリン判事の方は——その老いさらばえた右腕で、貴族の血《ブルー・ブラッド》のくびきを解き放っておる。

ニッキイ　二人ともよくいるタイプに見えるわね。三人めのマクリンは？

エラリー　息子だよ。ジェニー・ガイはその鉤爪を若きマクリンに伸ばしたんだ。彼は放埒《ほうらつ》な若者で——ええと——若い女性という弱点を持っている。

警視　（くつくつ笑いながら）マクリン青年はオックスフォードで教育を受け、合衆国《ステイツ》に帰って来たときには、従者とポロ用の馬と車と発音をたずさえておった——どれもイギリス産を！　彼はジェニーに惚れ込んで、世間体を危うくするような手紙を出して——一巻の終わり！

エラリー　ジェニーは家族全員を強請っていたんだ。両親にばれることを恐れる息子から金を引き出した。妻にばれることを恐れる夫から金を引き出した。夫にばれることを恐れる妻から金を引き出した。

ニッキイ　ジェニーは独創的な能率向上専門家みたいね！

警視　（不愉快そうに）欲の皮をつっぱらねばな。彼女はそのあばら家で、ひと晩の内に三人全員と待ち合わせをしたのだ。

ニッキイ　三人が一緒に？

エラリー　違うよ、ニッキイ。三人は、同じ夜の違う時刻に、互いに他の二人のことは知らずに、町から車を飛ばして来たんだ。

警視　最初の二人は、ジェニーに金を払うと、帰って行った。

エラリー　そのあとで三人めの人物が車を走らせて来て、porte-cochère《ポルト・コシェーロ》──車道から入れるポーチまで張り出している屋根のひさしさ、知ってるだろう？──の下に駐車した。

警視　（声がだんだん小さくなる）その日はどしゃ降りの……荒れ模様の夜だった。

豪雨の効果音が入り──車が近づき──停まり──車のドアが開いてバタンと閉まり──ポーチを駆け抜け──ドアをノックして──きしみながらドアが開き──間。

ジェニー　（若々しく、冷酷な声）おお！　入って、入ってちょうだい。（足音、ドアが閉じる）あたしの心を傷つけたおわびは持って来たでしょうね？（間）だから──現ナマ《ドウ》を持って来たかって言ってるのよ！（間。少しおびえた声で）どうして返事をしないの？　なんでそんな目で見つめるの？（間。さらにおびえた声で）何か言ったらどうなの！　舌を抜かれたの？　待って！──そんな目でこっちに近づかないでちょうだい……（息を呑んでからヒステリックに笑う）冗談よね──そうに違いないわ。あたしを怖がらせようとしてるのね。さあ──現ナマ《ドウ》を渡して……（悲鳴）だめ！　やめて！　おお、どうか──ちょっとからかってみただけよ──悪気はなかったの──（悲鳴。もみ合う音。あえぎ声）殺さないで！（すすり泣く声）お願い──やめて──殺さな──（ごぼごぼという声。うめき声。人が倒れる。間。ドアに駆け寄る。ドアが開いてバタンと閉じると、雨音が高くなる。ポーチを走る──車のドアが開いて閉じる──車が走り出すと同時に、ダイナミックな音楽が高まり……そこに声が割って入る……）

ニッキイ　なーんだ、簡単な事件じゃないの！　マクリン一家がやって来た順番を調べるだけで――誰であろうが、三番めに来た人が、ジェニー・ガイを殺したに決まっているわ。

警視　（くつくつ笑いながら）とても理にかなった提言だよ、ニッキイ。雨が自動車のタイヤの跡をすべて洗い流し――どんな目撃者もいないとなれば――

エラリー　（声が小さくなっていく）そして、父さんが犯行現場で三人のマクリンを尋問すると……。

音楽が高まり、アドリブのざわめきが割って入る。

警視　静かにしたまえ！（ざわめきが小さくなる）あなたがマクリン判事ですな？

判事　（重々しく）わしがマクリン判事だ、クイーン警視。

警視　そして、あなたがマクリン夫人ですな、判事の奥方の？

マクリン夫人　（泣きながら）はい……そのう……どうか……おおっていただけないでしょうか、あの――あの床の上の死体を。

エラリー　（小声で）死体をおおってくれ、フリント。（アドリブで応じる）

警視　それから、きみが息子のマクリンだな？

マクリン　（イギリス風の発音で）ああ――殺人とはね……あんたは、父と母から何も見つけることはできないさ、警視。ぼくからもだ！

警視　（おだやかに）そうかね？　さて、今夜、この家に訪ねて来たのは、あなた方三人しかいない。動機を持っているのも、あなた方三人しかいない――われわれはジェニー・ガイのささやかな恐喝稼業について、みんな知っておるのですよ。坊やが彼女に出した恋文《ドウ》を手に入れたものでな！――そして最後に、今夜のアリバイを、あなた方三人の誰ひとりとして持っていない。

エラリー　（やさしく）ふるい落としはぼくがしますよ、お父さん。マクリン判事、今夜、あなたがこの家に来たのは何時でしたか？

判事　（堅苦しく）覚えておらん。はなはだ記憶力が悪いのでな。

マクリン夫人　（憤慨して）よくもまあ、わたくしたちを殺人なんぞで尋問できるものね！　わたくしには訊く必要はないわ、いずれにせよ、ひと言も話しませんからね！

マクリン　（小声で）母さん――もう少しおとなしく――

警視　きみも覚えておらんのだろう、坊や――ええ？

マクリン　（くってかかる）そうだ！　覚えてない！（間）

警視　エラリー、こっちへ来い。（間。小声で）彼らはお互いにかばい合っておるな。あの三人からは、何も得られそうにない。

エラリー　（小声で）コートがありますよ、お父さん。

警視　（小声で）しかし、あの父子は似たような体格だし、コートには持ち主がわかるようなマークはないぞ！

エラリー　（小声で）ためしてみましょう、お父さん。（間。声を大きくして）みなさんはこのコートを見たことがありますか？（アドリブで対応）ええと、このコートは右袖が雨で濡れていて、正面にジェニー・ガイの血が染みついています。血のしみが付いたコートを着ている姿を見られる危険を犯すことができない、という当然至極の理由によって、彼女の殺害者が残していったものなのです……（マクリン夫人が叫び声をもらす）

警視　（間髪容れず）誰のコートなのですか、マクリンの奥さん？　見覚えがあるのですな？　ご亭主のものですか？　ご子息のものですか？

マクリン夫人　（弱々しく）いいえ……いいえ……見たこともありません！

マクリン　そうだよ、母さん。（むっつりと）ぼくもそうだ！

判事　わしもだ。諸君、こんな尋問は時間の無駄だ。妻も、息子も、そしてわしも、今夜この女性を訪ねたことは認めよう。あいにくと、わしらはそれぞれ、一人だけで自分の車に乗ってやって来て、強請に対して金を払い、生きている彼女を残して帰って行ったのだ。これが話のすべてだ！

警視　（冷淡に）あなた方の内の二人は、生きているこの女性を残して帰って行った。だが、三人めは彼女を刺したのだ！　話す気はありませんかな？（間）

エラリー　この人たちは、話す必要はありませんよ、お父さん。（アドリブでざわめく）

警視　必要がないだと？　おまえはこう言いたいのか、エラリー。もうわかったと——

エラリー　そうです、お父さん、ぼくはもうわかりました。今夜、ジェニー・ガイを殺したのが、この人たちの誰なのかを！

音楽、高まる……そしてそこに声が入る。

警視　というわけだ、ニッキイ。これが、〝早撃ちクイーン〟が「三人マクリンの事件」を解いた顚末だよ……しかも、五分間でな。

ニッキイ　でも――どんな根拠があって？　手がかりは何なの？　よもやエラリー、わたしが「今や解決に必要なすべての事実を手に入れている」なんて、言わないでしょうね！

エラリー　（くすくす笑いながら）そう言わせてもらうよ、ニッキイ。

ニッキイ　（不満げに）でも、信じられないわ！

警視　彼女に説明してやるとするか、エラリー？

ニッキイ　いいえ――待ってちょうだい！　少し時間をくれないかしら――もしあなたが解けたのなら――（声がだんだん小さくなる）わたしにだって解けるはずだわ……！

警視とエラリーの笑い声も小さくなっていく。

音楽、高まる。

テッド・コリンズ　うーん、エラリー、私はニッキイに賛成したい気分だね――きみがどうやって解いたのか、見当もつかないよ。ケイト、きみはどうかな？　解決できたかい？

ケイト・スミス　ええと、正しいかどうかはわからないけど、ひとつ思いついたわ。

アナウンサー　この時点でミス・スミスは、自分の推理を謎の答えとして提出しました。エラリーはこう言います。

エラリー　とても頭がいいですね、スミスさん。

ケイト・スミス　正解かしら、クイーンさん？

エラリー　では、物語に戻ったと想像してください（声がだんだん小さくなる）。あなた方も覚えていると思いますが、ニッキイは自力でこの謎に取り組み続けています。

音楽、高まる。

警視　（くつくつ笑いながら）どうかね、ニッキイ？　事件はもう解けたかな？

ニッキイ　（あきらめて）エラリーがどうやって解いたか、見当もつかないわ、警視さん。きっと、ものすごく複雑なのね、エラリー。

エラリー　その逆だよ、ニッキイ。それはとても——そう、車の運転をするように簡単なことなんだ。

エラリー、警視に笑いかける。

ニッキイ　それは、車の運転が重要な手がかりだと言いたいの？

警視　もちろんだよ、ニッキイ。それがたったひとつの手がかりなのだ。

ニッキイ　でも、あの晩は、マクリン家の三人とも、車を運転していたじゃないの！　判事はこう言ったわ――それぞれが一人だけで、自分の車を運転して、あばら家にやって来たって！

エラリー　正解だよ、ニッキイ。そして、それこそが、ぼくを正解に導く合図だったのさ。

ニッキイ　うーん、わたしは降参だわ。あなたはどうやって解決したの？

エラリー　ニッキイ、殺人者が犯行現場に残した血染めのコートのことは覚えているだろう？

ニッキイ　ええ。――でも、持ち主がわかるようなマークはない、と言ったじゃないの！

警視　（くつくつ笑いながら）持ち主がわかるようなマークがひとつだけあったのさ――エラリーにとっては。

エラリー　そうだ、ニッキイ。ぼくがコートの特徴を挙げたとき、袖の片方だけが雨で濡れていると言ったはずだ。

ニッキイ　覚えているけど――それが何なの？

エラリー　答えてくれるかい――殺人者は、どうすればコートの片方の袖だけを雨で濡らすことができたのかな？

警視　濡らしたのは、車を降りて家に入ったときではないはずだ、ニッキイ。――わしらは、殺人者は車をporte-cochère《ポルト・コシェーロ》の下に駐車したと話したし――エラリーが説明した通り、そこには屋根がかかっておるからな。

ニッキイ　（考え込む）そうだったわね。わかりかけてきたわ。袖の片方だけが濡れるのは……簡単だわ！　車の運転中、曲がったり、停まったり、何かそんなことをするときは、腕を外に突き出して合図するじゃないの。

警視　正解だ、ニッキイ！　雨の中をジェニーに会いに行った犯人は、運転中に何度も合図をして、袖の片方だけを濡らしたわけだ。

ニッキイ　それはわかったけど。でも、どうしてそれでエラリーが、マクリン家の誰がジェニー・ガイを殺したかを指摘できたのかは、まだわからないわ。

エラリー　ぼくは、コートはどっちの袖が濡れていると言ったっけ？

ニッキイ　あら、コートの右の袖でしょう。そう言ったはずよ。

エラリー　それではニッキイ、きみが自分の車を運転した場合——曲がったり停まったりするときに車から突き出すのは、きみのどちらの腕かな？

ニッキイ　あら、左の腕よ。当たり前でしょう。だって、運転席は車の左側にあるのだから。

警視　（くつくつ笑いながら）ならば、殺人者はどうやって運転中に右の袖を濡らしたのかね？

ニッキイ　そんなこと、わかるわけ……もちろんそうよ！　殺人者の車は、運転席が右側にあったんだわ！

エラリー　それではニッキイ、右ハンドルの車といったら、どんな種類のものかな？　アメリカ車かい？

ニッキイ　外国の車よ！

警視　そうだ、ニッキイ。そして、わしがきみに話したことを覚えているかね。マクリン家の一人が所有して運転している車は、イギリスから持ち帰ったものだと言ったことを——

エラリー　息子だよ——マクリン青年だ！（くすくす笑いながら）Q.E.D.（証明終わり）！

　音楽が高まり……締めくくりに入る。

テッド・コリンズ　エラリー、ニッキイ、クイーン警視、とても楽しい推理の問題をありがとう。来週、きみたちが自分の番組に戻って、新たな推理の問題を提供してくれるのが楽しみだよ。というのも、われわれは、今度の日曜日の夜の「エラリー・クイーンの冒険」も聴かせてもらうつもりだからね。心の底からぞくぞくする謎を、われわれのために用意してくれると思っていいかな？

エラリー　約束できると思うよ、テッド。ここまでもてなしてくれて、ありがとう。

解説

飯城勇三（エラリー・クイーン研究家）

エラリー・クイーンの作家活動において、ラジオ版「エラリー・クイーンの冒険」は無視できない割合を占めている。テレビが一般家庭に普及する前の一九三九年から四八年にかけて放送されたこのラジオドラマは、ミステリを読まない千五百万人以上の聴取者を魅了し、〝エラリー・クイーン〟の名を全米に知らしめたのだ。

このラジオ版「エラリー・クイーンの冒険」には、注目すべき点が二つある。

一つ目は、犯人当て形式をとっていること。物語の終盤になると、探偵エラリーが聴取者に向かって「手がかりはすべて揃いました。犯人を推理してください」と〝挑戦〟するのだ。そして、スタジオに招かれたゲストたちが自分の推理を語っている間に、聴取者もまた、推理をする。クイーンの国名シリーズでおなじみの〈読者への挑戦〉のラジオ版とも言うべきこの〈聴取者への挑戦〉は前代未聞の趣向であり、ラジオの前に集まった家族に〝推理する楽しみ〟を伝えたのである。

二つ目は、クイーン自身が脚本を書いていること。フレデリック・ダネイとマンフレッド・リーは、一般大衆向けのラジオドラマだからといって手を抜くことなく、小説に匹敵する質の高いパズルを提供し続けたのだ。

その質の高さについては、次のエピソードを紹介させてもらおう。本書の序文にあるように、最後の三年間はダネイに代わってアントニー・バウチャーがプロットを考え、リーがそれを肉付けしていたのだが、そのバウチャーとリーの間で一九四五年に交わされた書簡の一部である（EQMM二〇〇五年八月号掲載）。

バウチャーからリーへ「クイーンのラジオドラマの脚本は、（私が当時書いていた）ホームズものの脚本の倍は難しい。普通のラジオ・ミステリの十倍は難しいのではないか」

リーからバウチャーへ「今頃気づいたのかね？　私はダネイと、それをずっと前からやっていたのだよ」

当時のバウチャーが書いていたホームズもののラジオドラマとは、ベイジル・ラスボーンがホームズを演じたシリーズを指している。ホームズ・ファンとミステリ・ファンに高く評価されているシリーズで、この脚本に惚れ込んだケン・グリーンウォルドが小説化して『シャーロック・ホームズの失われた事件簿』（邦訳は原書房）を出したほどである。その傑作シリーズの「二倍は難しい」というのだから、いかにラジオ版「エラリー・クイーンの冒険」の質が高かったかがわかると思う。

本書は、その〝質の高い〟クイーンのラジオドラマの脚本を集めた作品集である。原書はクリッペン&ランドリュー社から二〇〇五年に出た*The Adventure of the Murdered Moths and Other Radio Mysteries*。この本は一時間バージョンの脚本九作と三十分バージョン五作が放送順に並んでいるが、本書にはその中から一時間バージョンを四作、三十分バージョンを三作収めた（残りの七作は『聴取者への挑戦Ⅱ　死せる案山子の冒険』に収録予定）。加えて、原書の序文と謝辞も収録。最後の「三人マクリンの事件」は、原書の愛蔵版に付録として付いている小冊子から訳した。また、各作品の頭に付いているコメントと登場人物一覧、それに〈聴取者への挑戦〉の文は、原書の出版者ダグラス・G・グリーンによるものである。

そして、この本に収録されたクイーンの脚本は、〝質が高い〟だけではない。クイーン・ファンにとっては、もっと興味深い点があるのだ。

エラリー・クイーンのファンには「クイーンにはずっと国名シリーズを書き続けてほしかった」と思う人が少なくない。国名シリーズが圧倒的な面白さを持つために、そして、クイーン以外の作家はこのレベルに達したパズラーを書けないために、こういった願望が生まれるのだろう。『災厄の町』も『十日間の不思議』も『九尾の猫』も傑作であることは間違いない。しかし、それでもやはり、国名シリーズのようなパズルをもっともっと読みたいと思う気持ちは抑えられないのだ。

こういった願望を持つファンが本書を読んだならば、おそらく狂喜するに違いない。この本に収められた脚本は――特に一時間バージョンは――国名シリーズと同じタイプの純粋パズラーだからである。張りめぐらされた伏線、巧妙な手がかり、論理的な推理といったものは国名シリーズと同等のものだし、犯人を容疑圏外に置くテクニックの鮮やかさも健在。何よりも、〈挑戦状〉

が必ず登場するのが感涙ものである。さらに、探偵エラリーやクイーン警視やヴェリー部長やプラウティ博士といったレギュラー陣のみならず、フリント、リッター、ピゴット、ヘイグストロームといった、国名シリーズでおなじみのニューヨーク市警の刑事たちまでも、しっかり登場。つまり、国名シリーズとラジオドラマは、小説とラジオというメディアの違いこそあれ、同じ世界の出来事を描いているのだ。あいにくと、〝登場人物がチェスの駒になっている〟という欠点までもが共通なのだが、これは、「パズルにはチェスの駒のような人物がふさわしい」とクイーンが考えたためなのかもしれない。

しかし、ファンにとって何よりも嬉しいのは、探偵エラリーの性格が国名シリーズ当時のものに戻っていることだろう。一九四〇年代の小説中のエラリーはひたすら悩んでいたはずなのに、同じ時期に放送されていたラジオドラマの中では悩みのかけらすら見せない。国名シリーズ同様、自信満々で、インテリ気取りで、推理の天才なのだ。

クイーンは国名シリーズのような純粋パズルを捨ててはいなかった。小説では新たな世界に挑むのと並行して、ラジオドラマでは従来の挑戦状付きのパズルを描き続けていたのである。

とはいうものの、何もかもが国名シリーズと同じというわけではない。

例えば、エラリーとニッキイのしゃれた会話は、国名シリーズというよりは、『ハートの4』などのハリウッドものを彷彿させる。また、国名シリーズではあまりお目にかかることがなかったユーモラスな場面や会話が多いのも、ハリウッドものの方に近い。

しかし、本格ミステリとして見た場合の違いは、次の三点である。

①伏線や手がかりがわかりやすくなっていること。これは、小説と違って読み直し（聞き直し）ができないというラジオドラマの性質によるものだと思われる。

②不可能犯罪などの派手なシチュエーションが多いこと。これは、ミステリ・ファンではない一般聴取者を惹きつけるためだと思われる。

③犯人隠しのテクニックがあからさまに使われていること。クイーンは犯人を読者が想定する容疑者の枠から逃がすテクニックに長《た》けているのだが、ラジオドラマではそれがずっとわかりやすい形をとっている。これまた、一般聴取者を意識したためだと思われる。

もっとも、この三点はどれも、読者にとってはありがたいと言える。国名シリーズより不可能興味にあふれ、伏線や手がかりがわかりやすくなり、クイーンの技巧をじっくり楽しめるのだから。

というわけで、これから本編を読む読者には、一つお願いをしたい。

放送当時のラジオドラマの聴取者と同じように、挑戦状まで進んだら、犯人を推理してほしいのだ。放送時と同様、推理に費やす時間は五分程度で充分だし、前に戻って読み直す必要もない。言うまでもないが、本書の脚本は、そうした楽しみ方をされることを想定して書かれているからである。クイーンの挑戦を受け、国名シリーズを読んだ時のわくわくする感じを味わってほしい。

また、この手の犯人当てではアメリカの風俗や英語の知識が必要になる場合もあるが、本書収録の八作については、日本人でも問題なく解けることを保証しておく。英語の知識も、高校程度で充分である。

ちなみに、私の戦績は二勝四敗二休（「休」というのは既読のこと）。また、本書収録作の一部をエラリー・クイーン・ファンクラブの例会で朗読したところ、正解率は平均して三割程度だった。さて、みなさんの成績はどうだろうか？

以下、収録作についての解説を行う。**犯人やトリックに触れているので、本編読了後に読んでほしい。**

ナポレオンの剃刀の冒険

ほとんどの場面が列車の中で展開する〈鉄道ミステリ〉。しかも、物語はカリフォルニアで始まってニューヨークで終わるので、アメリカの地図を片手に読むと、より一層楽しめるだろう。また、単に舞台にしているだけではなく、列車ならではの状況設定や手がかりや伏線が組み込まれているのは、いかにもクイーンらしい。問題編では「車両の両端を赤帽と車掌が見張っている」という設定を導入して容疑者を七人に限定、解決編では部屋着とスリッパの手がかりで一人に絞り込む、というロジックは、まさしく国名シリーズ風と言える。（赤帽か車掌が犯人である可能性を検討していないのは、いささか甘いと言えるが――）

唯一、ナポレオンに関する知識の誤りからデュボアが偽教授だと見抜く推理だけは、初期クイーン風ではなく、『クイーン検察局』のような後期風になっている。おそらくこれは、ミステリ・ファンではないラジオの一般聴取者向けの手がかりなのだろう。歴史に詳しい聴取者ならば、ここで手がかりに気づいて、ニヤリとしたに違いない。

なお、原書にはこのシーン（本書21～22ページ）に、〈出版者の注〉として「ナポレオンが一八一五年にまだジョセフィーヌと結婚していたというくだり（二人はその六年前に離婚している）は、手がかりではなく、EQ側の珍しいミスである」という文が添えられている。解決編を読んだ限りでは、クイーンのミスではなく手がかりである可能性が高いと思われるので、翻訳時にカットしたことをお断りしておく。

しかし、最も国名シリーズ的なのは、読者に犯人を当てさせないために作者が弄するミスディレクションの巧さである。

なんと、本作では挑戦状の直前に真犯人がクイーン警視に逮捕されてしまうのだ。もちろんこれは芝居なのだが、このシーンを読んだ読者は、ついデュボアを容疑者から外してしまうに違いない。しかも、エラリーがこの芝居に賛成しているので、よけいに読者は引っかかるだろう。挑戦状までの話の展開では、このあとで警視の罠が成功して、デュボア以外の人物が犯人として逮捕されるようにしか読めないからだ。もともとデュボアは自分を被害者に見せかけて容疑圏外に逃れようとしていたため、この〈犯人のトリック〉と、警視の罠という〈作者のトリック〉の相乗効果によって、ほとんどの読者はだまされるに違いない。

ここで興味深い点は、警視が「デュボアを逮捕する」と告げた時のエラリーの反応。エラリーはこの時点でデュボアが犯人だと見抜いていたので、警視のこの言葉を聞いた時に、父も自分と同じように犯人を見抜いたのだと勘違いしてしまったのだ。この時エラリーは、警視に向かって「デュボワが殺人犯だということについて、何を話そうというのですか？」とか「芝居ですって？　どういう意味ですか？」という妙にピントがずれた質問をしているが、これは、二人の真相に対するずれを表しているのである。こういった再読して初めて気づく面白さも、国名シリーズ的と言える（が、当時のラジオ聴取者はわからなかっただろうなあ）。

　本作でもう一つ興味深い点は、宝石の隠し場所。「限定された空間の中に品物が隠されているが見つからない」という謎は、クイーンが得意とするものであり、小説でもくり返し使っている。国名シリーズでは『アメリカ銃の謎』におけるスタジアム内での銃の消失が好例だろう。ウィリアム・ブリテンのクイーン・パロディ「エラリー・クイーンを読んだ男」（論創海外ミステリ『ジョン・ディクスン・カーを読んだ男』収録）が「隠し場所探し」を扱っているのも、そのためだと思われる。

　しかし、本作における隠し場所は、『アメリカ銃』やブリテンのパロディとは原理が異なっている。右の二作、そしてこの設定の元祖であるポーの「盗まれた手紙」を含めた大部分の作品が、「限定空間内には探さなかった場所があり、品物はそこに隠されていた」となっているのに対して、本作ではその逆――「限定空間内には探さなかった場所はないので、品物はそこに隠されていない」――だからである。この「前提条件に見落としはないから真相は～だ」という原理は他の作家はほとんど使いこなしていないのだが、クイーンはしばしば、そして巧みに用いている。よく知られているのは長編『帝王死す』や短編「七月の雪つぶて」などだが、『ローマ帽子の謎』でも「劇場内には探さなかった場所はないので消えた帽子は持ち出されたことになる」という形で使われているので、国名シリーズ風と言っても間違いではないだろう。また、「宝石が剃刀に隠してあるならば、あとでそれを取り戻すことが可能な唯一の人物であるデュボアが怪しい」というロジックで犯人を指摘できるようになっている点も、いかにもクイーンらしく、かつ見事である。

もう一つ、この宝石の消失を、「早々と犯人を見抜いたエラリーがそれを警視に伏せている」理由にも用いている点もお見事。おそらくエラリーは、デュボアを泳がしておけば、宝石の隠し場所がわかると考えたのだろう。

なお、F・M・ネヴィンズによると、本作の放送時に招かれたゲスト解答者の一人は、劇作家のリリアン・ヘルマンとのこと。そして彼女は、鮮やかに犯人を当てたのだ。さて、みなさんは？

〈暗　雲《ダーク・クラウド》〉号の冒険

すべての場面がヨットの上で展開する〈船上ミステリ〉――というわけではない。ヨットという舞台は、容疑者を限定するためと、被害者が遺言状をすぐに書き換えられない状況、それに犯人が現場に舞い戻って蠟管を始末する機会を作るために用いられているに過ぎないからだ。〝閉ざされた山荘〟を舞台にしても、同じ状況は設定できるだろう。

しかし、内容の方は、斬新かつ驚くべき趣向が二つも盛り込まれている。

一つ目はダイイング・メッセージに関するもの。被害者は犯人の名（ジュール）を正しく告げたのに、それが直前まで録音していた遺言の文章に続く単語（ジュエル）と似た発音であるために、エラリーたちはダイイング・メッセージだと気づかなかったのだ。この「解決編までダイイング・メッセージものであることがわからない」という趣向は、国名シリーズのある作で用いられている「解決編まで密室ものであることがわからない」という趣向のバリエーションに他ならない。そして、被害者がメッセージを残したことを、そして録音のどの部分がメッセージなのかをエラリーが論理的に推理するくだりは、まさしく初期クイーン風である。（なお、本作の冒頭に添えられた出版者のコメントでは、この物語の趣向がダイイング・メッセージであることを明かしてしまっていた。右に述べた理由により、翻訳時にその部分をカットしたことをお断りしておく。）

二つ目の趣向は叙述トリック的なもの。ダイイング・メッセージである「ジュール」が示す人物、すなわちバレンタイン氏の名前が、問題編のどこにも出て来ないのだ。彼の子供たちは「パパ」、それ以外の者は「バレンタインさん」としか呼んでいない。クロケットが実兄ならば姓ではなく名で呼ぶだろうが、あいにくと（作者の巧妙な設定により）義兄なのだ。そのため聴取者と読者は、バレンタイン氏のファーストネームを推理しなければならないのである。

通常のダイイング・メッセージものは、容疑者の名前はわかっているが、メッセージの示す名前がわからないという設定になっている。しかし本作では、メッセージの示す名前が「ジュール」だとわかっても、対応する容疑者の名前の方がわからないのだ。この「ダイイング・メッセージではなく容疑者の名前の方を隠す」という逆転の発想はクイーンも気に入っていたらしく、後年のショート・ショートでは「容疑者の三人全員のフルネームを推理しないとダイイング・メッセージが解けない」と形を変えて用いている。……といっても、この三人は兄弟なので、推理するのはファーストネームかミドルネームのどちらか一方だけで良いのだが。

そして、クイーンがこの趣向を計算ずくで使っていることは、解決編のあとに出てくるアナウンサーとエラリーの対話でわかるはずである。このシーンを読んだクイーン・ファンは、『スペイン岬の謎』の解決編のあとに出てくるJ・J・マックとエラリーの対話を思い出すに違いない。しかし、日本の本格ミステリの愛読者ならば、作中作を用いた叙述トリック作品に出てくるメタ的な説明を連想したのではないだろうか。クイーンは一九四〇年に、すでにこういった趣向を作品に導入していたのだ。

また、同時にこのシーンは、クイーン作品がフェアプレイでありながらも解決が難しい理由の説明にもなっている。本作を例に取るならば、読者が〈シャレード〉の手がかりを見落としてしまうと犯人を当てられないのに対して、探偵エラリーはそうではない。つまり、読者より作中探偵の方が有利になっているのだ。クイーン作品では身長や利き腕が重要な手がかりになっていることが多いのだが、これらも同様に、データに気づかない場合がある読者よりも、作中人物であるエラリーの方が有利になっている。この脚本は、これまで私たちがさほど意識していなかった〝作中人物と読者とのギャップ〟が露わになっている作品だと言えるだろう。

なお、本作の翻訳にあたり、呼びかけのシーンを一箇所変更し（82ページ）、さらに「宝石」の原文が「Jewel」であることがわかるようにセリフに手を加えた（68ページ）。いずれも日本語で推理をめぐらす読者のための変更なので、了承してほしい。

悪を呼ぶ少年の冒険

本作を読んだクイーン・ファンは、国名シリーズではなくレーン四部作を思い出したに違いない。それほどこの作品は『Yの悲劇』に似ている。調べてみると、一九三二～三三年にバーナビー・ロス名義で出版されたレーン四部作が、エラリー・クイーン名義で序文を添えて再刊されはじめたのが一九四〇年からだった。つまり、このラジオドラマの脚本が書かれた一九三九年当時、クイーンは再刊のために『Y』を読み直していた可能性が高いのだ。面白いことに、クイーンは「少年の行動が犯人の殺害計画をねじ曲げる」という本作と同じプロットを用いた短編小説も書いているのだが、こちらの発表年代も一九三九年。どうやら、『Y』を元にして、同時期に短編とラジオドラマを生み出したと思われる。

と言っても、本作が『Y』をラジオドラマに仕立て直したものではないことは、一読すればおわかりだろう。むしろ、『Y』の読者をミスリードするような書き方がされていると言った方がよいのだ。前述のように、放送時の聴取者のほとんどは『Yの悲劇』がクイーン作品だとは知らなかった――というか、そもそも読んでいない――ために、実際にはミスリードの役目は果たしていない。しかし、今、この本を読んでいる読者はどうだろうか。『Y』を読んでいるであろう本書の読者ならば、引っかかったのではないだろうか？（エラリー・クイーン・ファンクラブの例会での朗読会では、ほとんどの会員が引っかかってしまった……）

さて、本作の魅力は、何と言っても〈犯人隠しのテクニック〉である。クイーンは「殺されたように見えた人物が実は生きていて真犯人だった」というトリックを多用するのだが、本作ではそれをさらに進めて、犯人が本当に自分自身を殺してしまうのだ（しかも自殺ではない！）。このアイデアによって、読者は自らが想定する容疑者の枠から犯人を外してしまったに違いない。一般の読者ならば、被害者は容疑者に含めないからだ。

もちろん、普通なら犯人は自分で自分を殺すという愚かな行為はしないので、そこには何らかの作為が必要になる。本作の場合は少年によるシチュー皿のすり替えであり、同時にそれは、読者の容疑を少年に向ける役割も果たしているのだ。おそろしいほど巧妙ではないか。

なお、F・M・ネヴィンズは『エラリイ・クイーンの世界』（早川書房）の中で、「この状況下で、どうやったらある皿の兎のシチューが食べても安全で、別の皿だと死に至るようにできるのか、今もってわからない」と書いている。おそらくこれは、以下の方法を用いたのだろう。

①犯人のサラは、兎を庭の兎小屋と部屋の中で分けて飼う。
②小屋の兎には砒素入りの餌を与え、屋内の兎には普通の餌を与える。

③シチューを作る時はシチュー鍋を二つ用意して、一方には小屋の兎の肉を、もう一方には屋内の兎の肉を入れる。

④小屋の兎を使ったシチューはフローレンスに、屋内の兎を使ったシチューは自分に配る。

この方法ならば、サラは安全である。ただし、フローレンスが死んでいるのに自分がぴんぴんしていると疑われるので、自分のシチュー鍋にも、小屋の兎の肉を一、二切れ入れておいたのだろう。そして、だからこそサラは、最初に自分の具合が悪くなった時も、皿のすり替えに思い至らなかったのだ。(もっとも、これではフローレンスが二回とも砒素中毒の症状が出なかった理由が説明できない。彼女の食べた兎に蓄積された砒素が微量だったのか、それとも若いので平気だったのか……。)

では、なぜサラはこのような手の込んだ殺害トリックを用いたのかといえば、アパートの他の住人に疑いを向けるために違いない。誰もが近づける兎小屋の兎に砒素を与えることによって、元薬剤師のゴルディーニあたりに罪をなすりつけるつもりだったのだろう。おそらくは、警察に「ゴルディーニがサラを殺そうとして兎に砒素を与えたが、まきぞえをくったフローレンスだけが死んでしまった」と考えさせるのが狙いだったと思われる。

残念なことに、本作も含めたラジオドラマの脚本では、こういった説明不足が散見する。小説のように延々と続く推理は一般聴取者に受け入れられないと考えたのか、あるいは複雑なプロットを決められた時間枠に収めなければならなかったためか、それとも脚本を練り込む時間的余裕がなかったせいなのかは不明である。ただし、クイーンが脚本に書かれていない部分まできちんと考えていることは間違いないだろう。例えば本作ならば、私が述べた毒殺トリックが使われたのでなければ、部屋の中でも兎を飼っている理由が説明できないのだ。ラジオドラマの聴取者とは異なり、本書の読者は何度も読み直すことができるので、再読して、そういった「書かれていない部分」を見抜いて楽しんでほしい。

ところで、ミステリ・ファンにとって最も興味深いのは、クイーン警視が中盤で語る、〈レイジー・トング〉――日本人には〈マジック・ハンド〉と言った方がわかりやすいかな――を使った毒殺トリックだろう。作者はもちろん、間違った推理用の〝捨てトリック〟として使っているだけである。が、本作放送の二年後に、クイーンと親しい某大家が、この〈レイジー・トング〉をメイントリックとして長編で使っているのだ。有名な奇術道具らしいので、たまたま重なっただけと思われるが、二大巨匠が同じトリックをどのように料理したかを比べるのは、なかなか楽しいのではないだろうか。

興味深い点をもう一つ。ラジオドラマでは通常、背景に音楽が流れるのだが、もちろんこれは劇中の人物には聞こえていないことになっている。しかし本作では、劇中の人物であるウェバーのバイオリンが、まるでBGMのように流れているのだ。このバイオリンはミステリ部分とはまったく関係していないので、明らかにクイーンのお遊びと思われる。しかし、どんなお遊びなのだろうか？　ひょっとして、「BGMと思わせて実は劇中の人物が演奏している曲だった」という、メル・ブルックスの映画みたいなお遊びをしたかったのではないだろうか。120ページのプラウティ博士のセリフを読むと、そうとしか思えないのだが。

ショート氏とロング氏の冒険

本作はシャーロック・ホームズの「語られざる事件」の一つにクイーンが挑んだ作品。「ソア橋」の文を読む限りでは、この事件は不可能犯罪とは書いていないが、クイーンは見事な消失トリックものに仕立て上げている。

プロット自体は「ナポレオンの剃刀の冒険」と同じ〈隠し場所探し〉だが、宝石と人間の差があるので、トリックはまったく異なっている。ただし、隠し場所をしらみつぶしに検討していくシーンは、やはりクイーン風と言っていいだろう。

今回のトリックは二段構えになっているところが上手い。最初はロールトップ・デスクに隠れて捜査をやりすごし、それから郵便配達の少年に変装して出て行くというもの。どちらか一方だけだと平凡だが、二つを組み合わせることによって、鮮やかな奇蹟を演出しているのだ。

ところで、日本の読者は、いかに小柄とはいえ、人ひとりがロールトップ・デスクの中に隠れることができるとは信じられないかもしれない。しかし、一九二〇年代を舞台にしたビリー・ワイルダーの映画『フロント・ページ』を観ている人ならば、旧型のロールトップ・デスクには人が隠れるだけのスペースがあることがわかるはずである。（まったくの余談だが、この映画で「自分のロールトップ・デスクに人が隠れていることに気づかなかった新聞記者」を演じたデヴィッド・ウェインは、のちに、本作で「ロールトップ・デスクに人が隠れていることに気づかなかった」クイーン警視を――テレビ版「エラリー・クイーン」で――演じている。）

もう一つの「郵便配達の少年に化ける」というトリックは、面白いのだが、いささかラジオドラマという〝声だけの〟形式に寄りかかっているきらいがある。おそらく、この脚本をテレビ化したならば、ほとんどの視聴者は見抜いてしまうのではないだろうか。確かに郵便配達夫は〝見えない人〟ではあるし、配達人よりも電報の方に気を取られるようにミスリードしているので、作者は巧みに料理しているとは言えるわけだが。

しかし、本作の最大の趣向は、エラリーを現場に行かせずに〝安楽椅子探偵〟に設定した点にある。仮に、エラリーが現場にいたならば、ロールトップ・デスクは即座に調べただろうし、郵便配達夫を見逃すこともなかっただろう。……まあ、おかげでロールトップ・デスクを調べず、郵便配達夫を見逃すクイーン警視やヴェリー部長が間抜けに見えてしまうのだが。

また、エラリーは隠し場所や郵便配達夫のデータを警視やニッキイから「聞く」ことしかできないため、彼が入手できるデータは、聴取者と完全に一致していることになる。これは、聴取者よりエラリーが有利な「〈暗　雲《ダーク・クラウド》〉号の冒険」とは逆の設定と言えるだろう。作者クイーンが手がかりやトリックのタイプに応じて、探偵エラリーと読者の立場の差を自在に操っているのが、よくわかるではないか。

なお、クイーンは放送の翌年（一九四四年）に『シャーロック・ホームズの災難』というアンソロジー（邦訳はハヤカワ・ミステリ文庫）を編む際に、この脚本を「ジェイムズ・フィリモア氏の失踪」と改題して収録している。大きな加筆は、エラリーがニッキイに「ソア橋」のくだりを説明する部分をカットして編者コメントにまわしたことと、犯人の名前を「ジェイムズ・フィリモア、通称リトル・ジム」に、使用人の名前を「ビッグス」に変えた程度。ハヤカワ版の訳ではなぜかカットされているが、〝日本人《ジャップ》〟もそのままである。

前者の変更は、ホームズ・ファンしか読まないアンソロジーと一般大衆が聴くラジオドラマとの違いによるものだろうが、後者はそうではない。編者コメントでは、「二十世紀にニューヨークで姿を消したジェイムズ・フィリモア氏は十九世紀にロンドンで姿を消したジェイムズ・フィリモア氏の孫であり、彼は祖父がかつて使った失踪トリックを模倣した」という裏設定が語られているのだ。クイーンにすれば、本作をホームズ贋作・パロディ集に入れるために付け加えた、ちょっとしたおふざけだったのかもしれない。だが、この「ホームズとエラリーが時空を超えて同じ事件を解く」というアイデアが、のちに『恐怖の研究』（一九六七年）に発展したと考えるのも、あながち的外れとは言えないだろう。

最後に、冒頭でエラリーが言及する〝フランクリン・シンジケート〟について触れておく。これは一八九九年にウィリアム・〈五二〇パーセント〉・ミラーが設立した投資グループのことである。「新しい客の出資金を古い客の利息に充てる」という手段で週十パーセントの利息を保証し、百万ドル以上を稼いだらしい。ちなみに、一九二〇年にはチャールズ・A・ポンジーが「三ヶ月であなたのお金を倍に」をうたい文句にして、同じ手段で千五百万ドルを巻き上げている。言うまでもなく、こちらはクイーンのショート・ショート「あなたのお金を倍に」（『クイーン検察局』収録）の詐欺師のモデルである。

まるでJ・D・カーのようなオカルト不可能犯罪もの。ただし、不可能状況の徹底的な検討は、まぎれもなく初期クイーン風である。本作の「最後のセリフで犯人の正体を明かす」趣向を読んだクイーン・ファンは『フランス白粉の謎』を連想したに違いないが、この脚本は、『フランス白粉』の消去法推理を〝犯人の特定〟ではなく〝密室の解明〟に用いたとも考えられるのだ。

他の作家の密室ミステリでは、最終的な解決において「こうすれば密室が作れます」と説明しているだけに過ぎない。マニアならば、他の方法を指摘することは可能だろう。だが、クイーンは違う。他の可能性を徹底的に消去し、「密室を作る方法はこれしかありません」と推理するのだ。本作もその例に漏れず、212ページから216ページにかけて、執拗なまでに不可能状況の検討を行っている。この検討時に「森で首を絞められた被害者が洞窟に逃げ込んでから絶命した」という説が出て来ないのに気づいた読者は、これが真相だと推理するかもしれないが、解決編ではきっちり消去されているのだ。（なぜ問題編でこの説を消去しなかったかといえば、真相以外をすべて消去してしまうと、見抜かれやすくなってしまうからだと思われる。うまいというか、ずるいというか……。）

また、「悪を呼ぶ少年の冒険」の解説で触れた〝書かれていない部分〟としては、洞窟の扉に付けられた南京錠のロジックが挙げられる。「モンターギュが購入した新品の錠を下ろし、彼が鍵を保管する」という設定は、もちろん、「犯人が雨が上がる前に洞窟に入ってモンターギュが来るのを待ちかまえていた」という可能性を消去するためのものに他ならない。さらに、事前に合い鍵を用意していた可能性を消去するために「新品の南京錠」としているわけで、まったく恐れ入る。加えて、足跡トリックものでおなじみの「犯人が被害者の靴をはいて歩いた」という可能性さえも、モンターギュを裸足で歩かせることによって消去しているのだ。『ミステリ・リーグ傑作選』（論創海外ミステリ）の読者ならば、「犯人は広地を後ろ向きに歩いて洞窟から離れた」という推理が浮かんだかもしれないが、もちろん、この説も裸足の条件で消去されてしまうわけである。

　これだけでも充分なのに、クイーンはまだ満足しない。〝フィンチが撮影した写真による恐喝〟のデータも追加し、幽霊による殺人の可能性もまた、論理的に消去しているのだ。普通の密室ミステリでは最初から除外されているオカルト的な解決さえも、クイーンはきちんと検討しているわけである。

　そして、消去法を用いなくても、別の手がかりから密室を解明できるようになっている点も、『フランス白粉』と同様。死体の首に残された絞め跡と山道の茂みに残された転落跡によって、読者は密室トリックを見抜くことができるようになっているのだ。また、フィンチが恐喝のネタをカメラで撮影したということから導き出される、「犯人の洞窟への侵入または脱出は朝だったこと（夜だと撮影にはフラッシュが必要になるが、それでは犯人に気づかれるため）」と、「犯人の洞窟への侵入または脱出が広地ルートであること（湖からのルートでは死角になって撮影できないため)」というデータも解決の役に立つはずである。

ところで、ミステリ・ファンならば、この密室トリックには有名な先例があることに気づくに違いない。その作品の犯人は足が不自由なので、トリックを見抜いた時点で犯人も特定できるようになっている。が、本作では、犯人は足を痛めたふりをしたため、トリックを見抜いただけでは犯人を特定できないのだ。そこでクイーンは、犯人が転落した場所を山荘の近くに設定して、「モンターギュはなぜ山荘に戻らずに洞窟に向かったか」というロジックで犯人を特定しているわけである。これもまた、初期クイーン的な巧妙さだろう。

ここで、「五十を過ぎている上に『足が誰よりも小さい』モンターギュがルイスを背負って山道を運ぶというのはおかしいのではないか」という疑問を持つ読者もいるかもしれない。しかし、そう考えた人は、191ページを読み直してほしい。ルイスは〝小柄でしなびた(=やせた)男〟だと書いてあるのに気づいたと思う。このシーンは「ルイスはニッキイの恋愛相手にはならない」ということを示しているように見せかけ、実は、密室トリックの伏線にもなっていたのだ!

あと、ミステリ部分とは関係ないが、本作ではいつものエラリーとニッキイの関係が逆転しているのが面白い。冒頭のシーンで笑ってしまった読者も少なくないはずである。


最後に補足を二つ。

本作は放送の翌年に「Radio and Television Mirror」というラジオとテレビのガイド誌で小説化されている(本書の「エピソードリスト」参照)。小説化はクイーン以外の——おそらくは雑誌の編集者の——手によるもので、長さは脚本の半分程度。そのため、密室状況のディスカッションがかなり削られ、脚本に見られる〝可能性の徹底的な消去〟は影をひそめてしまっている。逆に言うと、初期クイーン風のプロットはどこもカットできないということになるのかもしれない。

また、三十分に仕立て直されたバージョンは録音が入手できたので比べてみたが、大きな違いは次の二点だった。

・エラリーは知人であるコリンズ夫人の依頼を受けて山荘に出向く（ニッキイがコリンズ夫人とエラリーの関係を誤解してやきもちをやくシーンがある）。

・第二の殺人であるフィンチ殺しは無し。

それ以外にもかなりのデータやディスカッションがカットされていた。ミステリとしては、明らかに一時間バージョンの方が上だろう。あるいは、初期クイーン風のプロットは三十分には納まらないと言った方がいいのかもしれない。

殺された蛾の冒険

ラジオ・シリーズ後期の作品のせいか、かなりシンプルな構成になっている。初期の長短編小説ほど複雑ではなく、後期のショート・ショートほど単純ではない、といった感じだろうか。また、信号盤の点滅を利用したアリバイ・トリックは、セリフだけで状況を説明するラジオドラマの特性を逆手にとったもので、なかなか優れている。

しかし、本作で最も優れているのは、何と言っても〝死んだ蛾〟という手がかりだろう。ニッキイならずとも、こんな手がかりで解決できるとは思えないに違いない。しかも、死んだ蛾から犯行時刻を特定し、犯人の証言の矛盾を突き、アリバイ・トリックをあばく推理の流れは実にスマート。あまりにもスマートすぎるので、「国名シリーズにあったゴテゴテした感じに乏しい」という文句が出そうである。

伏線もまた、見事としか言いようがない。エラリーとのデートを邪魔されたニッキイが怒り狂うシーンを単なるギャグだと思った読者は、これが犯人のアリバイ計画だったことを知って、びっくりしたはずである。また、被害者と犯人は初対面なので、動機がない――ように見せかけて、きちんと設定してあるところもすばらしい。若きカップルをめぐる結婚騒動も、単なる水増しかと思いきや、「犯人はジェフに罪をなすりつけられると考えたから犯行に及んだ」という理由づけに使われているのだ。ただし、犯行現場をうろうろしていたブラウンの妻だけは、存在意義がわからなかった。彼女は犯人が金に困っている状況を説明するための存在なのだが、別に作中に登場する必要はないからだ。作者の狙いは何なのだろうか……

……という疑問は、エラリー・クイーン・ファンクラブの例会で本作を用いた犯人当てを行った際に解消した。解答者の一人が「犯人はブラウンの妻。被害者ウェンダーの泊まっていた三号キャビンは、以前ブラウン夫婦が使っていたものだったので、寝ているウェンダーをブラウンと間違えて殺害した」という推理を考えたからである。もちろんこの推理は〝死んだ蛾〟の手がかりと合わないので成立しない。だがクイーンは、こう考える聴取者がいることまで計算して、ブラウンの妻をうろうろさせ、被害者をかつて夫婦が利用していた部屋に泊まらせたのではないだろうか。

なお、本作は一九四五年に放送されたが、原書では「舞台　ニューヨークに向かう途上。一九四三年」となっている。事件発生年を放送時の二年前に設定した理由が不明だったので、出版者のD・G・グリーンに問い合わせたところ、「（原書の）編集時の資料をしらべたが、なぜ私が『一九四三年』にしたのか思い出せなかった。未来の花婿の除隊のくだりから考えると、一九四五年に直した方がよいと思う」という返事をもらった。この言葉に従って、翻訳時に一九四五年に直したことを了承いただきたい。

ブラック・シークレットの冒険

本作は古書店を舞台にした、いわゆる〈ビブリオ・ミステリ〉。一般聴取者に配慮してか、あまりマニアックな話は出て来ないが、盗難、贋作、と古書ならではのネタが盛り込まれている。それに加え、エラリーとニッキイが古書店を訪ねるシーンや、なんとそこで働くシーンまでも描かれているのだ。古書マニアにとっては、まことに楽しい一作になっていることは間違いない。

そして、本格ミステリのマニアにとっても、さまざまな趣向が盛り込まれている魅力的なエピソードになっていることは間違いない。

第一の趣向は、エラリーのライヴァル探偵の登場。小説では「エラリーが自分と同等の推理力を持った探偵役との知恵比べをする」という趣向は一度も描かれていないために、クイーン・ファンはこれまでにない楽しみを味わったことだろう。そして、そのライヴァル探偵が真犯人だと知った時は、「捜査側の人物が犯人」という国名シリーズのあの作やこの作を思い出して、ニヤリとしたに違いない。さらに、このキャラハンが以前のエピソードにも出ていることを知って、クイーンの某初期作を思い出す読者もいるかもしれない。

第二の趣向は、複数の犯罪を扱っていること。読者は「贋作造り」「泥棒」「殺人者」の三人を推理しなければならないのだ。普通の本格ミステリならばこの三人は同一人物なのだが、本作では別々になっている。しかも、手がかりも別々なので、一つが解ければ他も解けるというわけではない。けっこう難易度が高いのではないだろうか。

第三の趣向は、ダイイング・メッセージに関するもの。「被害者がsecretaryのsecretまで書いて力尽きた」という解決は、都筑道夫のダイイング・メッセージ分類では、「被害者がメッセージを書き終えることができなかったために謎が生まれた」となり、先例がいくつもある（訳題は「〝ブラックの秘〟の冒険」としたかったが、さすがに露骨すぎるだろうなあ……）。しかしクイーンは、「ブラック書店には秘密《secret》があった」や「ブラック氏には秘書《secretary》は二人いた」等の設定を持ち込み、真相に気づきにくくしているのだ。特に上手いのが、「被害者にとってはキャラハンは秘書だが、読者やエラリーたちにとってはそうではない」という設定。この設定のために、読者は〝秘書〟というメッセージをキャラハンに結びつけることが難しくなっているのである。

そして第四の趣向――本作の最大最高の趣向――は、犯人隠しのための前代未聞のテクニックである。なんと、問題編の時点で、キャラハンはすでにクイーン警視に自白しているのだ。もちろん読者はそれを知らないので、「キャラハンが殺人者だとしたら、ニッキイに渡した紙に自分の名を書くはずがない」と考え、まんまと作者の罠にかかってしまうに違いない。考えようによっては、これは国名シリーズのある作を裏返しにしたアイデアだとも言える。解決編を読んだあとにあらためて挑戦状の直前を読み返してみるならば、キャラハンの「おれは半時間ばかり前に、警察本部のきみの親父さんのオフィスに出向いて、誰が殺人犯か教えてやったんだ」というセリフや、エラリーの「きみは、まさにぼくが思っていた通りの人物だったんだね」というセリフが、見事なダブルミーニングになっていることに気づくと思う。

また、このトリックを成立させるためにクイーンが用いたテクニックにも注目したい。

まず、クイーン警視の扱い。警視が自首した犯人を拘留せずに犯行現場に連れて行ったり、キャラハンが犯人であることをエラリーに伏せたりしていることが、読者の目を真相からそらしているのは明らかだろう。そして、警視がこんなことをした理由たるや、「息子に一泡吹かせたかった」という大人げないものなのだ。しかし、このシリーズの聴取者と読者ならば、警視がそんな気持ちになることは、充分納得がいくと思う。(ヴェリーが拘置所のエラリーに向かって皮肉をあびせるのも同じ理由によるものに違いない。ひょっとして、これも伏線なのだろうか？)

次に、キャラハンの扱い。彼がエラリーの推理に興味津々であることが、読者の目を真相からそらしているのは明らかだろう。そして、彼がこんな態度を取った理由については、「被害者が残したメッセージの意味はわからなかった」からだと説明されている。つまり、キャラハンがエラリーに期待していたのは、犯人の指摘ではなくダイイング・メッセージの解釈だったのだ。

最後は、全体のプロット。殺人が起きるまでに出て来た謎は、キャラハンがエラリーより早く解いている。これを読んだ読者は、キャラハンが「殺人犯を知っている」と言った時、彼は推理して犯人を見抜いたと勘違いしてしまうのだ。

ここで、日本の本格ミステリのファンならば、鮎川哲也と泡坂妻夫にほとんど同じアイデアの犯人当て短編があることに気づいたと思う。ただし、クイーンよりずっとあとに書かれたこの二作では、トリックは読者だけに仕掛けられているため、作中の探偵がだまされることはない。読者と作中探偵がそろってだまされるのはクイーン作品だけなのだ。鮎川哲也や泡坂妻夫が「読者に犯人を当てさせなければ作者の勝ち」と考えているのに対して、クイーンは「読者がエラリーと同じ推理ができなければ作者の勝ち」と考えていることが、よくわかるではないか。もともとクイーン作品は、読者が容疑者の中の誰が犯人かを当てる〝犯人当て〟の形式をとってはいるものの、その実体は、読者がエラリーの推理を当てる〝推理当て〟なのだが、本作はそれがはっきりあらわれたエピソードと言える。

ところで、ミステリ・ファンにとって最も興味深いのは、物語の中盤で出てくる〈バネばさみ付きのカバン〉を使った本のすり替えトリックだろう。作者はもちろん、〝サブトリック〟として使っているだけである。が、本作放送と同じ年に、クイーンと親しい某大家が、このカバンをやはりサブトリックとして長編で使っているのだ。有名な奇術道具らしいので、たまたま重なっただけと思われるが、二大巨匠が同じトリックをどのように料理したかを比べるのは、なかなか楽しいのではないだろうか（――って、前にも同じことを書いた気が）。

ミステリ以外の見どころとしては、何と言っても、全編に漂うユーモアである。というか、本作はコメディ・ミステリと呼んでもかまわないだろう。特にエラリーが笑いをとるために八面六臂の大活躍。古書を買いに行ってはニッキイにからかわれ、泥棒よばわりされたあげくに拘置所にぶち込まれ、いじける姿を警視たちに笑われ、古書店員をやっては客を怒らせてニッキイに説教され、キャラハンに先を越されてはくやしがり、とコメディ部分を一人で担《にな》っている。ラストシーンで原稿を忘れて駆け出すエラリーの姿があまりにも滑稽なので、読者はブラック書店の社員の暗い行く末のことなどは、きれいさっぱり忘れてしまったに違いない。――まあ、この作者と探偵の無責任さも〝国名シリーズ風〟ということにしておこう。従って、読者は「共同経営者が死んだ上に社長が逮捕されたブラック書店は倒産するのではないか」とか「リデルとフランダースは結婚できるのか」といった疑問を抱いてはいけない。

なお、本作に添えられた出版者コメントには、〝キャラハンは複数のエピソードに登場している〟と書いてあるが、冒頭を読んだ限りでは初登場のようだし、殺人者なので最後の登場のようにも思われる。そこで、またもや出版者のD・G・グリーンに問い合わせたところ、「脚本は返却してしまったので確認はとれないが、キャラハンは複数のエピソードに出ていたと記憶している」という返事をもらった。ひょっとして、本作よりあとのエピソードに登場しているのだろうか。

三人マクリンの事件

本作はわずか十分のミニ・ミステリ。一読すればわかるように、『クイーン検察局』の短編と同じ構成を持っている。そして、クイーン・ファンならば、今回の手がかりが『クイーン検察局』の一編にそのまま使われていることに気づくと思う（そちらの訳では「玄関の車寄せ」となっている箇所も、原文は脚本と同じ「porte-cochère《ポルト・コシエーロ》」なのだ）。ただし、ラジオ版の「犯人以外の二人の車が右ハンドルではないことを示すデータが提示されていない」という欠点は、きちんと修正されている。

パズルとしてはきれいにまとまっていて、何の不満もないのだが、唯一気になるのが、容疑者の名前である。「マクリン判事（Judge Macklin）」というのは、『スペイン岬の謎』に登場するクイーン父子の友人と同じ名前と肩書きなのだ。ラジオ版の方はクイーン父子とは初対面のようなので別人と思われるが、ここまで一致しているのは不思議である。架空の名前をでっち上げる際に、うっかり過去作品と同じものを使ってしまったのだろうか？

なお、ラジオ版「エラリー・クイーンの冒険」のスタッフとキャストで作られたミニ・ドラマは他にもあり、内一作は活字化されている。

The Adventure of the Wounded Lieutenant (EQMM1944/7)

［邦訳］「重傷の帰還将校の謎」ミステリマガジン二〇〇二年五月号

この作品はＯＷＩ（戦時情報局）の要請で一九四四年に書かれた十五分のミニ・ミステリ。「戦時中は軍の機密を漏らすようなおしゃべりを慎むように」というドラマ形式のプロパガンダである。同年に脚本がＥＱＭＭに掲載されたのも、出来が良かったからではなく、同じ目的のためだろう。調べてみると、当時はクイーンだけではなく、「三人マクリンの事件」の謎に挑んだ人気歌手のケイト・スミスも、ラジオを通じて戦時国債の売れ行きアップなどに貢献していた。逆に考えると、プロパガンダに使われたことが、クイーンのラジオドラマの人気を証明しているとも言えるのだが（人気のない番組で宣伝をやっても効果がないので）……。

以上八編、どれもが上質の謎解きであり、パズラー・ファンは大いに楽しめたと思う。そしてまた、クイーン・ファンならば、外伝として大いに楽しめたとも思う。

第二集も本書に勝るとも劣らない脚本揃いなので、みなさんには期待して待っていてほしい。……と言っても、本書が売れなければ第二集は出なくなってしまうので、応援もお願いする。

ラジオ版「エラリー・クイーンの冒険」エピソードリスト

飯城勇三 編

・上の数字は整理番号。例えば39―9は一九三九年放送の（再演を除いた）第九話を示す。Cが付いたものは短縮版（一時間のエピソード用脚本を三〇分に縮めたもの）を示す。
・エピソードや活字化作品の題名の"The Adventure of"は省略した。
・エピソード題名の下のカッコ内は再演時の別題。生放送なので、「再放送」ではなく「再演」とした。
・活字化情報の略号：［脚本］＝脚本形式で活字になったもの。［ク小］＝クイーンによる小説化。［他小］＝クイーン以外の作家による小説化。
・書名の略号："MURDERED MOTHS"＝"THE ADVENTURE OF THE MURDERED MOTHS",2005
・邦訳出版の略号：創文＝創元推理文庫。早文＝ハヤカワ・ミステリ文庫。
・雑誌略号：〈ＥＱ〉＝光文社「ＥＱ」誌。〈ＨＭＭ〉＝早川書房「ミステリマガジン」。EQMM＝本国版Ellery Queen's Mystery Magazine
・アメリカ版の活字化情報は、活字化時の題名の下に当該作品を収録した単行本・雑誌等をカッコに入れて示した。単行本がない場合のみ雑誌の初出を記している。

・日本版の活字化情報は邦訳題名の下に当該作品を収録した単行本・雑誌等を示した。単行本がない場合のみ雑誌を記している。『死せる案山子の冒険』は近刊予定。

I　一時間バージョン

《１９３９年》

39―1　The Gum-Chewing Millionaire
［他小］The Murdered Millionaire（本作のみの単行本、Whitman, 1942）
「殺された百万長者の冒険」『エラリー・クイーンの事件簿２』創文
「大富豪殺人事件」『大富豪殺人事件』早文

39―2　The Last Man Club
［脚本］The Last Man Club（"MURDERED MOTHS"）
「〈生き残りクラブ〉の冒険」『死せる案山子の冒険』論創社
［他小］The Last Man Club（本作のみの単行本、Whitman, 1940）
「〈生き残りクラブ〉の冒険」『エラリー・クイーンの事件簿２』創文

39―3　The Fallen Angel
［ク小］The Fallen Angel（"CALENDAR OF CRIME", 1952）

「墜落した天使」『犯罪カレンダー〈7月～12月〉』早文

39—4　Napoleon's Razor

［脚本］Napoleon's Razor（"MURDERED MOTHS"）

「ナポレオンの剃刀の冒険」『ナポレオンの剃刀の冒険』論創社

39—5　The Impossible Crime

39—6　George Spelvin, Murderer

39—7　The Bad Boy

［備考］ＴＶ版The Adventures of Ellery Queen（1950）でドラマ化

［脚本］The Bad Boy（"MURDERED MOTHS"）

「悪を呼ぶ少年の冒険」『ナポレオンの剃刀の冒険』論創社

39—8　The Flying Needle

39—9　The Wandering Corpse

39—10　The Thirteenth Clue

39—11　The Secret Partner

［備考］ガルフ石油のＰＲ誌Gulf Funny Weekly（1940）に漫画化が連載

39—12　The Million Dollor Finger

39—13　The Three R's

［ク小］The Three R's（"CALENDAR OF CRIME", 1952）

「三つのR」『犯罪カレンダー〈7月〜12月〉』早文

39—14 The Blue Curse

39—15 The Lost Treasure（Captain Kidd's Bedroom）

［ク小］The Needle's Eye（"CALENDAR OF CRIME", 1952）

「針の目」『犯罪カレンダー〈7月〜12月〉』早文

39—16 The Woman from Nowhere

39—17 The Mother Goose Murders

39—18 The March of Death

［脚本］The March of Death（"MURDERED MOTHS"）

「死を招くマーチの冒険」『死せる案山子の冒険』論創社

39—19 The Haunted Cave

［脚本］The Haunted Cave（"MURDERED MOTHS"）

「呪われた洞窟の冒険」『ナポレオンの剃刀の冒険』論創社

［他小］The Haunted Cave（Radio and Television Mirror, 1940/5）

「幽霊洞窟の冒険」〈ＥＱ〉一九九六年九月号

39—20 The Dead Cat

［ク小］The Dead Cat（"CALENDAR OF CRIME", 1952）

「殺された猫」『犯罪カレンダー〈7月〜12月〉』早文

39—21 The Picture Puzzle

39—22 The Cellini Cup

[他小] The Cellini Cup (Radio Guide, 1940/1/26)

「チェリーニの盃の冒険」『エラリー・クイーン　パーフェクトガイド』ぶんか社文庫

39—23 The Telltale Bottle

[ク小] The Telltale Bottle ("CALENDAR OF CRIME", 1952)

「ものをいう壜」『犯罪カレンダー〈7月〜12月〉』早文

39—24 The Lost Child

[脚本] The Lost Child ("MURDERED MOTHS")

「姿を消した少女の冒険」『死せる案山子の冒険』論創社

39—25 The Man Who Wanted to Be Murdered

[他小] The Man Who Wanted To Be Murdered! (Radio and Television Mirror, 1940/8)

39—26 The Black Secret

[脚本] The Black Secret ("MURDERED MOTHS")

「ブラック・シークレットの冒険」『ナポレオンの剃刀の冒険』論創社

39—27 The Three Scratches

[備考] 映画Ellery Queen's Penthouse Mystery (1941) の原作。映画版は小説化あり。

「ペントハウスの謎」『エラリー・クイーンの事件簿1』創文

「ペントハウスの謎」『大富豪殺人事件』早文

39—28 The Swiss Nutcracker

39—29 The Scorpion's Thumb

［他小］The Scorpion's Thumb（Radio and Television Mirror, 1940/12）

「サソリの拇指紋の冒険」『エラリー・クイーン　パーフェクトガイド』ぶんか社文庫

《1940年》

40—1 The Dying Scarecrow

［備考］コミック誌Crackajack Funnies（1941）で漫画化

［脚本］The Dying Scarecrow（"MURDERED MOTHS"）

「死せる案山子の冒険」『死せる案山子の冒険』論創社

40—2 The Woman in Black

［脚本］The Woman in Black（"MURDERED MOTHS"）

「黒衣の女の冒険」『死せる案山子の冒険』論創社

40—3 The Anonymous Letters

40—4 The Devil's Violin

Ⅱ　三〇分バージョン

40—5　The Old Soldiers

40—6　The Whistling Clown

40—7　The Three Fishbowls

40—8　The Silver Ball（The Glass Ball）

40—9　The Wizard's Cat

40—10　The Emperor's Dice（The Dead Man's Bones）

［ク小］The Emperor's Dice（"CALENDAR OF CRIME", 1952）

「皇帝のダイス」『犯罪カレンダー〈1月〜6月〉』早文

40—11　The Forgotten Men

［脚本］The Forgotten Men（"MURDERED MOTHS"）

「忘れられた男たちの冒険」『死せる案山子の冒険』論創社

40—12　The Yellow Pigeon

40—13　The Poker Club（The Deadly Game）

40—14　The Double Triangle

［脚本］The Double Triangle（"THE CASE BOOK OF ELLERY QUEEN", 1945）

「重なった三角形」『名探偵の世紀』原書房

40—15　The Man Who Could Double the Size of Diamonds
［脚本］The Man Who Could Double the Size of Diamonds（"DEATH LOCKED IN", 1987）
「ダイヤモンドを二倍にする男」『エラリー・クイーン』集英社文庫
［脚本］The Man Who Could Double the Size of Diamonds（"MURDERED MOTHS"）
「ダイヤを二倍にする男の冒険」『死せる案山子の冒険』論創社
※右の二つの脚本は相違あり。

40—16　The Fire-Bug
［脚本］The Fire-Bug（EQMM, 1943/3）
「放火狂の冒険」〈EQ〉一九八二年七月号

40—17　The Honeymoon House
［脚本］Honeymoon House（"THE CASE BOOK OF ELLERY QUEEN", 1945）
「ハネムーン・ハウス」〈EQ〉一九九五年三月号

40—18　The Mouse's Blood
［脚本］The Mouse's Blood（"FIRESIDE MYSTERY BOOK", 1947）
「ネズミの血の冒険」〈EQ〉一九八二年九月号

40—19　The Four Murderers

40—20　The Good Samaritan
［脚本］The Good Samaritan（"ELLERY QUEEN'S MEDIA FAVORITES", 1988）

「よきサマリア人の冒険」〈ＥＱ〉一九八二年一月号→一九九四年七月号（再録）

40―21 The Mysterious Travelers

40―22 The Dark Cloud

［脚本］The Dark Cloud（"MURDERED MOTHS"）

「〈暗　雲《ダーク・クラウド》〉号の冒険」『ナポレオンの剃刀の冒険』論創社

40―23 The Blind Bullet

［備考］ＴＶ版 The Adventures of Ellery Queen（1950）でドラマ化

［脚本］The Blind Bullet（EQMM, 1943/9）

「暗闇の弾丸」〈ＨＭＭ〉一九七八年四月号

40―24 The Fallen Gladiator

［備考］『エラリー・クイーンの新冒険』収録の「正気にかえる」の脚色

40―25 The Frightened Star

［脚本］The Frightened Star（EQMM, 1942/Spring）

「脅やかされたスタア」〈探偵倶楽部〉一九五六年六月号

「怯えたスターの冒険」〈ＥＱ〉一九八四年一月号

40―26 The Treasure Hunt

［備考］『エラリー・クイーンの新冒険』収録の「宝捜しの冒険」の脚色

40―27 The Black Sheep（The Robber of Fallboro）

［ク小］The Robber of Wrightsville（“QUEEN'S BUREAU OF INVESTIGATION”, 1955）
「ライツヴィルの盗賊」『クイーン検察局』早文

40―28 The Fatal Million（The Man Who Wanted Cash）

40―29 The Invisible Clock
［脚本］The Invisible Clock（“THE CASE BOOK OF ELLERY QUEEN”, 1945）
「見えない時計」〈ＥＱ〉一九九四年三月号

40―30 The Meanest Man in the World（The Man Without a Heart）
［脚本］The Meanest Man in the World（EQMM, 1942/7）
「世界一下劣な男」『エラリー・クイーン』集英社文庫

40―31 The Pharaoh's Curse（The Egyptian Tomb）

40―32 Box 13

40―33 The Picnic Murder（The Mayor and the Corpse）

40―34 The Disappearing Magician（The Vanishing Magician）

40―35 The Mark of Cain（The Three Hands）
［脚本］The Mark of Cain（“THE POCKET MYSTERY READER”, 1942）
「ケイン家奇談」〈探偵倶楽部〉一九五六年十二月号
「カインの烙印」〈ＨＭＭ〉一九九九年十二月号

《1942年》

42—1 The Song of Death

42—2 The Invisible Clue (The Terrified Man)

[脚本] The Invisible Clue ("ADVENTURES IN RADIO", 1945)

「見えざる手がかり」〈EQ〉一九九七年五月号

42—3 The Patient Murderer

42—4 The 52nd Card

42—5 The Imaginary Man

42—6 St. Valentine's Knot

42—7 George Washington's Dollar

[ク小] The President's Half Disme ("CALENDAR OF CRIME", 1952)

「大統領の5セント貨」『犯罪カレンダー〈1月～6月〉』早文

42—8 The Old Witch

42—9 The Missing Tumbler

42—10 The Income Tax Robbery

[ク小] The Ides of Michael Magoon ("CALENDAR OF CRIME", 1952)

「マイケル・マグーンの凶月」『犯罪カレンダー〈1月～6月〉』早文

42—11 The Out-of-Order Telephone

42—12 The Servant Problem
42—13 The Black Syndicate
42—14 Ellery Queen, Swindler
［脚本］Ellery Queen, Swindler（"ROGUES' GALLERY", 1945）
「ぺてん師エラリー・クイーン」『完全犯罪大百科・下』創文
42—15 The Superstitious Client
42—16 The Millionaires' Club（The Inner Circle）
［ク小］The Inner Circle（"CALENDAR OF CRIME", 1952）
「双面神クラブの秘密」『犯罪カレンダー〈1月～6月〉』早文
42—17 The Living Corpse
42—18 The Missing Child
42—19 The Green Hat
42—20 The Three IOUs
42—21 The Old Men
［ク小］The Gettysburg Bugle（"CALENDAR OF CRIME", 1952）
「ゲティスバーグのラッパ」『犯罪カレンダー〈1月～6月〉』早文
42—22 The Dog Fires
42—23 The June Bride

［ク小］The Medical Finger（"CALENDAR OF CRIME", 1952）
「くすり指の秘密」『犯罪カレンダー〈1月～6月〉』早文

42—24 The Golf Murder
42—25 The Midnight Visitor
42—26 The Air Raid Warden
42—27 The World Series Crime
［脚本］「ワールド・シリーズの犯罪」『エラリー・クイーン探偵事務所』語学春秋社
※英語学習用のCD付きシナリオ。初版はテープ付き。
42—28 Mr.X
42—29 The Polish Refugee
42—30 The Witch's Broom
42—31 The Fatal Letter
42—32 The Poet's Triangle
42—33 The Bald-Headed Ghost
42—34 The Three Mothers（Queen Solomon）
42—35 The Man in the Taxi
42—36 The Gymnasium Murder
42—37 The Yellow Ledger

［ク小］The Black Ledger （“QUEEN'S BUREAU OF INVESTIGATION”, 1955）
「黒い台帳」『クイーン検察局』早文
42―38 The Red and Green Boxes
42―39 The Who Was Murdered by Installments （Murder by Installments）

《１９４３年》

43―1 The Singing Rat
43―2 Mr.Short and Mr.Long
［脚本］The Disappearance of Mr.James Phillimore（“THE MISADVENTURES OF SHERLOCK HOLMES”, 1944）
「ジェイムズ・フィリモア氏の失踪」『シャーロック・ホームズの災難・上』早文
［脚本］Mr.Short and Mr.Long （“MURDERED MOTHS”）
「ショート氏とロング氏の冒険」『ナポレオンの剃刀の冒険』論創社
※右の二つの脚本は相違あり。
43―3 The Fairy Tale Murder
43―4 Tom, Dick and Harry
［脚本］The Murdered Ship （“THE SAINT'S CHOICE Vol.7”, 1946）
「沈んだ軍艦の冒険」〈ＥＱ〉一九八六年九月号

43—5 The Secret Enemy
43—6 The Broken Statues
43—7 The Two Swordsmen
43—8 The One-Legged Man
［脚本］The One-Legged Man（EQMM, 1943/11）
「一本足の男の冒険」〈ＥＱ〉一九八二年十一月号
43—9 Number 13 Dream Street
43—10 The Incredible Murder
43—11 The Boy Detectives
43—12 The Circus Train
43—13 The Human Weapon
［備考］ＴＶ版 The Adventures of Ellery Queen（1950）でドラマ化
43—14 The Three Musketeers
43—15 Pharaoh Jones' Last Case
43—16 The Three Gifts
43—17 The Eye Print
43—18 The Barbaric Murder
43—19 The Fortune Teller

43―20　The Death Traps（The Death House）
43―21　The Killer Who Was Going to Die
43―22　Crime, Inc.
［脚本］The Crime Corporation（Story Digest, 1946/11）
43―23　The Man with the Red Beard
43―24　Sergeant Velie's Revenge
43―25　The Hidden Crime
43―26　The Man with 10,000 Enemies
43―27　The Hopeless Case
43―28　The Stolen Rembrandt
43―29　The Three Dollar Robbery
43―30　The Bullet-Proof Man
43―31　The Train that Vanished
［ク小］Snowball in July（"QUEEN'S BUREAU OF INVESTIGATION", 1955）
「七月の雪つぶて」『クイーン検察局』早文
43―32　The Dying Message
43―33　The Man Who Played Dead
43―34　The Unlucky Man

43—35　The Dauphin's Doll
［ク小］ The Dauphin's Doll （"CALENDAR OF CRIME", 1952）
「クリスマスと人形」『犯罪カレンダー〈7月〜12月〉』早文

43—36　The Invisible Footprints

《1944年》

44—C1　The Disaster Club
［備考］ 39—2 The Last Man Club の短縮版

44—1　The Mischief Maker

44—C2　The Scarecrow and the Snowman
［備考］ 40—1 The Dying Scarecrow の短縮版
［脚本］ The Scarecrow and the Snowman （Malice Domestic の一九九八年度ミステリ・コンベンション用小冊子）
「案山子と雪だるまの冒険」〈ＥＱ〉一九九九年一月号

44—2　The Family Ghost

44—C3　The Murder on the Air
［備考］ 39—8 The Flying Needle の短縮版

44—3　The Problem Child

44―C4 The Squirrel Woman
［備考］39―10The Thirteenth Clueの短縮版
44―4 The Black Jinx
44―5 The Red Cross
44―C5 Wanted: John Smith
［備考］40―4 The Devil's Violinの短縮版
44―C6 The Circular Clues
［備考］40―2 The Woman in Blackの短縮版
44―6 The Case EQ Couldn't Solve
44―C7 The Painted Problem
［備考］39―21The Picture Puzzleの短縮版
44―C8 Dead Man's Cavern
［備考］39―19The Haunted Caveの短縮版
44―7 The Letters of Blood
44―C9 The Buried Treasure
［備考］39―15The Lost Treasureの短縮版
44―C10 The Thief in the Dark
［備考］39―22The Cellini Cupの短縮版

39-1の単行本（縦115ミリ、横93ミリの小型本）

39-1、39-2の小説を収録したペイパーバック

44—8 The Chinese Puzzle
44—9 The Bottle of Wine
44—C11 The Great Chewing Gum Mystery
〔備考〕39—1 The Gum-Chewing Millionaire の短縮版
44—C12 The Murder Game
〔備考〕39—20 The Dead Cat の短縮版
44—C13 The Dark Secret
〔備考〕39—26 The Black Secret の短縮版
44—10 The Blue Chip
44—C14 The Corpse in Lower 5
〔備考〕39—4 Napoleon's Razor の短縮版
44—11 The Devil's Head
44—12 The Foul Tip
〔備考〕『エラリー・クイーンの新冒険』収録の「人間が犬をかむ」の脚色
〔脚本〕The Foul Tip
「13番ボックス殺人事件」『現代世界戯曲選集第7巻』白水社
※G・I上演用台本より日本で独自に翻訳したもの。
44—13 The Yang Piece

44—14　The Four Prisoners
44—15　The Disappearing Cats
〔備考〕『エラリー・クイーンの冒険』収録の「七匹の黒猫の冒険」の脚色
44—C15　The College Crime
〔備考〕39—13The Three R'sの短縮版
44—16　The Cafe Society Case
44—17　Cleopatra's Snake
44—18　The Airport Disasters
44—19　The Unfortunate Fisherman
44—C16　The Election Day Murder
〔備考〕39—9 The Wandering Corpseの短縮版
44—20　The Booby Trap
〔ク小〕Mystery at the Library of Congress（"QUEEN'S EXPERIMENTS IN DETECTION", 1968）
「国会図書館の秘密」『クイーン犯罪実験室』早文
44—21　The Right End
44—22　The Thespis Club
44—23　The Glass Sword

44—24 The Stickpin and the Ring
44—25 Death on Skates
44—26 The Toy Cannon

《1945年》

45—1 The Diamond Fence
45—2 The Seven Thousand Victims
45—3 The Lost Card Game
45—4 The Wine Machine
45—5 The Crime in the Snow
45—6 The Secret Weapon
45—7 The Rare Stamp
45—8 The Poisoned Slipper
45—9 The Sword of Damocles
45—10 The Red Death
45—11 The Lucky Sailor
45—12 The Musical Murder
45—13 The Crime that Wasn't Possible

39-11の漫画

39-3他を収録した単行本

45—14 The Key to the Mystery
45—15 The Murdered Moth
［脚本］The Murdered Moths（"MURDERED MOTHS"）
「殺された蛾の冒険」『ナポレオンの剃刀の冒険』論創社
45—16 The Dangerous Race
45—17 The Man in the Pillbox
45—18 The Runaway Husband
45—19 The Iron Woman

Ⅲ　三〇分バージョン第二期

※アントニー・バウチャーのプロットをリーがシナリオ化。一部ダネイが残したプロットもあり。

45—20 The Corpse of Mr.Entwhistle
45—21 The Absent Automatic
45—22 Mr.One and Mr.Two
45—23 Nikki's Rich Uncle
45—24 The Shipyard Racket

45—25 The Gentleman Burglar
45—26 The Torture Victim
45—27 Nick the Knife（The Slicer）
［脚本］Nick the Knife
「ニック・ザ・ナイフ」『法月綸太郎の本格ミステリ・アンソロジー』角川文庫
※録音テープより日本で独自に翻訳したもの。
45—28 The Clue in C Major
45—29 The Time of Death
45—30 The Man Who Was Afraid
45—31 The Blue Egg
45—32 The Lost Soul
45—33 The Green House
45—34 Ellery Queen, Cupid
45—35 The Kid Glove Killer
45—36 The Other Man
45—37 The Repentant Thief
45—38 The Hallowe'en Murder
45—39 The Message in Red

39-27の映画版のノベライズ

45—40 The Happy Marriage
45—41 The Ape's Boss
45—42 The Doodle of Mr.O'Drew （Nikki Porter, Starlet）
45—43 The Peddler of Death
45—44 The Man with Two Faces
45—45 The Curious Thefts
［備考］プロットはダネイが残したもの
［脚本］The Curious Thefts （Story Digest, 1946/9）
45—46 The Man Who Loved Murders

《１９４６年》

46—1 The Lost Hoard
46—2 The Various Deaths of Mr.Frayne
46—3 The Green Eye
46—4 The Lovely Racketeer
46—5 Ellery Queen's Tragedy
46—6 The Fifteenth Floor
46—7 The Living Dead

40-14他を収録した単行本

46-8 The Three Fencers

46-9 The Ninth Mrs.Pook

46-10 The Phantom Shadow

46-11 The Clue of the Elephant

46-12 The Man Who Waited

［ク小］ Cold Money （"QUEEN'S BUREAU OF INVESTIGATION", 1955）

「匿された金」『クイーン検察局』早文

46-13 The Armchair Detective

46-14 The Death Wish

46-15 The Girl Who Couldn't Get Married

46-16 Nikki Porter, Murder Victim

46-17 The Man Who Bought One Grape

46-18 The Rhubarb Solution

46-19 The Nine Mile Clue

46-20 The Crime in Darkness

46-21 The Hollywood Murder Case

46-22 The Laughing Woman

46-23 Mr.Warren's Profession

40-35を収録したアンソロジー

46—24 The Great Spy Puzzle
46—25 Cokey and the Pizza
46—26 The Double Die
46—27 The War Bride
46—28 The Confidential Butler
46—29 The Ultra-Modern Murders
46—30 The Golden Key
46—31 The Man Who Got Away with Murder
46—32 The First Night
46—33 Bis to Cal
46—34 The Doomed Man
46—35 Ellery Queen, Criminal
46—36 The Woman Who Died Several Times
46—37 Ellery Queen's Rival
46—38 The Crime of Inspector Queen
46—39 The Uneasy Voyage
46—40 The Prize Fighter's Birthday
46—41 The Blackmail Victim

43-2を収録したアンソロジー

46-42 Ellery Queen, Gigolo
46-43 The Old Man's Darling
46-44 The Hurricane that Committed Murder
46-45 Ellery Queen, Santa Claus

《1947年》

47-1 The Unhappy New Year
47-2 The Man Who Could Vanish
47-3 The Lollipop Murders
47-4 The Stone Age Detective
47-5 The Hounted House
47-6 The Green Gorillas
47-7 The Big Brain
47-8 The Strange Death of Mr.Entricson
47-9 Nikki Porter, Killer
47-10 The Crooked Man
47-11 The Specialist in Cops
47-12 The Ten Thousand Dollar Bill

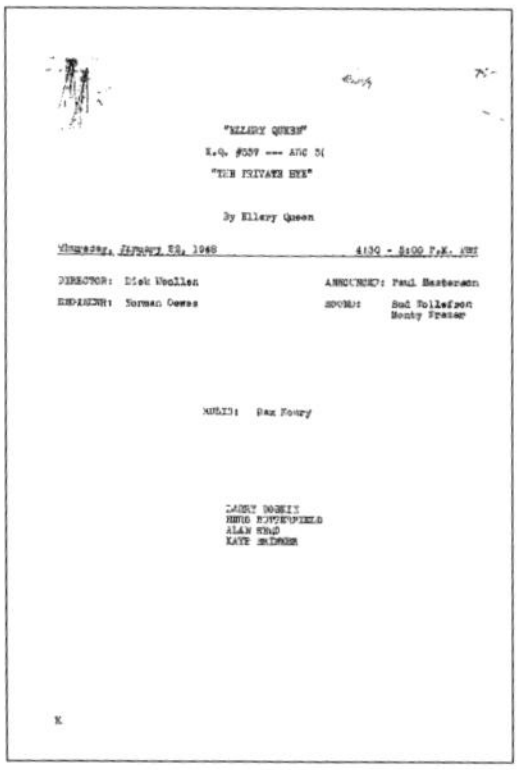
"ELLERY QUEEN"
E.Q. #037 --- ABC 3(
"THE PRIVATE EYE"

By Ellery Queen

Thursday, January 22, 1948 4:30 - 5:00 P.M. [illegible]

DIRECTOR: Dick Woollen
ENGINEER: Norman Cowes
ANNOUNCER: Paul Masterson
SOUND: Bud Tollefson
Monty Fraser

MUSIC: Rex Koury

K

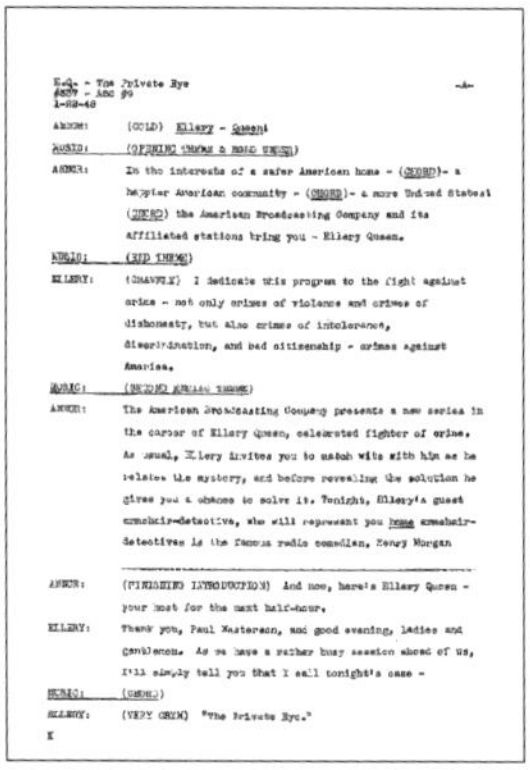
E.Q. - The Private Eye -A-
#037 - ABC #9
1-22-48

ANNCR: (COLD) Ellery - Queen!
MUSIC: (OPENING THEME & HOLD UNDER)
ANNCR: In the interests of a safer American home - (CHORD)- a happier American community - (CHORD)- a more United States! (CHORD) the American Broadcasting Company and its affiliated stations bring you - Ellery Queen.
MUSIC: (END THEME)
ELLERY: (GRAVELY) I dedicate this program to the fight against crime - not only crimes of violence and crimes of dishonesty, but also crimes of intolerance, discrimination, and bad citizenship - crimes against America.
MUSIC: (SECOND [illegible] THEME)
ANNCR: The American Broadcasting Company presents a new series in the career of Ellery Queen, celebrated fighter of crime. As usual, Ellery invites you to match wits with him as he relates the mystery, and before revealing the solution he gives you a chance to solve it. Tonight, Ellery's guest armchair-detective, who will represent you home armchair-detectives is the famous radio comedian, Henry Morgan

ANNCR: (FINISHING INTRODUCTION) And now, here's Ellery Queen - your host for the next half-hour.
ELLERY: Thank you, Paul Masterson, and good evening, ladies and gentlemen. As we have a rather busy session ahead of us, I'll simply tell you that I call tonight's case -
MUSIC: (CHORD)
ELLERY: (VERY GRIM) "The Private Eye."
K

48-2のラジオ台本

47—13　The Man Who Murdered a City
47—14　The Big Fix
47—15　The Redheaded Blonde Brunette
47—16　The Sky Pirates
47—17　The Atomic Murder
47—18　The Foolish Girls
47—19　Murder for Americans
47—20　The Rats Who Walked Like Men
47—21　The King's Horse
47—22　Number 31
47—23　Tragedy in Blue
47—24　The Man Who Squared the Circle
47—25　The Saga of Ruffy Rux
47—26　Nikki Porter, Bride
47—27　The Melancholy Dane

《1948年》

48—1　The Head Hunter

本書の原書

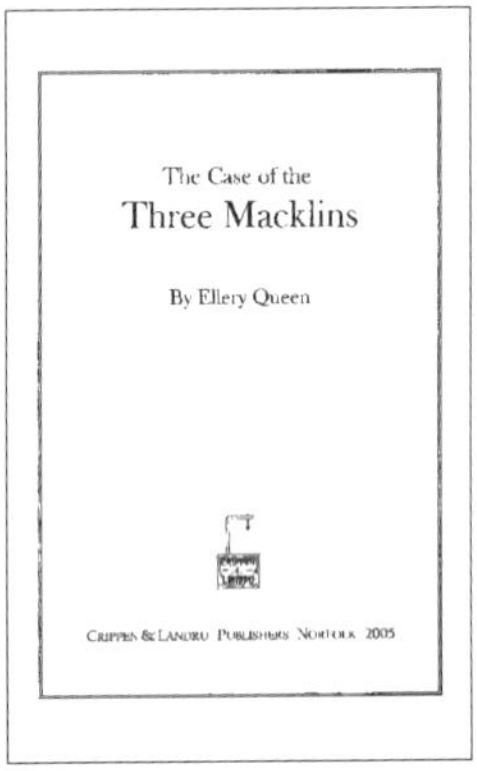
The Case of the
Three Macklins

By Ellery Queen

Crippen & Landru Publishers Norfolk 2005

「三人マクリンの事件」を収録した付録

48—2 The Private Eye
48—3 Bubsy
48—4 A Question of Color
48—5 The Old Sinner
48—6 The Lynching of Mr.Q
48—7 The Farmer's Daughter
48—8 The K.I.Case
48—9 The Three Frogs
48—10 One Diamond
48—11 Misery Mike

参考文献

本リストの作成および解説の執筆において、以下を参考にさせてもらった。特に、①の充実したエピソードリストには多くを負っている。この本には再演も含めた放送日や主要キャスト、ゲスト解答者まで記されているので、関心のある方には一読をおすすめする。また、⑧には①～⑦にない情報が数多くあり、これもかなり参照させてもらった。ただし、こちらは〝"The Lost Child"（39—24）の小説化が『クイーン検察局』所収の「消えた子供」である〟といった間違いが散見するので、できる限り調べたが、未確認の点も多く残ってしまった。他の情報も含め、読者の指摘を待ちたい。

［単行本］
①Francis M. Nevins, Jr. & Ray Stanich: "*THE SOUND OF DETECTION*" (Brownstone Books, 1983)
②Mike W. Barr: The Challenge to the Artist: The Comic Book Stories of Ellery Queen ("*THE TRAGEDY OF ERRORS*", Crippen & Landru, 1999)
［雑誌］
③Francis M. Nevins, Jr.: The Live Television of Ellery Queen (The Armchair Detective, 1984, No.4)
④Francis M. Nevins, Jr. & Martin Grams, Jr.: The Adventures of Ellery Queen (Scarlet Street, 2002, No.45)
⑤Tom Tolnay: The Multiple Movie Personalities of Ellery Queen (EQMM, 2005/7)
⑥Francis M. Nevins, Jr.: The Ellerys of the Airwaves (EQMM, 2005/8)
⑦Francis M. Nevins, Jr.: The Queens of the Home Screen (EQMM, 2005/11)
［ＷＥＢサイト］
⑧Ellery Queen, a website on deduction (http://neptune.spaceports.com/~queen/)

〔訳者〕
飯城勇三（いいき・ゆうさん）
1959年宮城県生まれ。東京理科大学卒。エラリー・クイーン研究家にしてエラリー・クイーン・ファンクラブ会長。編著書は『エラリー・クイーン　Perfect Guide』（ぶんか社）およびその文庫化『エラリー・クイーン　パーフェクトガイド』（ぶんか社文庫）。訳書はＥ・クイーンの『エラリー・クイーンの国際事件簿』と『間違いの悲劇』（いずれも創元推理文庫）。編纂書は『ミステリ・リーグ傑作選』（論創社）。解説はＥ・クイーン『クイーン談話室』（国書刊行会）、Ｄ・ネイサン『ゴールデン・サマー』（東京創元社）など。クイーン関係以外では、編著書に『鉄人２８号大研究』（講談社）もあり。

ナポレオンの剃刀《かみそり》の冒険《ぼうけん》　聴取者への挑戦 I
――論創海外ミステリ　75

2008年3月15日　初版第1刷印刷
2008年3月25日　初版第1刷発行

著　者　エラリー・クイーン
訳　者　飯城勇三
装　丁　栗原裕孝
発行人　森下紀夫
発行所　論　創　社
〒101-0051　東京都千代田区神田神保町2-23　北井ビル
電話　03-3264-5254　振替口座　00160-1-155266

印刷・製本　中央精版印刷

ISBN978-4-8460-0758-4

論創海外ミステリ

RONSO KAIGAI
MYSTERY

順次刊行予定（★は既刊）

★64 ミステリ・リーグ傑作選 上
　　エラリー・クイーン 他

★65 ミステリ・リーグ傑作選 下
　　エラリー・クイーン 他

★66 この男危険につき
　　ピーター・チェイニー

★67 ファイロ・ヴァンスの犯罪事件簿
　　Ｓ・Ｓ・ヴァン・ダイン

★68 ジョン・ディクスン・カーを読んだ男
　　ウィリアム・ブリテン

★69 ぶち猫　コックリル警部の事件簿
　　クリスチアナ・ブランド

★70 パーフェクト・アリバイ
　　Ａ・Ａ・ミルン

★71 ノヴェンバー・ジョーの事件簿
　　ヘスキス・プリチャード

★72 ビーコン街の殺人
　　ロジャー・スカーレット

★73 灰色の女
　　Ａ・Ｍ・ウィリアムスン

★74 刈りたての干草の香り
　　ジョン・ブラックバーン

★75 ナポレオンの剃刀の冒険　聴取者への挑戦 I
　　エラリー・クイーン